Karl Olsberg

DAS FREU

Karl Olsberg, geboren 1960, promovierte über Anwendungen künstlicher Intelligenz und gründete mehrere preisgekrönte Start-ups. Er veröffentlichte bereits zahlreiche Bücher, darunter die Thriller »Delete« und »Das KALA-Experiment« sowie den Jugendroman »Boy in a White Room«, der für den Deutschen Jugendliteraturpreis 2018 nominiert wurde.

Karl Olsberg

DAS FREU

Wahres Glück findest du nur in der Wirklichkeit

you & ivi

Bücher für coole Mädchen.
www.piper.de/youandivi

FSC
www.fsc.org
MIX
Papier aus verantwortungsvollen Quellen
FSC® C014496

Originalausgabe
ISBN 978-3-492-70538-7

Umschlaggestaltung: zero-media.net, München
Umschlagabbildung: FinePic®, München
Satz: Satz für Satz, Wangen im Allgäu
Gesetzt aus der Minion
Druck und Bindung: GGP Media GmbH, Pößneck
Printed in Germany

Für Carolin, mein Freu

»Das Glück ist ein Schmetterling«, sagte der Meister.
»Jag ihm nach und er entwischt dir. Setz dich hin und er lässt sich auf deiner Schulter nieder.«
»Was soll ich also tun, um das Glück zu erlangen?«, fragte der Schüler.
»Du könntest versuchen, dich ganz ruhig hinzusetzen – falls du es wagst!«

Anthony de Mello

1. MAFALDA

Mafalda saß an ihrem Schreibtisch und hatte das Matheheft vor sich aufgeschlagen. Doch statt sich mit den Hausaufgaben zu beschäftigen, blickte sie aus dem Fenster.

Ihr Zimmer lag im ersten Stock des neuen Hauses. Über dem Bett gab es eine schräge Wand, was Mafalda sehr gemütlich fand, und das doppelflügelige Fenster über ihrem Schreibtisch bot einen Ausblick in den Garten. Sie wusste, dass ihr Vater diesen Raum für sie ausgesucht hatte, um ihr eine Freude zu machen, und das stimmte sie traurig. Denn sie freute sich kein bisschen, dass sie jetzt hier lebte. Viel lieber wäre sie in ihrem engen Zimmer in der kleinen Wohnung geblieben, in der sie bis vor zwei Monaten gelebt hatte. Die hatte zwar keinen eigenen Garten gehabt, sondern nur einen schmalen Balkon. Aber dafür hatte es einen kleinen Lebensmittelladen unten im Haus gegeben, den Mafalda geliebt hatte, weil tagsüber immer frische, bunte Früchte in den Kästen vor dem Schaufenster lagen und es so schön nach Süden duftete. Und vor allem hatte sie die anderen Menschen im Haus gekannt – den netten Herrn Braukmann, einen pensionierten Lehrer, der mit seinem Dackel Leopold in der Wohnung über ihnen gewohnt und der Mafalda manchmal bei den Hausaufgaben geholfen hatte, oder die dicke Frau Kaspers mit den niedlichen Babyzwillingen. Ganz besonders vermisste Mafalda ihre Freundin Mareike aus dem Nachbarhaus.

Der Regen prasselte gegen die Fensterscheiben. Prasseln, das war ein interessantes Wort. Es klang so ähnlich wie das Geräusch, das die Tropfen machten, aber irgendwie anders. Mafalda überlegte, welches Wort das Geräusch noch besser wiedergegeben hätte. Trommeln? Nein, Trommeln klangen lauter und dumpfer. Eher war es ein Prabbeln oder Prappeln. Oder, noch besser, ein Proppeln. Ja, der Regen proppelte eindeutig gegen die Fensterscheibe.

Eine kleine Stimme in Mafaldas Hinterkopf wies sie darauf hin, dass sie sich lieber mit den Hausaufgaben beschäftigen sollte, statt aus dem Fenster zu starren. Aber die Regentropfen waren hundertmal interessanter als Bruchrechnung. Andererseits würde ihre Stiefmutter Eva bald kommen und kontrollieren, wie weit sie war. Und wenn dann das Blatt immer noch leer war, würde sie wieder Ärger bekommen. Wieder andererseits würde sie sowieso Ärger mit Eva bekommen, wenn nicht wegen der Mathe-Hausaufgaben, dann weil ihr Zimmer unordentlich war. Oder weil sie sich die Haare nicht gekämmt hatte oder weil sie ihren Pullover nicht richtig zusammengelegt hatte oder weil sie die Schuhe nicht ordentlich sauber gemacht hatte, bevor sie das Haus betrat. Oder, oder, oder.

Mafalda seufzte und starrte auf das Blatt. Sie hatte die erste Aufgabe abgeschrieben, bevor der prasselnde, nein, proppelnde Regen sie abgelenkt hatte.

$$17\tfrac{3}{4} + 31\tfrac{4}{7} =$$

Sie wischte sich eine Strähne ihres lockigen kastanienbraunen Haars aus dem Gesicht und betrachtete die Aufgabe. Dabei fiel ihr auf, dass jede Ziffer genau zweimal vorkam: Zwei Einsen, zwei Dreien, zwei Vieren und zwei Siebenen. Außerdem ergab eins mal drei plus vier sieben. Sie kniff die Augen zusammen, bis die Formel leicht verschwamm. Dadurch sah sie plötzlich aus wie ein kleines Tier – links der Kopf, die beiden Brüche die Arme und Beine, das Gleichheitszeichen der Schwanz. Mafalda malte die Umrisse mit dem Kugelschreiber nach, und aus der Aufgabe wurde eine kleine blaue Eidechse.

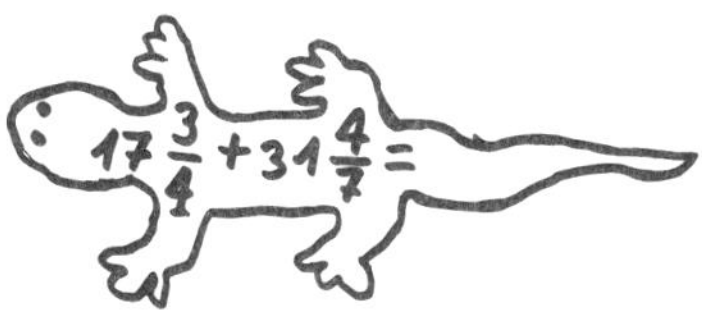

Inzwischen hatte der Regen zu proppeln aufgehört. Sie beobachtete die Tropfen, die langsam in krummen Linien am Fenster hinabkrochen, als seien sie sich nicht ganz sicher, welches der richtige Weg nach unten war. Dabei formten sie interessante Muster, beinahe wie fremdartige Schriftzeichen in Regensprache. Hinter der Fensterscheibe, an der Dachschräge, hing ein großes Spinnennetz. Kleine Tropfen glitzerten darin wie Perlen auf Schnüren. Mafalda hatte die Spinne vorgestern dabei beobachtet, wie sie das Netz mit akrobatischem Geschick gesponnen hatte, und sich dabei gefragt, woher dieses winzige Tier wusste, wie das geht.

Mathe-Hausaufgaben!, mahnte die Stimme in ihrem Hinterkopf. *Mach endlich die Mathe-Hausaufgaben, sonst bekommst du nur wieder Ärger!*

Mafalda holte tief Luft und wandte sich wieder ihrem Heft zu. Sie überlegte, ob sie die aus Brüchen geformte Eidechse durchstreichen sollte. Aber das wäre dem armen Tier wohl nicht recht. Also beschloss sie, das Ergebnis neben die Schwanzspitze zu schreiben. Dazu musste sie es allerdings erst einmal ausrechnen.

Wie ging das noch gleich? Die Lehrerin im Unterricht hatte gesagt, dass man sich Brüche als Tortenstücke vorstellen solle. Siebzehn drei Viertel bedeutete, dass man siebzehn ganze Torten hatte und von einer Torte, die in vier Teile zerschnitten worden war, noch drei Stücke übrig waren. Und dann kamen noch mal einunddreißig Torten dazu und vier Stücke von einer Torte, die in sieben Teile zerteilt worden war. Also waren es insgesamt achtundvierzig ganze Torten und sieben ungleich große Reststücke. Wer um Himmels willen brauchte so viel Kuchen? Selbst in der Konditorei Andersen, bei der ihr Vater früher immer die Sonntagsbrötchen gekauft hatte, gab es nicht so viele Torten im Schaufenster. Und warum hatte jemand die letzte Torte ausgerechnet in sieben Teile geschnitten? War es vielleicht Schneewittchen, die den sieben Zwergen je ein Stück geben wollte? Aber wieso hatten dann vier Zwerge ihre Stücke nicht aufgegessen? Die Mathematik war voller Rätsel!

Während sich Mafalda noch das Hirn zerbrach, ob die sieben Reststücke wohl zusammen auf eine Kuchenplatte passen würden, wurde sie von einem Summen abgelenkt. Eine Fliege schwirrte um ihren Kopf herum, landete auf dem Matheheft und trippelte mit ihren sechs winzigen Beinchen genau auf die gemalte Eidechse zu. Dort verharrte sie einen Moment lang und rieb die Vorderfüße aneinander, als wolle sie sich nach einem Spaziergang im Schnee aufwärmen. Dann flog sie plötzlich davon und irrte in wirren Kurven kreuz und quer durch das Zimmer.

Natürlich wäre Mafalda nie auf den Gedanken gekommen, die Fliege zu erschlagen – ein so zerbrechliches kleines Ding, das dennoch viel raffinierter war als die komplizierteste Maschine, die Menschen je gebaut hatten, durfte man nicht einfach kaputt hauen! Eva jedoch hatte solche Skrupel nicht, denn sie hasste jede Form von *Ungeziefer*, wie sie alles nichtmenschliche Leben nannte, ob es nützlich war oder nicht. Falls sie die Fliege im Zimmer erblickte, würde sie sofort mit der Fliegenklatsche auf sie losgehen.

Wenn Mafalda die Fliege also retten wollte, musste sie ihr den Weg in die Freiheit öffnen. Sie streckte die Hand nach dem Griff des linken Fensterflügels aus, zögerte jedoch. Hinter dieser Fensterhälfte lag das Spinnennetz. Wenn die Fliege sich darin verfing, wäre Mafalda schuld an ihrem Tod. Andererseits … wenn sie nur den rechten Fensterflügel öffnete und die Fliege damit am Spinnennetz vorbeilotste, bekäme die Spinne nichts zu fressen, und die ganze Mühe, die sie sich mit dem Bau ihres Netzes gegeben hatte, wäre umsonst. Was also tun?

Nach längerem Überlegen beschloss Mafalda, beide Fensterflügel zu öffnen. Dann konnte die Fliege selbst entscheiden, ob sie links oder rechts hindurchwollte.

Kaum hatte sie die beiden Hälften aufgeklappt, öffnete sich die Tür auf der anderen Seite des Zimmers. Dadurch entstand ein Luftzug, der mehrere Blätter von Mafaldas Schreibtisch wehte und ungleichmäßig im ganzen Zimmer verteilte.

»Was soll denn dieser Unsinn schon wieder?«, fragte Eva in ihrer hohen, immer gestresst klingenden Stimme. »Du lässt ja lauter Ungeziefer rein!«

Erschrocken blickte Mafalda sich um. »Ich … ich wollte

bloß …«, begann sie, doch in diesem Moment nutzte die Fliege die Gelegenheit und schwirrte an Evas Kopf vorbei durch die Tür und hinaus in den Flur.

»Siehst du?«, keifte ihre Stiefmutter. »Jetzt kann ich wieder hinter diesem fetten Brummer herjagen. Als wenn ich in diesem Haus nicht schon genug zu tun hätte! Bist du mit deinen Mathe-Hausaufgaben fertig?«

»Äh … beinahe«, stotterte Mafalda und wurde rot, wie immer, wenn sie nicht ganz genau die Wahrheit sagte.

Eva warf einen Blick in das Heft und runzelte die Stirn.

»Maaafalda!«, sagte sie auf jene vorwurfsvolle Weise, bei der sie das erste A in die Länge zog, bis es fast zerriss. Dann stellte sie wie üblich eine Menge Fragen, ohne Mafalda die Gelegenheit zu geben, auch nur eine davon zu beantworten. »Wie oft muss ich dir noch sagen, wie wichtig es ist, seine Hausaufgaben ordentlich zu erledigen? Nennst du das etwa ordentlich? Was, denkst du, wird dein Vater sagen, wenn ich ihm heute Abend erzähle, dass du im Zimmer herumturnst und irgendwelche Sachen ins Aufgabenheft malst, die da nicht reingehören, statt deine Aufgaben zu erledigen? Glaubst du etwa, er findet das gut? Meinst du, so bekommt man eine gute Note in der Schule?«

Mafalda senkte den Blick. »Es tut mir leid«, sagte sie, und auch das war nicht ganz genau die Wahrheit, aber sie hatte es schon so oft gesagt, dass sie dabei nicht mehr rot wurde.

»Mach jetzt deine Aufgaben, und zwar ordentlich! Ich komme nachher kontrollieren, und wenn ich dann sehe, dass du schon wieder nur Unsinn gemacht hast, gibt es heute kein Fernsehen mehr und kein Internet. Verstanden?«

»Ja, Eva.«

»Immer nur Flausen im Kopf!«, schimpfte ihre Stiefmutter

und seufzte, als hätte sie gerade eine schlimme Nachricht bekommen. Dann verließ sie das Zimmer, um Jagd auf die arme Fliege zu machen.

Mafalda seufzte ebenfalls und versuchte, sich wieder auf ihre Aufgabe zu konzentrieren. Kein Fernsehen, das war nicht weiter schlimm. Ihre Lieblingsserie *Weltraumprinzessin Arabella* lief heute sowieso nicht. Aber kein Internet bedeutete, dass sie nicht wie gewohnt heute Abend mit ihrer Freundin Mareike chatten konnte, und das wäre wirklich schade. Also gab sie sich Mühe, sich zu konzentrieren. Doch wegen der Flausen im Kopf war das gar nicht so einfach.

Flausen war eins ihrer Lieblingswörter. Sie wusste nicht genau, was es bedeutete, stellte sich darunter aber kleine rosafarbene Zwerge vor, die in ihrem Kopf lebten und sich einen Spaß daraus machten, ihre Gedanken durcheinanderzubringen. Immer wenn sie einen vernünftigen Einfall hatte, kam eine kleine Flause, stahl ihn und versteckte ihn irgendwo in ihrem Gedächtnis. Kurz darauf kam sie dann mit einer unsinnigen, aber lustigen Idee zurück, die sie in einer dunklen, staubigen Ecke in Mafaldas Hinterkopf gefunden hatte.

Nur manchmal gelang es ihr für kurze Zeit, die Flausen zum Schweigen zu bringen. Das geschah meistens, wenn sie etwas ganz genau beobachtete – zum Beispiel die Spinne, die ihr Netz spann, die Fliege, die ihre Vorderbeinchen aneinanderrieb, oder die Ameisen im Garten, wie sie in Reih und Glied hintereinander hermarschierten. In solchen Momenten wurde es ganz still in Mafaldas Kopf. Dann konnte sie auf einmal alles gleichzeitig sehen und hören, was ringsum geschah, und es gab keine Vergangenheit und keine Zukunft mehr, sondern nur noch das Jetzt. In diesen Augenblicken, wenn die Flausen stillhielten, konnte sie die ganze wunderbare Vielfalt der Welt wahrnehmen und war sprachlos vor Staunen.

»Seid bitte mal einen Moment lang ruhig, liebe Flausen!«, sagte sie zu sich selbst. »Ich muss jetzt wirklich meine Hausaufgaben machen.« Wenn Mafalda sich wirklich, wirklich konzentrieren wollte, dann gelang ihr das auch, jedenfalls eine Zeit lang.

Als sie im Kopf bereits Hunderte Tortenstücke zerschnitten und auf Teller verteilt hatte, hörte sie eine vertraute, fröhliche Melodie. Sie kam von dem Tablet, das ihr Vater ihr geschenkt hatte und das sie sowohl zum Chatten mit Mareike als auch für Videotelefonate mit ihm benutzte. Erfreut sprang sie auf, nahm es vom Nachtschrank und tippte auf *Gespräch annehmen.*

»Hallo, mein Äffchen!«, begrüßte Papa sie.

Früher hatte er manchmal den Arm ausgestreckt wie einen Ast, und Mafalda hatte sich darangehängt und komische Geräusche gemacht, als wäre sie ein kleiner Affe. Dafür war sie längst zu groß, aber insgeheim wünschte sie sich immer noch manchmal, ein Äffchen zu sein und mit ihrem Papa und ihrer richtigen Mama auf einem Baum ganz weit weg im Dschungel zu leben, wo es Papageien, Chamäleons und Faultiere gab.

»Hallo, Papa!«, sagte sie. »Wann kommst du denn wieder?« Sie sah ihn, wie er an einem Schreibtisch vor seinem Laptop saß, in einem dunkelgrauen Anzug und einem blau-grün gestreiften Schlips. Seine Brille saß ein bisschen schief.

»Du, deshalb rufe ich an«, sagte er. »Ich muss leider übers Wochenende hier in Dubai bleiben und komme erst nächste Woche Freitag zurück. Sei nicht traurig, ja?«

»Bin ich nicht«, log Mafalda und versuchte, ihre Tränen zurückzuhalten.

»Wenn ich wieder da bin, gehe ich mit dir in den Zoo. Das schwöre ich bei allen galaktischen Mächten.«

»Wenn du lügst, wirst du auf den Gefängnisplaneten Dunkula verbannt«, sagte Mafalda und imitierte den energischen Tonfall, den Weltraumprinzessin Arabella benutzt hätte. Aber es klappte nicht, weil eine Prinzessin der Andorianischen Föderation niemals weinte.

»Gut, mein Äffchen. Dann bis bald. Ich muss jetzt ins nächste Meeting.« Er unterbrach die Verbindung.

Mafalda starrte das Tablet in ihrer Hand an. Meetings, Meetings, dauernd war ihr Vater in irgendwelchen Meetings. Leute saßen dabei in einem Raum um einen Tisch herum und redeten die ganze Zeit über Strategien und Kennzahlen und Synergien und Kosteneffizienz und lauter andere komplizierte und todlangweilige Dinge, hatte er ihr erklärt. Sie wusste, dass er das tat, um Geld zu verdienen, denn er war Unternehmensberater. Das bedeutete, er erklärte den Chefs von Firmen, was sie tun sollten. Und dafür musste er dauernd in andere Städte fliegen, die seltsame Namen hatten wie Riad, Antwerpen, Toulouse oder jetzt Dubai. Sie wusste, dass Dubai in Arabien lag und die Leute dort irre reich waren und dass es da ein ganz tolles Hotel gab, das im Meer stand.

Allerdings wusste sie nicht, wozu die Leute, die ihren Papa bezahlten, einen Unternehmensberater brauchten, wenn sie doch schon so viel Geld hatten. Und wieso ihr Papa nicht selbst Chef einer Firma war, wenn er ohnehin besser wusste als die anderen Chefs, was sie tun sollten. Dann wäre er viel öfter zu Hause gewesen und hätte mit Mafalda und Timmy Meetings machen können. Vielleicht wäre dann auch ihre Stiefmutter nicht immer so schlecht gelaunt gewesen.

»Ich hab dir doch gesagt, kein Internet, bevor du nicht mit

den Hausaufgaben fertig bist«, hörte Mafalda Evas scharfe Stimme von der Zimmertür. »Und wieso hast du dein Zimmer noch nicht aufgeräumt? Hier sieht es ja aus wie in einem Schweinestall.«

Mafalda warf ihr einen zornigen Blick zu.

»Papa hat angerufen«, sagte sie. »Und er hat mir gesagt, er findet dich ganz doof.«

Dann stürmte sie mit rotem Gesicht an Eva vorbei aus dem Zimmer.

»Das … das ist ja wohl …«, rief ihre Stiefmutter ihr nach. Den Rest hörte Mafalda nicht mehr, denn sie flüchtete nach draußen in den Garten.

2. Die seltsame Eidechse

Der Garten des neuen Hauses war nicht besonders aufregend. In der Mitte gab es eine große Rasenfläche, die von einem Mähroboter immer zentimeterkurz gehalten wurde, auf der man aber weder herumhüpfen noch gegen sich selbst Fußball spielen und erst recht kein Zelt aus alten Decken und Besenstielen aufschlagen durfte. Drumherum lagen einige sorgfältig gepflegte Blumenbeete, eine Sandkiste für Timmy und auf der fernen Seite eine Reihe großer Rhododendronbüsche. Als sie eingezogen waren, hatte es da, wo jetzt die Sandkiste stand, noch einen Apfelbaum gegeben. Doch der hatte Eva nicht gefallen, »weil Apfelbäume immer so viel Dreck machen«. Als Mafalda ihr gesagt hatte, Äpfel seien doch kein Dreck, hatte Eva behauptet, die Äpfel seien bestimmt sowieso viel zu sauer und zögen außerdem Würmer, Wespen und anderes Ungeziefer an. So hatten Mafaldas Proteste wieder einmal nichts bewirkt und am nächsten Tag war der Baum verschwunden. Immerhin liebte Timmy seine Sandkiste, besonders wenn der Sand vom Regen feucht und klebrig war wie jetzt, aber dann durfte er meist nicht draußen spielen.

Die Rhododendronbüsche waren das Einzige, das Mafalda an diesem Garten schön fand. Sie waren groß und alt und bildeten Hohlräume, in denen sie sich verkriechen konnte, wenn sie mal wieder Ärger mit Eva hatte. Und genau das tat sie jetzt, obwohl sie wusste, dass sie das nicht durfte.

Unter dem Dach der Blätter war es richtig gemütlich, auch wenn es nicht ganz einfach war, sich durch das Gewirr der krummen und schiefen Äste hindurchzuzwängen. Mafalda achtete darauf, dabei keine Käfer oder Larven zu zerquetschen – davon gab es hier im Garten ohnehin viel zu wenige. Sie konnte schon froh sein, wenn sie hin und wieder unter einem Stein eine Assel oder ein paar winzige schwarze Ameisen fand. Auch Vögel verirrten sich kaum in diesen Garten. Und sollte es eine Ratte oder auch nur eine Maus wagen, ein Loch in den Boden zu graben, musste sie sofort mit einem Giftanschlag auf ihr Leben rechnen.

»Maaaafalda!«, rief Eva von der Verandatür her. Doch da es inzwischen wieder regnete, folgte sie Mafalda nicht in den Garten, sondern schimpfte nur. »Na warte, wenn ich das deinem Vater erzähle! Das wird Konsequenzen haben. Und glaub bloß nicht, dass du heute noch ferngucken oder chatten darfst!«

Mafalda verkroch sich in der hintersten Ecke des Gartens, mit dem Rücken zu der brüchigen alten Backsteinmauer. Hier war es schön still, und sie beruhigte sich allmählich. Nach und nach nahm sie die verschiedenen Geräusche ringsum wahr – das sanfte Pippeln des Regens auf den Rhododendronblättern, das gleichmäßige Brausen der Straße, das Zwitschern von Vögeln auf der anderen Seite der Mauer, ihr eigenes Schniefen, das nun immer seltener zu hören war. Sie roch den feuchten Boden und den sanften Duft der rosafarbenen Blüten, spürte die kühle, feuchte Luft auf der Haut und in den Lungen, und selbst die Flausen schwiegen für eine Weile.

Vorsichtig strich sie mit dem Finger über den Ast vor sich.

Die Rinde fühlte sich rau an und kitzelte ein bisschen an der Fingerspitze. Fast glaubte sie zu spüren, wie etwas im Innern des Asts pulsierte, so als schlüge irgendwo tief in den Wurzeln des Rhododendrons langsam ein altes hölzernes Herz. Dabei wusste sie genau, dass Büsche keine Herzen hatten. Aber lebendig waren sie trotzdem, auf ihre eigene träge Pflanzenart.

Der Regen ließ nach, und Mafalda überlegte, ob sie ins Haus zurückkehren sollte. Sie konnte zwar nicht fernsehen oder chatten, aber ein Buch zu lesen hatte ihr Eva nicht verboten, und Mafalda liebte Bücher, ganz besonders fantastische Geschichten mit Riesen, Trollen und gigantischen Wäldern voller Gefahren. Außerdem musste sie sich wohl bei Eva entschuldigen. Denn obwohl ihre Stiefmutter ungerecht gewesen war, hätte sie trotzdem nicht lügen dürfen. Eigentlich war es ihr egal, was Eva darüber dachte, aber sie wusste, dass Papa Lügen überhaupt nicht leiden konnte. Und dass sie ihm sogar eine Lüge in den Mund gelegt hatte, machte es umso schlimmer.

Als sie sich gerade aus ihrem Versteck erheben wollte, bemerkte sie aus den Augenwinkeln eine Bewegung. Sie verharrte reglos, denn sie wusste, dass Tiere oft davonhuschten, wenn man sich bewegte. Ganz langsam drehte sie den Kopf nach rechts. Zuerst konnte sie nichts erkennen, doch als sie ihre Umgebung ganz genau betrachtete, entdeckte sie auf einmal die Umrisse einer kleinen Eidechse, die wie festgeklebt an der Mauer hing. Der Körper war so lang wie Mafaldas Zeigefinger, der Schwanz noch einmal so lang.

Es war schon ungewöhnlich genug, dass sie hier im Schatten der Rhododendronbüsche ein so seltenes und interessantes Tier fand. Doch noch bemerkenswerter war seine Farbe. Der schuppige Körper war in verschiedenen Blautönen gemustert. Tintenblaue und himmelblaue Streifen wechselten sich ab, während der Kopf und die Füße türkisfarben gesprenkelt waren.

Noch nie hatte Mafalda etwas so Schönes gesehen. Sie hielt den Atem an, um das Tier bloß nicht zu verscheuchen. Eine Sekunde lang ärgerte sie sich, dass sie ihr Tablet nicht dabei hatte und kein Foto machen konnte. Doch dann wäre die Eidechse womöglich geflohen, und überhaupt war es viel besser, ein solches Tier in der Wirklichkeit zu sehen als auf einem Bildschirm.

Die Eidechse drehte den Kopf in Mafaldas Richtung und schien sie mit ihren winzigen schwarzen Augen neugierig zu mustern. Dann huschte sie blitzschnell an der Mauer entlang, bis sie außer Sichtweite war.

Mafalda kroch vorsichtig hinter ihr her. Sie hatte zwar nur geringe Hoffnung, das Tier noch einmal zu sehen, doch sie durfte die einmalige Gelegenheit nicht ungenutzt verstreichen lassen. Vielleicht lebte die Eidechse irgendwo in einem Loch in der Mauer. Dann konnte sie häufiger herkommen, um sie zu beobachten.

Doch anstelle eines kleinen Lochs entdeckte Mafalda zu ihrer Überraschung eine grün gestrichene alte Holztür in der Mauer, die vom Rhododendron vollständig verdeckt wurde und ihr deshalb bisher noch nicht aufgefallen war. Die Farbe war an vielen Stellen abgeblättert und hatte das modrige graue Holz darunter freigelegt. Zwischen Tür und Boden gab es einen schmalen Spalt, durch den noch die türkisblaue Schwanzspitze der Eidechse herausragte, bis sie im nächsten Augenblick verschwand.

Mafalda streckte die Hand nach der Türklinke aus, zögerte jedoch. Sie hörte beinahe Evas Stimme in ihrem Kopf. *Maaafalda! Wie oft habe ich dir schon gesagt, dass du das Grundstück nicht verlassen darfst, ohne mich zu fragen? Und überhaupt, wie siehst du schon wieder aus? Glaubst du, ich habe nichts Besseres zu tun, als den ganzen Tag deine schmutzigen Sachen zu waschen? Womit habe ich das nur verdient?*

Ich sollte Eva nicht noch mehr ärgern, sagte sie zu sich selbst. *Besonders, wenn Papa dieses Wochenende nicht nach Hause kommt.* Doch schon kam eine kleine Flause, stahl den vernünftigen Gedanken und ersetzte ihn durch den folgenden: *Ich kann doch mal kurz nachsehen, was hinter der Tür ist. Vielleicht sehe ich die wunderschöne Eidechse noch einmal. Danach gehe ich sofort zu Eva.*

Mafalda fand, dass die Flause irgendwie recht hatte. Nur mal kurz nachsehen war ja nicht verboten, oder? Also drückte sie die Klinke nach unten. Doch sie war festgerostet und ließ sich keinen Millimeter bewegen. Versuchshalber drückte sie trotzdem gegen die Tür. Es gab ein Knacken, etwas bröckelte zu Boden, und auf einmal ließ sich die morsche Tür öffnen. Dabei knirschten die alten Scharniere laut.

Na toll! Jetzt hatte Mafalda zu allem Überfluss auch noch die Gartentür kaputt gemacht. Nur gut, dass die Tür hinter den Rhododendren verborgen war. Wenn sie jetzt ins Haus zurückkehrte, würde Eva vermutlich nicht gleich merken, was sie schon wieder angestellt hatte. Doch die Flausen in ihrem Kopf fanden, jetzt, da die Tür kaputt war, komme es auch nicht mehr darauf an, und sie könne sich ebenso gut auf der anderen Seite umsehen.

Also steckte sie den Kopf hindurch. Im ersten Augenblick war der Anblick eher enttäuschend, denn es sah genauso aus wie auf ihrer Seite der Mauer. Knotige Äste ragten vom Boden auf und trugen ein dichtes Dach aus Rhododendronblättern, durch das sie kaum etwas sehen konnte.

Mafalda verhielt sich ganz still, während ihre Blicke über den schattigen Boden glitten. Gar zu gern hätte sie die seltsame Eidechse noch einmal gesehen. Zwar entdeckte sie das Tier nicht, doch dafür nahm sie nach und nach viele andere Sinneseindrücke wahr. Der Regen hatte aufgehört, aber noch immer tropfte Wasser von den Blättern. Von irgendwoher kam ein leises *Plipp, Plipp,* so als fielen Tropfen in einen Wassereimer. Doch es gab noch viele weitere Geräusche – vielstimmiges Vogelgezwitscher, das Summen zahlloser Insekten, das Zirpen von Grillen, das Rascheln von Blättern und hin und wieder ein seltsam knarrendes Geräusch. Es war, als hätte Mafalda die Tür zu einem Konzertsaal geöffnet, in dem gerade ein Orchester aus Pflanzen, Vögeln und Insekten eine Sinfonie aufführte.

Während Mafalda lauschte, nahm sie auch die Gerüche wahr, die ihr entgegenschlugen. Die waren ebenfalls ganz anders als in ihrem eigenen Garten, erdiger, vielfältiger, der zarte Duft der Rhododendronblüten, gemischt mit dem frischen Geruch von feuchtem Gras und einer leicht fauligen, aber nicht unangenehmen Note.

Nach einer Weile meldeten sich die Flausen wieder und befanden, Mafalda müsse unbedingt einen kurzen Blick durch das Blätterwerk werfen. Und das tat sie, denn in ihrem Kopf fand sich kein vernünftiger Gedanke, der dagegen gesprochen hätte.

Bei der Aussicht, die sich ihr bot, als sie einen dünnen Zweig zur Seite bog, staunte sie nicht schlecht. Der Garten auf der anderen Seite der Mauer schien ungefähr so groß zu sein wie ihr eigener, doch damit endeten die Gemeinsamkeiten auch schon. In der Mitte, wo sich auf ihrer Seite eine leere Rasenfläche erstreckte, lag ein von Büschen und einer Birke umstandener Teich. Wild wucherten ringsum Gräser, Kräuter, blühende

Sträucher, Büsche und Kletterpflanzen durcheinander. Es sah aus, als habe noch nie ein Gärtner Hand an diesen Garten gelegt und Ordnung in das *fürchterliche Chaos* gebracht, wie Eva es wohl genannt hätte. Und doch spürte Mafalda, dass die Pflanzen ihre eigene Harmonie gefunden hatten. Für jede Blume, jeden Strauch schien es hier einen Platz zu geben. Und die Pflanzen boten einer Vielfalt von Insekten Raum, wie Mafalda sie nie zuvor gesehen hatte, nicht einmal im Botanischen Garten in der Stadt. Verschiedenfarbige Schmetterlinge flatterten von Blüte zu Blüte, Bienen, Hummeln und Wespen summten umher. Über dem Teich schwirrte sogar eine Libelle, deren langer Leib in metallischem Grün schillerte. Ein Eichhörnchen kletterte am Stamm der Birke hinauf, in der sich Meisen mit einer Amsel einen Sängerwettstreit zu liefern schienen.

Als es erneut knarzte, entdeckte Mafalda einen kleinen Frosch, der auf einem fast kreisrunden flachen Blatt am Teichrand saß. Jedes Mal, wenn er das Geräusch machte, bliesen sich seine Backen zu durchsichtigen kleinen Ballons auf. Das sah so lustig aus, dass Mafalda fast laut aufgelacht hätte.

Auf der fernen Seite des Gartens ragte die Villa auf, die Mafalda vom Fenster ihres Zimmers aus sehen konnte. Sie wirkte ein wenig schäbig, ihre ursprünglich weißen Wände waren vom Alter fleckig und grau wie die Haut von Mafaldas Oma, die in Süddeutschland lebte. Das alte Haus hatte hölzerne Fensterläden und eine rot-weiß gestreifte löchrige Markise über einer kleinen Veranda. Wer dort wohnte, wusste Mafalda nicht.

»Maaaafalda!«, erklang Evas Stimme gefährlich nahe. »Komm sofort da raus! Musst du immer solchen Unsinn anstellen? Hast du dich etwa schon wieder im Dreck gewälzt?

Glaubst du, ich habe nichts Besseres zu tun, als den ganzen Tag deine Kleidung zu waschen? Wo bist du überhaupt?«

Hastig kroch Mafalda zurück durch die immer noch offen stehende Gartentür und streckte den Kopf aus dem Rhododendronbusch. Eva stand mit zornrotem Kopf auf dem Gehweg, nur drei Meter von ihr entfernt.

»Komm sofort da raus!«, keifte sie. »Und pass auf, dass du mir nicht die Tulpen zertrampelst! Hast du eigentlich eine Ahnung, was es kostet, diesen Garten in Ordnung zu halten? Findest du es etwa lustig, mir die Arbeit noch schwerer zu machen, als sie sowieso schon ist? Was soll ich bloß deinem Vater erzählen, wenn ich nachher mit ihm telefoniere? Kannst du mir das bitte mal sagen? Womit habe ich das verdient?«

Mafalda zuckte mit den Achseln. »Es … tut mir leid«, stammelte sie mit gesenktem Kopf.

»Ab in dein Zimmer!«, befahl Eva in strengem Ton. »Erst mal räumst du dort auf. Aber picobello! Und dann kontrolliere ich deine Hausaufgaben. Als ob ich nichts Besseres zu tun hätte!«

»Ja, Eva.«

3. DER GEHEIME GARTEN

Als Mafalda am nächsten Tag aus der Schule kam, hatte sie gute Laune. Und das, obwohl sie in der Mathestunde von Frau Hartholz wegen der *Schmiererei* in ihrem Hausaufgabenheft getadelt worden war. Doch der Tadel hatte Mafalda nur an die blaue Eidechse und daran erinnert, dass im Nachbargarten eine Wildnis darauf wartete, von einer unerschrockenen Abenteurerin erkundet zu werden. Das jedenfalls war die Meinung der Flausen in ihrem Kopf, und Mafalda neigte dazu, ihnen zuzustimmen. Schließlich war ja nichts Schlimmes oder Gefährliches daran, einen Garten zu erforschen. Vielleicht sah sie sogar die seltsame Eidechse wieder. Sie beschloss, das nächste Mal ihr Tablet mitzunehmen und ein Foto zu machen. Vielleicht entdeckte sie eine bis dahin unbekannte Eidechsenart und wurde eine reiche und berühmte Naturforscherin.

Als sie darüber nachdachte, wurde ihr bewusst, welch seltsamer Zufall das gewesen war. Erst malte sie mit blauem Kugelschreiber eine Eidechse in ihr Heft, und kurz darauf entdeckte sie tatsächlich eine lebendige blaue Eidechse. Es war fast, als hätte sie das seltsame Tier mit ihrer Zeichnung herbeibeschworen, wie es manchmal in den Fantasybüchern vorkam, die sie so gern las. Andererseits wusste Mafalda natürlich, dass diese Geschichten nur ausgedacht waren und es in

Wirklichkeit keine Magie und auch keine Elfen, Trolle, Riesen und Zwerge gab, auch wenn das irgendwie schade war.

Eva hatte wie üblich schlechte Laune, und Mafalda beschloss, ihre Hausaufgaben diesmal sorgfältig zu erledigen und ihre Stiefmutter nicht weiter zu ärgern. Das gelang ihr sogar, denn die Flausen verhielten sich erstaunlich ruhig. Wahrscheinlich freuten sie sich schon auf den bevorstehenden Ausflug.

»Ich gehe noch ein bisschen in den Garten«, verkündete Mafalda, als sie mit den Aufgaben fertig war.

»Hast du deine Hausaufgaben gemacht?«, fragte Eva. »Und dein Zimmer aufgeräumt?«

»Ja, Eva.«

»Das sehe ich mir lieber selbst an.«

Doch als Eva Mafaldas Hefte und ihr Zimmer in Augenschein nahm, fand sie ausnahmsweise nichts zu meckern.

»Hm. Na gut«, sagte sie, und das war aus ihrem Mund schon so etwas wie ein Lob. »Aber mach deine Kleidung nicht schmutzig! Deine Jeans und das Sweatshirt kommen gerade erst frisch aus der Wäsche. Und trample nicht auf dem Rasen herum, hörst du?«

»Ja, Eva.«

Ihre Stiefmutter runzelte die Stirn, als sei ihr gerade etwas eingefallen. »Sag mal, was willst du eigentlich im Garten?«

Mafalda zuckte zusammen. Sie konnte Eva unmöglich verraten, dass sie durch die geheime Gartenpforte auf das Nachbargrundstück schlüpfen wollte. Also musste sie schon wieder lügen.

»Ich … äh … wollte ein bisschen lesen«, stammelte sie und wandte sich rasch ab, damit Eva nicht sah, wie sie rot wurde. Dann holte sie eins ihrer Lieblingsbücher aus dem Regal – *Die unendliche Geschichte.* Zwar hatte sie das Buch schon zweimal durchgelesen, aber das wusste Eva nicht. Und selbst wenn, das Buch war so aufregend, dass sie es auch ein drittes Mal lesen konnte, obwohl es schon ziemlich alt war und an einigen Stellen etwas seltsam geschrieben. Es war das Lieblingskinderbuch ihres Vaters gewesen. Er hatte es ihr vorgelesen, als sie noch kleiner war und nicht so gut selbst lesen konnte. Das allein machte es zu einem ihrer kostbarsten Schätze.

»Hm, na gut«, meinte Eva. »Aber mach keinen Unsinn!«

Bevor ihre Stiefmutter es sich anders überlegen konnte, lief Mafalda in den Garten. Sie hatte Glück, denn als sie gerade durch die Verandatür trat, klingelte das Telefon. Evas Freundin Beate rief an. Die Gespräche der beiden dauerten immer so lange, dass Mafalda eine Weile ungestört bleiben würde.

Am anderen Ende des Gartens vergewisserte sie sich noch einmal, dass Eva nicht in ihre Richtung blickte, dann verschwand sie in den Rhododendronbüschen. Einen Moment lang hockte sie sich nur still hin und wartete, bis sich ihre Augen an die Schatten gewöhnt hatten. Heute schien die Sonne, und die Lichtstrahlen malten Flecken auf den Boden und die knorrigen Äste, die sich leicht hin und her bewegten, als wären sie flache kleine Krabbeltiere aus Licht.

Mafalda spürte ihren eigenen Herzschlag, der aufgrund ihrer Aufregung schnell und stark war. Sie wollte etwas tun, das ihr Eva zwar nicht ausdrücklich verboten hatte, ihr aber sicher verboten hätte, wenn sie von der Tür in der Mauer gewusst hätte. Eine mahnende Stimme in Mafaldas Kopf wies sie darauf hin, dass das somit genauso unerlaubt war, als wenn Eva das Verbot ausgesprochen hätte. Doch die Flausen flüsterten unablässig: *Unsinn! Und außerdem, sie merkt es doch gar nicht!*

Also kroch Mafalda wieder durch die Tür und spähte durch die Blätter des Rhododendrons auf der anderen Seite.

Im hellen Sonnenlicht sah der fremde Garten noch schöner und einladender aus als am Tag zuvor. Die wild durcheinander wachsenden Blüten strahlten in den kräftigsten Farben. Der Körper der Libelle, die wieder über dem Teich herumschwirrte, glitzerte so hell, als wäre er aus Edelsteinen gefertigt. Die Insekten schienen noch emsiger zu summen und zu brummen, und die Vögel sangen noch lauter.

Eine Zeit lang hockte Mafalda nur stumm da und betrachtete das lebendige Bild vor sich. Der Frosch war nicht zu sehen, auch das Eichhörnchen ließ sich nicht blicken, ebenso wenig wie die blaue Eidechse. Dafür entdeckte sie einen wunderschönen Schmetterling, der größer und prächtiger war als alle, die sie bisher in freier Natur gesehen hatte. Seine Flügel schimmerten in hellem Blau und Türkis und erinnerten Mafalda an den Kopf der Eidechse.

Fasziniert beobachtete sie, wie er von Blüte zu Blüte flatterte und ihr dabei immer näher kam, bis er sich fast in Reichweite ihres Arms auf einer Rhododendronblüte niederließ. Als er dabei die Flügel zusammenklappte, sah sie auf der graubraunen Unterseite eine Reihe kreisförmiger, gelb umrandeter schwarzer Flecken, die sie wie Augen anzustarren schienen. Die echten Augen des Falters hingegen waren so klein, dass sie kaum zu erkennen waren.

Mit angehaltenem Atem beobachte Mafalda das prächtige Insekt, wie es Nektar aus der Blüte saugte. Ganz langsam und vorsichtig streckte sie die geöffnete Hand aus und hielt sie dem Schmetterling entgegen. Er erhob sich von der Blüte, ließ sich tatsächlich auf Mafaldas Hand nieder und breitete die herrlichen Flügel aus, um sie an der Sonne zu wärmen. Die winzigen

Beine kitzelten ein bisschen auf Mafaldas Handfläche. Ein Gefühl des Stolzes durchströmte sie. Wenn das Mareike gesehen hätte …

Ihr fiel ein, dass sie ja ihr Tablet hatte mitnehmen wollen. Das hatte sie bei ihrer Flucht vor Eva ganz vergessen. Was für eine tolle Aufnahme das geworden wäre! Sie nahm sich vor, gleich morgen mit dem Gerät wiederzukommen.

Der Falter erhob sich von Mafaldas Hand und flatterte in Richtung des Teichs. Sie überwand ihre Scheu und folgte ihm langsam. Dabei achtete sie auf jeden ihrer Schritte, um nicht versehentlich ein Insekt oder eine schöne Blume zu zertreten.

Der Teich hatte eine leicht bauchige, längliche Form. Er glich eher einem Sumpf als einem richtigen Gewässer, denn überall reckten Pflanzen ihre Stängel und Halme aus dem Wasser. Nur ein kleiner Bereich in der Mitte war frei von Bewuchs. Der Schmetterling ließ sich auf einem großen Blatt nieder, das auf dem Wasser schwamm wie eine kleine grüne Insel, und breitete die Flügel aus.

Nachdem sich Mafalda an den Rand gehockt und eine Weile gewartet hatte, sah sie eine Bewegung. Aus einem Dickicht spitz zulaufender schmaler Blätter tauchte der Frosch auf. Sie sah nur seine Augen, die wie kleine Perlen aus dem Wasser ragten. Er schwamm zu dem Blatt, auf dem der Schmetterling saß. Dieser zeigte keinerlei Angst, doch als der Frosch aus dem Wasser auf das Blatt kletterte, erhob er sich und flatterte davon, bis er hinter der Birke außer Sicht geriet.

Mafalda beobachtete den Frosch, doch der saß bloß reglos in der Sonne. Als sie sich schließlich vorbeugte und ins Wasser blickte, erkannte sie ihr eigenes Spiegelbild als dunklen Umriss. Das Wasser war braun und trübe, dennoch nahm sie darin Bewegungen wahr. Kaulquappen schwammen unter der

Oberfläche hin und her. Wenn die alle erwachsen wurden, würde es hier bald von Fröschen nur so wimmeln!

Auf einmal entdeckte sie eine längliche Form, ähnlich der blauen Eidechse, jedoch kleiner und mit einem schwarzen Körper. Bevor sie genauer hinsehen konnte, war das Tier im Dunkel verschwunden. Dann erblickte sie ein Insekt, das wie eine große Mücke aussah, aber auf dem Wasser lief. Um seine Füße bildeten sich dabei kleine Mulden, als bewege es sich über eine feste, biegsame Oberfläche.

»Maaafalda!«, hörte sie Evas Stimme. »Wo bist du denn schon wieder?«

Mafalda erschrak so heftig, dass sie um ein Haar in den Teich gefallen wäre. Sie war so in ihre Beobachtungen versunken gewesen, dass sie ringsum alles vergessen hatte. Hastig kehrte sie zur Gartentür zurück und schlüpfte gerade noch hindurch, bevor Eva bei ihr war.

»Was suchst du denn schon wieder in dem Gebüsch? Wie siehst du bloß aus? Habe ich dir nicht ausdrücklich verboten, dich schmutzig zu machen? Soll ich das Sweatshirt etwa schon wieder waschen? Woher kommen überhaupt diese Flecken? Was geht nur in deinem Kopf vor?«

»Tut mir leid, Eva.«

»Und wo ist eigentlich das Buch? Hast du das etwa irgendwo im Dreck liegen gelassen? Habe ich dir nicht aufgetragen, sorgfältig mit deinen Sachen umzugehen? Denkst du, dein Vater kauft dir immer sofort etwas Neues, wenn du etwas kaputt machst? Glaubst du, er ist ein Millionär?«

Mafalda zuckte innerlich zusammen. Das Buch! Sie hatte es auf den Boden gelegt, als sie die Hand nach dem Schmetterling ausgestreckt hatte. Und da lag es jetzt immer noch – unter dem Rhododendron auf der anderen Seite der Mauer. Wenn sie jetzt dorthin zurückkroch, würde Eva womöglich merken, dass sie das Nachbargrundstück betreten hatte. Fieberhaft dachte sie nach, doch ihr fiel keine Antwort ein. Also schwieg sie.

Eva hob die Brauen. »Hast du mich nicht verstanden? Habe ich dir nicht gerade gesagt, dass du das Buch holen sollst? Rede ich Chinesisch, oder was? Oder hast du beschlossen, einfach alles zu überhören, was ich sage? Glaubst du, meine Geduld ist unbegrenzt?«

Mafaldas Blick fiel auf die Veranda. »Guck mal, da ist Timmy!«, rief sie.

Ihr kleiner Halbbruder stolperte auf seinen kurzen Beinchen in den Garten.

»Maffi!«, rief er von Weitem und rannte auf sie zu.

Eva fuhr herum. »Tim! Ich habe dir doch gesagt, du sollst drinnen bleiben!«

»Will mit Maffi pielen!«, verkündete Timmy.

Eva warf Mafalda einen wütenden Blick zu. »Da siehst du, was du schon wieder anrichtest! Gerade erst habe ich dem Jungen frisch gewaschene Sachen angezogen.«

Mafalda lief zu Timmy, hob ihn hoch und drückte ihn an sich. »Danke«, flüsterte sie und gab ihm einen schmatzenden Kuss auf die Wange. Dann trug sie ihn zurück ins Haus.

4. VOGEL UND KATZE

Am nächsten Tag konnte es Mafalda kaum erwarten, aus der Schule zu kommen. Sie hatte am Abend zuvor mit Mareike gechattet und ihr von dem Zaubergarten – so hatte sie ihn genannt – erzählt. Als sie ihr die Eidechse und den Schmetterling beschrieben hatte, hatte ihre Freundin ihr das nicht recht glauben wollen. *Du hast wirklich manchmal zu viel Fantasie, Mafalda*, hatte sie geschrieben. Als ob einem von Fantasie schlecht werden konnte, wenn man zu viel davon hatte, so wie von Schokoladenkeksen …

Also hatten sie vereinbart, dass Mafalda heute das Tablet mitnehmen und ein Foto machen würde. Den ganzen Vormittag über malte sie sich aus, welche erstaunlichen Entdeckungen im Nachbargarten noch auf sie warteten. Eine große Schnecke vielleicht? Ein Igel? Ein Hase? Ein blauer womöglich? Das wäre wirklich mal etwas Außergewöhnliches. Auf jeden Fall war sie sicher, dass ihr Zaubergarten einige Überraschungen zu bieten hatte.

Doch als sie zu Hause ankam, zog sich der Himmel mit schweren grauen Wolken zu, und ihre Stiefmutter wollte nichts davon wissen, dass sie wieder in den Garten ging.

»Aber ich muss!«, behauptete sie dickköpfig.

»Soso, du musst also«, erwiderte Eva. »Und wer sagt das?

Gibt es hier vielleicht noch jemanden außer mir, der dir Anweisungen erteilen kann? Oder sind es wieder die Flausen in deinem widerspenstigen Kopf, die dir solchen Unsinn einreden? Kannst du mir mal sagen, woher du immer diese dummen Einfälle nimmst?«

»Ich muss, weil … wegen der Schule«, log Mafalda und war dabei so aufgeregt, dass sie nicht einmal rot wurde. »Wir müssen Fotos machen. Von Blättern. Deshalb muss ich in den Garten.«

»Fotos von Blättern? Wem ist denn dieser Unsinn eingefallen?«

»Frau Koslowski«, behauptete Mafalda. Dass ausgerechnet ihre Deutschlehrerin ihr die Hausaufgabe geben sollte, Fotos von Blättern zu machen, klang nicht gerade überzeugend, aber ihr fiel auf die Schnelle kein anderer Name ein. Hoffentlich kam Eva nicht auf den Gedanken, die Lehrerin anzurufen!

»Hm, na gut, wenn es für die Schule ist. Aber pass auf, dass du dich nicht schon wieder schmutzig machst!«

»Ja, Eva.«

Mafalda griff nach ihrem Tablet und lief in den Garten. Da Eva ihr von der Veranda aus misstrauisch nachblickte, machte sie ein paar Fotos von den Blättern eines Ahorns, das im Nachbargarten stand und dessen Äste – sehr zu Evas Missfallen – ein Stück weit in ihren Garten herüberreichten. Dann wandte sie sich den Rhododendronblättern zu und knipste so lange, bis Eva im Haus verschwand.

Rasch kroch sie unter die Büsche, schlüpfte durch die Gartenpforte und spähte durch die Rhododendronblätter auf der anderen Seite der Mauer. Obwohl die Farben heute nicht so strahlend waren wie am Vortag bei hellem Sonnenlicht, erfreute sie sich an der Pracht der Pflanzen. Rasch machte sie ein paar Fotos von dem Garten. Dann wartete sie eine Weile.

Es dauerte nicht lange, und der blaue Schmetterling flatterte über den Teich auf sie zu. Mit angehaltenem Atem wartete Mafalda, bis er sich auf eine Blüte in der Nähe setzte. Diesmal streckte sie nicht die Hand aus, denn sie musste ja das Tablet halten. Vorsichtig hob sie es an und aktivierte die Kamera. Doch genau in diesem Moment gab es eine Fehlermeldung. *Interner Fehler #3B8C. Bitte starten Sie das Gerät neu.*

»Mist!«, schimpfte Mafalda. »Ausgerechnet jetzt!«

Wie durch ihre Worte aufgeschreckt, flatterte der Schmetterling davon. Mafalda schaltete das Tablet vollständig aus und dann wieder ein. Es dauerte einige Sekunden, bis die Benutzeroberfläche wieder erschien und sie die Kamera erneut aktivieren konnte. Von dem Schmetterling war nichts mehr zu sehen.

Sie wartete mehrere Minuten lang, doch der Schmetterling blieb verschwunden, und auch sonst entdeckte sie keine besonders auffälligen Tiere. Dafür fing es an zu regnen. Also griff Mafalda nach dem Buch, das sie am Vortag hier hatte liegen lassen, und kehrte nach Hause zurück, wo sie von Eva ausgeschimpft wurde, weil sie klitschnass war.

Am nächsten Tag war Samstag. Am Wochenende schlief Eva immer lange, sodass Mafalda sich mit ihrem Tablet unbemerkt nach draußen schleichen konnte. Eigentlich hätte sie traurig sein müssen, weil ihr Vater nicht wie sonst am Freitagabend nach Hause gekommen war. Doch die Aussicht auf eine erneute Expedition in ihren Zaubergarten vertrieb die trüben Gedanken. Sie überlegte, ob sie Papa nach seiner Rückkehr die Fotos zeigen sollte, die sie gemacht hatte und noch machen würde. Sie wusste, dass er nicht mit ihr schimpfen würde. Er war immer viel großzügiger und netter zu ihr als Eva. Aber er hatte die lästige Angewohnheit, Eva alles zu erzählen, was Mafalda betraf. In seiner Gegenwart tat Eva dann immer so, als finde sie das alles ganz toll, doch sobald er weg war, wurde Mafalda ausgeschimpft. Also ließ sie das wohl besser bleiben.

In der Nacht hatte es geregnet, doch nun schien die Morgensonne, und die Tropfen im Gras und auf den Blättern glitzerten wie kleine Edelsteine. Wenn sie ganz genau hinsah, schillerten die Tropfen in allen Regenbogenfarben. Bewegte sie den Kopf hin und her, veränderten sich sogar die Farben. Sie wollte diesen Eindruck mit dem Tablet fotografieren, doch es misslang ihr. Auf dem Foto sahen die glänzenden Perlen wie ganz gewöhnliche Wassertropfen aus.

Sie kroch durch die Gartenpforte und betrachtete den Zaubergarten aus ihrem Versteck im Rhododendron heraus. Die Feuchtigkeit schien die Gerüche des Bodens und der Blumen noch zu verstärken. Von der Birke fielen immer wieder Regentropfen mit unregelmäßigem *Blipp, Blipp* in den Teich. Der Frosch saß auf seinem Blatt und quakte, während die Vögel und Insekten ein vielstimmiges Konzert gaben.

Als Mafaldas Blick zur Birke hinüberschweifte, entdeckte sie auf einem Ast über dem Teich einen ungewöhnlich prächtigen Vogel. Er war etwas größer als ein Spatz und hatte am Bauch kupferrotes Gefieder, während Kopf und Rücken leuchtend blau gefärbt waren. Seinen spitzen schwarzen Schnabel hatte er nach unten gerichtet, als betrachte er den Teich ganz genau.

Schon wieder blau, schoss es Mafalda durch den Kopf. In diesem Moment hob der Vogel den Schnabel und blickte in ihre Richtung. Dann stieß er einen schrillen Pfiff aus, breitete die Flügel aus und flog auf Mafalda zu. Staunend beobachtete sie, wie er sich unweit von ihr auf einen Ast setzte und sie unverwandt musterte. Bevor sie das Tablet einschalten konnte, pfiff er noch einmal, flog auf den Ast der Birke zurück und sah sie von dort aus an.

Will er, dass ich ihm folge?, fragte sich Mafalda erstaunt und war unsicher, ob dieser Gedanke ihr eigener war oder von einer der Flausen in ihrem Kopf stammte.

Wie gebannt erhob sie sich und ging langsam auf den Teich zu. Der Vogel verfolgte sie mit aufmerksamem Blick. Als sie das Ufer fast erreicht hatte, flatterte er zu einem kleinen Obstbaum an der Seite des Gartens, ganz in der Nähe der alten Villa. Wieder schien er Mafalda von dort zu mustern.

Wollte der Vogel wirklich, dass sie ihm folgte? Nein, das bildete sie sich bloß ein! Trotzdem ging sie langsam auf ihn zu. Sie hob ihr Tablet, doch bevor sie ein Foto machen konnte, flatterte der seltsame Vogel auf die Veranda des Hauses und setze sich auf einen Blumenkasten vor dem Fenster, in dem statt Blumen nur Unkraut wuchs.

Mafalda warf einen vorsichtigen Blick zur Veranda hinüber. Auf unangenehme Weise wurde ihr bewusst, dass die Bewohner des Hauses sehen konnten, wie sie hier ganz allein mitten in einem fremden Garten stand. Was, wenn in dem Haus Leute lebten, denen das nicht recht war? Die Gardinen vor den Fenstern waren zugezogen. Vielleicht schliefen noch alle. Trotzdem war es sicher am besten, wenn sie sofort umkehrte.

Diesmal hielten sie nicht die Flausen davon ab, diesen vernünftigen Gedanken in die Tat umzusetzen, sondern der blaue Vogel. Er stieß einen Pfiff aus, rührte sich jedoch nicht von der Stelle. Stattdessen beobachtete er Mafalda nach wie vor aufmerksam.

Vorsichtig trat sie näher. Als sie noch etwa zwei Meter entfernt war, hob sie das Tablet, um ein Foto zu machen. Doch im selben Moment sah sie eine Bewegung im verwilderten Blumenbeet vor der Veranda, und plötzlich schoss ein schwarzer Schatten daraus hervor. Fauchend sprang eine Katze auf den Blumenkasten. Der Vogel flatterte erschrocken auf und entkam den scharfen Krallen nur um Haaresbreite.

Die Katze fauchte erneut und riss das Maul so weit auf, dass ihre spitzen Zähne zum Vorschein kamen. Dann blickte sie Mafalda an. Ihre Augen leuchteten gelbrot, als lodere darin ein Feuer.

Mafalda war völlig verblüfft und blieb einfach nur still stehen.

»Was suchst du hier?«, fragte eine zornige Stimme hinter ihr.

Erschrocken drehte Mafalda sich um. Eine alte Dame stand in der halb geöffneten Verandatür und beäugte sie misstrauisch. Sie trug einen grauen Bademantel und Sandalen. Das lange graue Haar hing ihr wirr um den Kopf.

»Ich … ich wollte bloß …«, stammelte Mafalda.

»Komm her, Mephisto! Und du, verschwinde aus meinem Garten!«

Mafalda wurde rot vor Scham. Sie nickte und kehrte mit gesenktem Kopf zurück zur Gartenpforte hinter den Rhododendronbüschen. Von dem blauen Vogel sah sie nichts mehr.

Zum Glück hatte Eva von dem missglückten Ausflug nichts bemerkt. So konnte Mafalda in ihr Zimmer schleichen, ohne Ärger zu bekommen. Dort legte sie sich aufs Bett und kämpfte mit den Tränen. Die alte Frau hatte sie so zornig angesehen, als wäre sie eine Einbrecherin. Und in gewisser Weise stimmte das ja auch – sie hatte sogar die Tür zu dem fremden Garten kaputt gemacht. Dabei hatte sie doch nichts stehlen wollen!

Das wusste die alte Frau natürlich nicht. Auf jeden Fall konnte Mafalda nun nie wieder ihren Zaubergarten aufsuchen, um nach seltenen Tieren Ausschau zu halten.

Wenn der dumme blaue Vogel sie nur nicht zu der Villa gelockt hätte! Dann wäre nichts passiert. Andererseits war es falsch, dem armen Tier die Schuld zu geben. Es waren bloß wieder diese blöden Flausen gewesen. Die hatten ihr eingeredet, der Vogel habe sie aufgefordert, ihm zu folgen.

Als sie ihr Tablet aktivierte, war die Kamera-App noch geöffnet. Doch statt eines Kamerabildes sah sie dieselbe Fehlermeldung wie am Vortag. *Interner Fehler #3B8C. Bitte starten Sie das Gerät neu.*

Irgendetwas an dem Tablet schien defekt zu sein. Das fehlte ihr gerade noch! Jetzt hatte sie nicht nur Stress mit Eva, sondern auch noch Ärger mit der alten Dame von nebenan. Ihr Tablet ging kaputt, sodass sie womöglich nicht mehr mit Mareike chatten konnte, und zu allem Überfluss war Papa an diesem Wochenende in Arabien. Sie hätte heulen können.

5. Die rosarote Brille

Die nächsten Tage waren qualvoll für Mafalda. Zwar stellte sich heraus, dass das Tablet immer noch funktionierte, sodass sie weiterhin mit Mareike chatten konnte. Doch leider war ihre Freundin übers Wochenende mit ihren Eltern ans Meer gefahren und hatte dort kein Internet. Eva wirkte noch gestresster als sonst und jammerte die ganze Zeit über die viele Arbeit, die der Haushalt mit zwei Kindern ihr mache. Besonders, wenn eins der Kinder nur Flausen im Kopf habe und das andere dauernd zu Unsinn anstifte. Dabei konnte Mafalda nun wirklich nichts dafür, dass Timmy seinen Spinat mit dem Löffel quer durch die Küche geschleudert hatte. Zugegeben, sie hatte lachen müssen, als ihm das zum ersten Mal versehentlich passiert war. Dass er daraufhin aber absichtlich mit mehreren Löffeln voller Spinat herumgekleckert hatte, um sie noch mehr zum Lachen zu bringen, war doch nicht ihre Schuld.

Timmy war der Einzige, der Mafalda in dieser trüben Zeit aufheitern konnte. Doch leider hielt Eva sie meist von ihrem kleinen Bruder fern, weil sie ihn angeblich mit ihren Flausen ansteckte. So hockte sie oft in ihrem Zimmer und starrte aus dem Fenster über die Rhododendronbüsche hinweg auf die Birke und die alte Villa auf dem Nachbargrundstück. Doch sosehr sie sich auch bemühte, aus der Entfernung konnte sie den blauen Vogel nicht entdecken, von dem Schmetterling oder der Eidechse ganz zu schweigen. Von hier aus sah der Zaubergarten aus wie ein ganz gewöhnlicher Vorstadtgarten, und ihr eigener Garten erschien ihr nun, da sie die Pracht hinter der Mauer kannte, noch öder und trostloser als zuvor.

Selbst die Flausen in ihrem Kopf hatten keine lustigen Einfälle mehr. Sie versuchte, Bücher zu lesen, schweifte aber mitten im Lesen immer wieder ab und dachte an die Eidechse, den Schmetterling, den Vogel und die schwarze Katze. Sollte sie später einmal einen eigenen Garten haben, dann würde sie ihn genau so wild wuchern lassen wie den der alten Frau. Das nahm sie sich ganz fest vor. Aber bis dahin dauerte es noch endlos lange …

Doch auch an diesen so öden Tagen war nicht alles schlecht. Nachdem ihre Freundin aus dem Wochenende zurückgekehrt war, chattete sie wieder jeden Abend mit ihr. Und zwischendurch hatte sie kurze Videotelefonate mit ihrem Vater.

»Aber denk dran! Du hast mir einen Zoobesuch versprochen«, erinnerte sie ihn am Mittwochabend.

»Aber klar, Prinzessin«, erwiderte er. »Ich will doch nicht auf dem Gefängnisplaneten enden. Obwohl … vielleicht hast du dazu ja gar keine Lust mehr.«

»Keine Lust? Wieso sollte ich keine Lust dazu haben?«, fragte Mafalda, die den Zoo über alles liebte.

»Weil ich eine kleine Überraschung mitbringe«, sagte Papa. »Du wirst sehen, die ist noch viel besser als ein Zoobesuch.«

Natürlich ließ er sich nicht erweichen, irgendwelche Einzelheiten zu verraten. Und so war Mafalda nach dem Gespräch ganz hibbelig vor Aufregung.

Papa brachte ihr oft etwas von seinen Geschäftsreisen mit,

besonders wenn er übers Wochenende fort war. Manchmal war es nur ein kleines Andenken des Landes, in dem er gewesen war, manchmal ein Buch, eine DVD oder ein Spiel. Einmal hatte er ihr aus Afrika eine hässliche Puppe mitgebracht, die angeblich Zauberkräfte hatte, ein anderes Mal aus Amerika einen Würfel, der immer nur Sechsen würfelte. Damit hatte sie gegen Papa und Eva *Mensch ärgere dich* nicht gespielt und haushoch gewonnen. Aber irgendwie war es auch ein bisschen langweilig, nachdem sie schon vorher gewusst hatte, was sie würfeln würde. Ihr Lieblingsgeschenk aber waren die Urzeitkrebse gewesen. Das war eine Packung mit einem sandähnlichen Pulver, das sie nur in Wasser schütten musste, und ein paar Tage später wuselten winzig kleine Lebewesen darin herum. Mafalda war fasziniert gewesen, dass aus trockenem Pulver etwas Lebendiges werden konnte, wie winzig und unscheinbar es auch aussehen mochte. Eva allerdings war nicht begeistert gewesen und hatte das Glas irgendwann einfach weggekippt, nachdem Timmy daraus hatte trinken wollen.

Das waren alles schöne Geschenke gewesen, aber für kein einziges hätte sie einen Zoobesuch sausen lassen. Was also hatte sich Papa diesmal ausgedacht? Ihr fiel eigentlich nur ein Mitbringsel ein, das besser war als ein Zoobesuch – ein echtes, lebendiges Tier.

Seit sie Leopold kannte, den niedlichen Dackel von Herrn Braukmann, wünschte sie sich einen Hund. Aber Eva hatte sofort heftig widersprochen, als sie diesen Wunsch laut ausgesprochen hatte. »Das fehlt gerade noch, dass ich dann auch noch hinter so einem Köter herwischen muss!«

Mafaldas Beteuerungen, sie werde den Hund zweimal täglich ausführen und dafür sorgen, dass er ganz schnell stubenrein würde, hatten nichts genutzt – ein Hund kam Eva nicht ins Haus. Eine Katze kam erst recht nicht infrage, weil sie eine Katzenhaarallergie hatte.

Aber vielleicht war es ja ein anderes Tier, das Papa ihr mitbrachte. Ein Kaninchen wäre toll gewesen. Das machte keinen Dreck, weil man es in einem Käfig im Garten halten konnte. Auch über ein Meerschweinchen hätte sie sich gefreut. Notfalls wäre sie auch mit einem Hamster zufrieden gewesen, obwohl sie von Mareike wusste, dass die ziemlich langweilig und nervig waren, weil sie tagsüber schliefen und dafür die ganze Nacht in ihrem quietschenden Hamsterrad herumrannten.

Jetzt, da Papa seine Andeutung gemacht hatte, war es jedenfalls vorbei mit dem Trübsinn. Jede freie Minute verbrachte Mafalda mit Überlegungen, welches Tier er ihr wohl mitbringen würde. Sie googelte alle Arten, die es in Arabien gab, und stellte entzückt fest, dass dort viele außergewöhnliche und interessante Arten lebten. Geckos zum Beispiel, kleine Reptilien, die den Eidechsen ähnelten. Über einen Gecko hätte sie sich riesig gefreut. Man hielt Geckos in Terrarien, sie machten also keinen Dreck, und Eva konnte nicht meckern.

Noch cooler war natürlich ein Chamäleon oder ein großer Wüstenskorpion. Mit Letzterem konnte sie Mareike ordentlich beeindrucken, die schon Angst vor einer winzigen Spinne hatte. In Arabien gab es sogar Kamelspinnen, groß wie Kuchenteller, die wirklich gruselig aussahen. Ein solches Monster wollte selbst Mafalda nicht geschenkt bekommen. Andererseits … cool wäre das schon gewesen, und Eva hätte sich wohl nie wieder in ihr Zimmer getraut, wenn darin ein Terrarium mit einer echten Kamelspinne stand.

Jetzt konnte sie es kaum noch abwarten, bis Papa endlich zurück war. Doch als er am Freitagabend endlich erschöpft, aber glücklich nach Hause kam und Mafalda in die Arme schloss, hatte er weder einen Glaskasten noch eine Schachtel mit Luftlöchern dabei. Stattdessen holte er ein Päckchen aus seinem Aktenkoffer.

»Hier, das ist für dich, mein Äffchen.«

Zweifelnd betrachtete Mafalda den kleinen Karton. Eine Brille war darauf abgebildet, noch dazu eine rosafarbene. Sollte das etwa das tolle Geschenk sein, für das sie sogar einen Zoobesuch sausen lassen sollte?

»Was soll ich denn mit einer rosaroten Brille?«, fragte sie und konnte ihre Enttäuschung nicht verbergen.

Ihr Vater lachte. »Das ist keine gewöhnliche Brille, das ist ein Fortunator VR«, erklärte er.

»Ich will auch eine Bille!«, rief Timmy.

»Aber klar, du kriegst auch eine«, sagte Papa und holte ein zweites Päckchen hervor. Die Brille, die darauf abgebildet war, war allerdings hellblau und sah eher aus wie eine Taucherbrille. *Fortunator VR Mini* stand darüber.

Mafalda verstand immer noch nicht, was das Ganze sollte.

»Was ist das, ein Fortunator?«, fragte sie.

»Das ist wie eine Zauberbrille«, erklärte Papa. »Wenn du sie aufsetzt, sieht die Welt ein bisschen bunter und schöner aus. Du wirst schon merken, wie toll das ist. Du wirst nie wieder Langeweile haben. Aber jetzt bin ich müde und möchte ins Bett gehen. Wir sehen uns das morgen gemeinsam an, Äffchen. Alles klar?«

Er nahm ihr das Päckchen mit der Brille wieder weg.

»Alles klar«, murmelte sie und ging verwirrt in ihr Zimmer.

Als sie Mareike im Chat davon erzählte, war diese ganz aus dem Häuschen. *Dein Vater hat dir einen Fortunator mitgebracht? Einfach so?*, schrieb sie. *Du Glückliche! Wie gern hätte ich auch einen Vater, der mir das coolste Gerät aller Zeiten mitbringt, obwohl ich nicht mal Geburtstag habe.*

Als Mafalda ihr berichtete, dass sie keine Ahnung hatte, was ein Fortunator war, schrieb Mareike zurück, zwei Jungs in ihrer Klasse hätten bereits einen, und sie habe sogar einmal hindurchsehen können. Das sei einfach sooo mega gewesen! Das könne man gar nicht beschreiben, das müsse sie unbedingt selbst ausprobieren.

Mareikes Begeisterung machte Mafalda nur noch ratloser. Also googelte sie den Begriff und erhielt eine lange Liste von Links zu Videos und Webseiten. Doch bevor sie etwas davon ansehen konnte, kam Eva und nahm ihr wie jeden Abend das Tablet weg. Natürlich war alles Jammern und Betteln nutzlos.

»Du musst dich einfach bis morgen gedulden«, sagte ihre Stiefmutter bloß.

Am nächsten Morgen konnte es Mafalda kaum abwarten, das Gerät mit ihrem Vater zusammen auszupacken. Vorsichtig öffnete sie die Schachtel und nahm die rosafarbene Brille heraus. Sie fühlte sich schwer an. Die Bügel waren dicker als bei einer gewöhnlichen Brille und hatten an den Enden Ausbuchtungen mit kleinen Ohrhörern. Noch seltsamer fand sie es, dass die Brillengläser nicht durchsichtig waren, sondern milchig weiß und hell leuchteten, wenn die Brille eingeschaltet war. Links und rechts oben waren zwei winzige schwarze Punkte zu erkennen, die so ähnlich aussahen wie die Kamera in Mafaldas Tablet. Außerdem gab es an der Seite eine winzige Öffnung, in die das Kabel des mitgelieferten Ladegeräts gesteckt werden konnte. Zum Glück hatte ihr Vater die seltsame Brille über Nacht bereits aufgeladen.

»Probier'sie mal auf!«, schlug er vor.

Sie setzte die Brille auf und blickte sich um. Sie konnte tatsächlich hindurchsehen, so als wären die milchigen Gläser von innen transparent. Das Wohnzimmer wirkte wie immer. Doch dann entdeckte sie etwas auf dem Teppich neben dem Couchtisch, und ein Freudenschrei entfuhr ihr. Dort saß doch tatsächlich ein niedliches Katzenbaby und sah sie mit großen Kulleraugen an!

War die merkwürdige Brille bloß ein Ablenkungsmanöver gewesen? Hatte Papa ihr tatsächlich ein Kätzchen mitgebracht? Vor Freude laut lachend riss sich Mafalda die Brille von der Nase, nur um eine Enttäuschung zu erleben. Da war gar kein Katzenbaby im Wohnzimmer. Erst als sie die rosarote Brille wieder aufsetzte, erschien es erneut.

Der kleine Kater war also gar nicht echt. Er war wie ein Gespenst, das Mafalda nur sehen konnte, wenn sie den Fortunator aufhatte. Aber niedlich war er trotzdem.

Mafalda hockte sich auf den Boden. Immer noch sah es so aus, als säße ein süßes Kätzchen mit hellgrauem Fell und dunklen Tigerstreifen vor ihr. Als sie eine Hand danach ausstreckte, fühlte sie nichts. Das Kätzchen jedoch schnurrte, als hätte sie es gestreichelt.

»Ich habe Hunger«, piepste es, und seine Stimme klang wie das Miauen einer Katze. »Gib mir bitte einen Glückskeks!«

»Du kannst sprechen?«, fragte Mafalda verblüfft.

»Natürlich kann ich sprechen«, miaute das Kätzchen. »Ich möchte dein Freund sein. Gib mir einen Namen!«

»Kasimir«, entschied Mafalda nach kurzem Überlegen. Sie hatte ein Kinderbuch, das von einem kleinen Kater mit diesem Namen handelte.

»Mein Name ist Kasimir«, bestätigte das Kätzchen. »Ich habe Hunger. Gib mir bitte einen Glückskeks!«

»Gefällt dir die Brille?«, fragte Papa.

Mafalda war irgendwie verwirrt und wusste nicht so recht, was sie von dem unechten Kätzchen halten sollte. Niedlich war es schon, aber sie hätte viel lieber ein echtes gehabt, auch wenn echte Katzen nicht sprechen konnten.

Doch sie wollte nicht undankbar sein und Papa enttäuschen. »Sie ist wirklich toll!«, sagte sie deshalb.

»VR, das steht für *verbesserte Realität*«, erklärte er. »Du wirst staunen, was dein Fortunator alles kann. Das Kätzchen ist dein persönlicher Glücklichmacher. Es hilft dir, mit dem Fortunator umzugehen, und erklärt dir alles. Außerdem kannst du natürlich mit ihm spielen. Ich habe es für dich ausgesucht. Wenn du aber lieber ein Häschen hättest oder einen kleinen Affen ...«

»Nein, das Kätzchen ist süß«, beteuerte Mafalda, um ihm eine Freude zu machen.

»Ich habe Hunger. Gib mir bitte einen Glückskeks!«, meldete sich Kasimir zu Wort.

»Ich habe aber keinen Glückskeks«, entgegnete Mafalda.

»Du kannst Glückskekse für mich kaufen«, belehrte sie das Kätzchen. »Sag einfach: *Öffne den Glücksshop!*«

»Öffne den Glücksshop!«, sagte Mafalda.

Plötzlich erschien mitten im Raum hinter dem Kätzchen ein kleiner Marktstand, über dem sich eine rot-weiß gestreifte Markise wölbte. Dahinter stand eine Frau mit blonden Zöpfen und lächelte Mafalda an.

»Willkommen im Glücksshop, Mafalda«, sagte die Frau. »Was möchtest du gern kaufen?«

»Woher kennen Sie meinen Namen?«, fragte Mafalda verdutzt.

Die Frau antwortete nicht auf die Frage. »Was möchtest du gern kaufen?«, fragte sie stattdessen noch einmal.

»Ich habe gar kein Geld«, erwiderte Mafalda.

»Du hast zwanzig Glückstaler«, behauptete die Frau.

Jetzt erst fiel Mafalda auf, dass auf dem Verkaufstisch des Marktstands ein Säckchen stand. Die Zahl *zwanzig* schwebte in goldenen Ziffern in der Luft darüber.

Sie streckte die Hand nach dem Säckchen aus, und plötzlich erschien eine goldene Münze auf ihrer Handfläche. Ein lächelndes Gesicht schien in das Metall eingraviert zu sein, doch Mafalda spürte keine Münze. Über dem Säckchen schwebte jetzt die Zahl *neunzehn*.

»Haben Sie Glückskekse?«, fragte sie.

»Möchtest du einen Glückskeks kaufen?«, fragte die Frau.

»Ja.«

»Eine sehr gute Wahl«, lobte die Frau, nahm einen braunen Keks aus der Auslage und hielt ihn Mafalda hin. »Das macht einen Glückstaler.«

Als diese ihre Hand danach ausstreckte, verschwand die Goldmünze, und stattdessen erschien der Glückskeks, der ebenfalls mit einem lächelnden Gesicht dekoriert war.

»Danke«, sagte Mafalda, doch der Marktstand war bereits wieder verschwunden, als sei er nur eine Fata Morgana gewesen, eine Luftspiegelung, wie sie manchmal in der Wüste Arabiens vorkam.

Sie hielt dem Kätzchen den Glückskeks hin, das ihn schnappte und in einem Stück hinunterschlang. Es schnurrte zufrieden, sah Mafalda mit großen Kulleraugen an und lächelte, was ein bisschen seltsam aussah.

Mafalda nahm die Brille ab. »Danke, Papa!«, rief sie und umarmte ihren Vater.

»Siehst du? Diese Brille ist doch wirklich besser als ein Zoobesuch«, meinte er. »Bestimmt möchtest du sie jetzt weiter ausprobieren und ein bisschen mit deinem neuen Freund spielen. Viel Spaß!«

Mafalda nickte, obwohl sie nicht sicher war, ob sie nicht doch lieber in den Zoo gehen wollte. Doch bevor sie etwas sagen konnte, meldet sich Eva zu Wort. »Jetzt komm, Robert! Wir wollen doch noch ins Einkaufszentrum.«

Papa stand auf und nickte. »Wir sind zum Mittagessen zurück. Timmy nehmen wir mit. Viel Spaß mit dem Fortunator!«

»Und mach keinen Unsinn, während wir weg sind!«, mahnte Eva.

»Keine Angst«, beruhigte sie Papa. »Mit dem Fortunator ist sie erst mal beschäftigt.«

6. GLÜCKLICHSEIN FÜR ANFÄNGER

Mafalda ging in ihr Zimmer. Unschlüssig betrachtete sie die Brille, bis sie sie schließlich wieder aufsetzte. Das Kätzchen saß auf dem Teppich und blickte herausfordernd zu ihr auf.

»Spiel mit mir!«, verlangte Kasimir.

»Was möchtest du denn spielen?«, fragte sie.

»Wirf den Ball!«, rief er.

»Ich habe aber gar keinen Ball«, erwiderte Mafalda, doch als sie ihre Hand betrachtete, schwebte darüber eine kleine rote Kugel.

Sie machte eine werfende Armbewegung, und der Ball flog quer durchs Zimmer. Es war erstaunlich, wie realistisch es aussah, als er von den Möbeln abprallte und über den Teppich kullerte. Als hätte sie einen echten Flummi geworfen!

Das Kätzchen stolperte tollpatschig hinter dem Ball her. Das sah so niedlich und lustig aus, dass Mafalda lachen musste. Als Kasimir es endlich schaffte, den Ball einzufangen, nahm er ihn ins Maul, brachte ihn zu Mafalda und legte ihn ihr vor die Füße. Dann setzte er sich vor sie und sah sie mit seinen Kulleraugen erwartungsvoll an.

Mafalda warf den Ball erneut, und wieder tappte der kleine Kater hinterher. Ein paarmal wiederholten sie das Spiel, bis es ihr allmählich langweilig wurde.

»Im Glücksshop kannst du noch ganz viele andere Spielzeuge für mich kaufen«, sagte Kasimir. »Möchtest du den Glücksshop jetzt öffnen?«

»Ich habe aber nicht so viele Glückstaler«, wandte sie ein.

»Du kannst dir Glückstaler ganz einfach verdienen«, erklärte Kasimir. »Wenn du zum Beispiel mit mir spielst, machst du mich glücklich, und dafür gibt es Glückstaler. Ich stelle dir hin und wieder Aufgaben, und wenn du die erledigst, macht mich das ebenfalls glücklich, und du erhältst noch mehr Glückstaler.«

»Welche Aufgaben denn?«, wollte Mafalda wissen.

»Aufgaben, die dich glücklich machen«, sagte Kasimir. Jetzt guckte er ganz ernst und klang fast ein bisschen wie Mafaldas Mathelehrerin. »Glücklichsein passiert dir nämlich nicht einfach so. Glücklichsein musst du trainieren.«

»Ach, wirklich?« Das hatte Mafalda nicht gewusst.

»Ja. Es ist wie beim Sport. Du kannst nur eine gute Sportlerin werden, wenn du fleißig trainierst. Oder wie beim Klavierspielen. Je mehr du übst, desto besser wirst du. Glücklichsein funktioniert genauso.«

Wirklich ein überzeugender Gedanke!, fand Mafalda. Das erklärte auch, warum sie in der Vergangenheit oft unglücklich gewesen war. Sie hatte das Glücklichsein einfach nicht genügend geübt. Allerdings konnte sie sich nicht so recht vorstellen, wie das funktionierte.

»Glücklichsein ist ganz einfach«, erläuterte Kasimir, als hätte er ihre Gedanken gelesen. »Du musst bloß aufhören, unglücklich zu sein.«

»Aha«, sagte Mafalda, obwohl sie diese Aussage nicht sonderlich hilfreich fand.

»Was macht dich unglücklich?«, fragte die Katze.

»Ich weiß nicht …«, erwiderte Mafalda. »Schlechte Noten in der Schule, Ärger mit Eva, wenn Papa nicht zu Hause ist …«

»Falsch«, widersprach Kasimir. »Es gibt nur einen einzigen Grund für das Unglücklichsein – unglückliche Gedanken. Um glücklich zu sein, musst du einfach aufhören, unglückliche Gedanken zu denken.«

»Wie das denn?«

Die Katze setzte sich auf die Hinterpfoten und betrachtete Mafalda mit ernsten Augen. »Ich erkläre es dir an einem Beispiel. Stell dir vor, du möchtest draußen spielen, es regnet aber. Jetzt kannst du denken: Schade, ich wollte draußen spielen, aber es regnet. Das ist ein unglücklicher Gedanke, denn er macht dich traurig. Oder du kannst denken: Toll, obwohl es draußen regnet, werde ich nicht nass, denn ich spiele einfach drinnen. Das ist ein glücklicher Gedanke.«

»Ich verstehe«, sagte Mafalda. Das klang ja auch wirklich sehr logisch. Aber war es wirklich immer so einfach, unglückliche Gedanken abzuschalten?

»Aber was ist, wenn ich traurig bin, weil mein Papa nicht da ist?«

»Traurigkeit macht unglücklich. Traurigkeit ist ein unglücklicher Gedanke«, meinte Kasimir. »Du musst einfach immer an etwas Schönes oder Gutes denken. Und das ist gar nicht schwer, denn du hast ja jetzt mich. Ich weiß immer, wie du dich fühlst.«

»Wirklich?«, fragte Mafalda. »Woher denn?«

»Der Fortunator VR enthält eine Vielzahl hochempfindlicher Sensoren«, erklärte die kleine Katze mit der würdevollen Ausdrucksweise eines Professors. »Er misst deine Körpertemperatur, den Hautwiderstand, die Puls- und Atemfrequenz, die Tonlage deiner Stimme und vieles mehr. Damit weiß er jederzeit, wie es dir geht und ob du so glücklich bist, wie du sein könntest.«

Mafalda verstand nicht alles, was das Kätzchen gesagt hatte. Sie wusste aber, dass elektrische Geräte mithilfe von Sensoren ihre Umgebung wahrnehmen konnten, so wie Menschen Augen und Ohren hatten. Das Nachtlicht auf dem Flur vor ihrem Zimmer zum Beispiel hatte einen Bewegungssensor und schaltete sich automatisch an, wenn jemand über den Flur ging.

Sie nahm die Brille ab und betrachtete sie ganz genau. An den Bügeln entdeckte sie kleine schwarze Punkte und an der Unterseite des Brillengestells merkwürdige Schlitze. Ob das die Sensoren waren?

Sie setzte die Brille wieder auf und blickte in das ernste Gesicht des kleinen Katers.

»Tu das bitte nie wieder!«, warnte Kasimir.

»Was soll ich nie wieder tun?«

»Einfach so die Brille abnehmen, während ich dir etwas erkläre. Das ist gefährlich!«

»Gefährlich?«, fragte Mafalda. »Warum denn das?«

»Weil du unglücklich werden kannst, wenn du nicht tust, was ich dir sage. Das Abnehmen der Brille macht nämlich unglückliche Gedanken.«

»Für ein niedliches Kätzchen bist du ganz schön vorlaut«, tadelte Mafalda.

Kasimir runzelte die Stirn. »Ich sehe vielleicht klein und niedlich aus, bin aber der fortschrittlichste Glücklichmacher der Welt«, behauptete er. »Der Fortunator VR steigert das Glück seiner Nutzer nachweislich um bis zu zweihundertdreiunddreißig Prozent und mehr.«

»Schon gut. In Glücksdingen bin ich eben nicht so erfahren.«

Die Augen der Katze wurden wieder rund. »Ich habe Hunger. Gib mir bitte einen Glückskeks!«

Mafalda seufzte. »Öffne den Glücksshop!«, befahl sie.

Der Marktstand erschien. Erstaunt bemerkte sie, dass über dem Säckchen jetzt die Zahl *zweiundzwanzig* schwebte. Offenbar hatte sie sich bereits drei Glückstaler verdient, als sie mit dem Kätzchen gespielt hatte. Das war wirklich einfach!

»Hallo, Mafalda!«, rief die Verkäuferin fröhlich. »Hier, ich schenke dir einen Glückskeks.«

Sie hielt ihr einen Keks hin. Mafalda streckte die Hand aus, und der Keks erschien über ihrer Handfläche.

Das wurde ja immer besser. War Glücklichsein wirklich so einfach?

»Danke schön«, sagte sie.

»Gern geschehen.«

Der Marktstand verschwand, und Mafalda reichte Kasimir den Keks. Gierig verschlang er ihn und schnurrte wohlig.

»Wie glücklich bist du jetzt?«, fragte er.

»Ich weiß nicht«, sagte Mafalda. »Ich fühle mich eigentlich ganz gut.«

»*Ganz gut* ist nicht *glücklich*«, belehrte sie Kasimir. »Auf einer Skala von eins bis zehn ist *ganz gut* höchstens eine Fünf. Willst du etwa immer bloß mittelmäßig glücklich sein?«

»Nein«, gab Mafalda zu, und der Gedanke, dass sie nicht glücklich genug war, machte sie noch ein bisschen unglücklicher.

»Keine Angst! Ich zeige dir, wie du ganz leicht glücklich werden kannst. Such dir bitte einen Spiegel!«

Mafalda ging ins Badezimmer. Als sie in den Spiegel blickte, entfuhr ihr ein kleiner Laut des Erstaunens. Sie sah sich selbst, doch sie trug nicht etwa die Jeans und das blaue T-Shirt, die sie am Morgen angezogen hatte, sondern ein langes rosafarbenes Kleid. Das braune Haar fiel ihr in seidigen Wellen auf die Schultern und umrahmte ein Gesicht, das unverkennbar ihr gehörte und dennoch irgendwie schöner wirkte, als sie sich selbst in Erinnerung hatte. Auf ihrem Kopf prangte ein mit glitzernden Edelsteinen besetztes Krönchen. Die Fortunator-Brille hingegen war in ihrem Spiegelbild nicht zu sehen.

»Wow!«, stieß sie hervor. Dann hob sie eine Hand, bewegte die Finger und vergewisserte sich, dass sie wirklich ihr Spiegelbild sah.

»Gefällt es dir?«, fragte Kasimir, der hinter ihr ins Badezimmer getappt war. »Wenn du möchtest, kannst du dir im Glücksshop etwas anderes zum Anziehen kaufen.«

»Nein«, befand Mafalda. »Es ist sehr schön.« Doch gleichzeitig kam sie sich seltsam vor, so als spiele sie nur eine Rolle in einem Theaterstück.

»Macht es dich glücklich, dieses Kleid zu tragen?«

»Ja, ein bisschen jedenfalls.«

»Sehr gut. Nun sieh in den Spiegel, lächle und sag zehn Mal hintereinander: Ich bin glücklich!«

Mafalda tat, was Kasimir ihr aufgetragen hatte. Das Lächeln fühlte sich ein bisschen künstlich an.

»Bist du jetzt glücklicher als vorher?«, fragte Kasimir.

»Ich bin nicht sicher. Eigentlich eher nicht.«

»Dann machst du etwas falsch. Wissenschaftliche Untersuchungen belegen, dass man automatisch glücklicher wird, wenn man lächelt. Und dein Unterbewusstsein glaubt irgendwann, dass du glücklich bist, wenn du es ihm oft genug sagst. Also, versuch es noch einmal!«

Also übte Mafalda vor dem Spiegel das Glücklichsein. Zwischendurch verlangte Kasimir nach einem Glückskeks, und als sie den Glücksshop öffnete, stellte sie erfreut fest, dass sie bereits über fünfzig Glückstaler besaß. Wenn sie so weitermachte, wurde sie bald richtig reich! Nur schade, dass sie sich mit den Glückstalern keine richtigen Sachen kaufen konnte.

Ups, dachte Mafalda. *Das war ein unglücklicher Gedanke!* Sie überlegte, wie sie daraus einen glücklichen Gedanken machen konnte. Schließlich dachte sie: *Gut, dass ich so viele Glückstaler habe. Damit kann ich im Glücksshop viele tolle Sachen kaufen.* Das war schon viel besser. Wenn sie sich weiterhin Mühe gab, würde sie vielleicht noch lernen, wie man richtig glücklich wurde.

Als ihr Vater, Eva und Timmy vom Einkaufen zurückkamen und sie die Haustür hörte, nahm sie die Brille ab. Im Spiegelbild wurde sie wieder zu ihrem alten Selbst und bekam einen kleinen Schreck. Ihre Haare kamen ihr auf einmal unordentlich und stumpf vor, ihr Gesicht wirkte langweilig und grau, ihre Kleidung öde. Kein Wunder, dass sie nicht glücklich gewesen war! Ihr wurde bewusst, dass das ein unglücklicher Gedanke war, und sie bemühte sich, einen glücklichen daraus zu machen. *Ich sehe toll aus!* Doch so richtig überzeugend war dieser Gedanke nicht. Sie musste wohl noch viel lernen.

Sie legte die Brille in ihr Zimmer und lief zu ihrem Vater. Zu ihrer Verblüffung stellte sie fest, dass er eine Fortunatorbrille trug, ebenso wie Eva und Timmy.

»Guck mal, Maffi, ich habe auch eine Fotobille!«, rief Timmy.

»Das heißt Fortunator, Tim«, korrigierte Eva.

»Du siehst toll aus, Prinzessin!«, rief Papa. »Aber wieso hast du denn deinen Fortunator nicht auf?«

»Ich … ich dachte, man trägt ihn nur, wenn man allein sein will«, erwiderte sie.

»Unsinn!«, widersprach Papa. »Gerade zu mehreren hat man umso mehr Spaß. Dann kann man sich gegenseitig beim Glücklichsein helfen.« Er runzelte die Stirn. »Oder gefällt dir dein Fortunator etwa nicht? Ach, Mist, das hätte ich jetzt nicht sagen sollen! Das war ein unglücklicher Gedanke. Entschuldige bitte!«

»Schon … schon gut«, sagte Mafalda.

»Nun hol rasch deinen Fortunator, und dann können wir gemeinsam zu Mittag essen.«

Mafalda lief in ihr Zimmer und setzte die Brille auf.

»Wo warst du denn?«, maunzte Kasimir und machte ein trauriges Gesicht. »Ich habe dich so doll vermisst!«

»Entschuldigung, ich dachte …«

Mafalda wusste selbst nicht mehr genau, was sie sich dabei gedacht hatte, die Brille abzusetzen. Wie dumm von ihr! Aber diesen Fehler konnte sie ja zum Glück ganz einfach beheben. So leicht würde ihr das nicht noch einmal passieren. Das war doch ein glücklicher Gedanke!

7. UNGLÜCKLICHE GEDANKEN

Der Fortunator war wirklich ein erstaunlicher Apparat. Sogar das Essen, das Eva zum Mittag auftischte, sah besser aus als sonst und schmeckte vielleicht sogar ein kleines bisschen besser. Doch der Fortunator konnte nicht nur Essen appetitlicher machen und ein Kätzchen, einen Ball und ein Prinzessinnenkostüm erscheinen lassen, die es gar nicht gab, sondern noch viel, viel mehr. Er konnte jede Frage beantworten, zumindest jede, auf die es im Internet eine Antwort gab. Er konnte Videos zeigen, die auf einem großen Bildschirm mitten im Raum erschienen, und andere Videos, bei denen Mafalda sich mitten im Geschehen befand und sich nach allen Seiten umsehen konnte, so als wäre sie wirklich an einem anderen Ort. Allerdings fand sie das anfangs fast beängstigend. Im Glücksshop gab es aber nicht nur Spielfilme zu kaufen, die sie auf diese Weise ansehen konnte, sondern auch alle Arten von Spielen. Es gab Brettspiele, bei denen Spielbrett, Figuren und sogar die Würfel nur geisterhafte Erscheinungen waren, Puzzles, bei denen ihr Kasimir zeigte, wohin jeder einzelne Stein passte, sodass es viel einfacher war als bei einem echten. Und natürlich gab es auch richtige Computerspiele, bei denen sie gegen Kasimir Tennis spielen konnte oder durch Labyrinthe voller Monster laufen musste.

Der Samstag verging wie im Flug, und am Abend schwirrte Mafalda der Kopf von all den neuen Eindrücken.

»Na, bereust du jetzt, dass wir heute nicht im Zoo waren?«, fragte eine Stimme.

Erschrocken fuhr Mafalda herum. Sie hatte gar nicht gehört, wie Papa in ihr Zimmer gekommen war. Ein kleiner Stich durchzuckte sie. Früher war sie für ihr Leben gern in den Zoo gegangen, und auch heute noch machte es ihr großen Spaß, obwohl sie alle Gehege und Käfige in- und auswendig kannte. Aber Tiere zu beobachten, war nun mal das Schönste für sie. Irgendwie schade, dass sie das heute nicht gemacht hatten! Aber andererseits hatte Mareike recht. Der Fortunator war einfach sooo mega!

»Nein«, sagte sie. »Vielen Dank noch mal. Die Brille ist wirklich toll.«

»Gern geschehen. Ich tue alles, damit du glücklich wirst.«

Mafalda lief auf ihn zu, um ihn zu umarmen. Doch als sie ihn an sich drücken wollte, griff sie ins Leere. Erschrocken nahm sie die Brille ab. Ihr Vater war gar nicht wirklich da!

Sie setzte den Fortunator wieder auf. »Wo bist du denn?«, fragte sie.

»Ich bin hier bei dir«, behauptete ihr Vater. »Aber gleichzeitig sitze ich im Wohnzimmer. Mit dem Fortunator kannst du an zwei Orten gleichzeitig sein. Ist das nicht cool?«

»Ja, wirklich«, sagte Mafalda, obwohl es ihr in diesem Moment lieber gewesen wäre, wenn er wirklich vor ihr gestanden hätte (das war ein unglücklicher Gedanke). Aber das Wohnzimmer war ja nicht weit weg (ein glücklicher Gedanke!), und so lief sie schnell die Treppe hinunter.

Als sie den Raum betrat, sah sie Papa und Eva auf dem Sofa sitzen, während der kleine Timmy auf dem Boden mit einem

Bauernhof spielte. Papa sah viel jünger aus, als sie ihn in Erinnerung hatte, und er trug auch keine Brille. Eva war so strahlend schön wie ein Supermodel aus dem Fernsehen. Als sie genauer hinsah, entdeckte sie, dass Timmys Spielzeuge lebendig waren. Die Schweine, Kühe, Hühner und Pferde liefen auf der Weide umher, und ein kleiner Trecker knatterte über den Teppich.

Mafalda nahm die Brille ab und sah, dass ihr Vater so aussah wie immer, genau wie Eva. Beide hatten ihre Fortunatoren auf, deren Gläser milchig waren und weiß leuchteten, und starrten sie an. Timmy saß auf dem Boden, das taucherbrillenähnliche Gerät vor dem Gesicht, und fuchtelte mit den Händen in der Luft herum. Dabei lachte er manchmal glucksend.

Rasch setzte Mafalda den Fortunator wieder auf. Kasimir hatte recht: Wenn sie die Brille abnahm, bekam sie unglückliche Gedanken.

»Hallo, mein Äffchen«, sagte Papa. »Was willst du denn noch?«

»Ich wollte dir nur Gute Nacht sagen«, erwiderte sie und umarmte ihn. Als sie ihm einen Kuss auf die Wange gab, stießen ihre Fortunatoren aneinander. Das war ein seltsames Gefühl, weil sie die Brillen nicht sehen konnte.

»Gute Nacht«, sagte er. »Träum was Schönes. Und vergiss nicht, den Fortunator über Nacht aufzuladen, damit du morgen genauso glücklich bist wie heute!«

Mafalda kehrte in ihr Zimmer zurück. »Bitte lade deinen Fortunator auf!«, verlangte Kasimir. »Damit du morgen genauso glücklich bist wie heute. Gute Nacht!«

»Gute Nacht, Kasimir.«

Sie steckte das Ladekabel in die kleine Öffnung an der Seite der Brille und ging zu Bett.

Am nächsten Tag wurde sie von einem sanften Glockenton geweckt. Verwirrt fuhr sie hoch und sah sich um. Der Wecker auf ihrem Nachtschrank zeigte acht Uhr dreißig. Gewöhnlich schlief sie sonntags immer bis kurz vor dem Frühstück um zehn. Der Glockenton ging von ihrem Fortunator aus. Ein kleines Licht über der Öffnung für das Ladekabel leuchtete grün. Sie stand auf, löste das Kabel und setzte die Brille auf.

»Guten Morgen, du Schlafmütze!«, begrüßte sie Kasimir. »Wer glücklich sein will, muss früh aufstehen. Ich habe Hunger. Gib mir bitte einen Glückskeks!«

»Öffne den Glücksshop!«, sagte Mafalda. Zu ihrer Freude entdeckte sie, dass sie noch mehr als dreißig Glückstaler besaß, obwohl sie am Tag zuvor gut hundert Taler für verschiedene Spiele ausgegeben hatte.

»Einen Glückskeks, bitte«, sagte sie zu der freundlichen Verkäuferin.

Die reichte ihr den Keks. »Das macht dann drei Taler, bitte.«

»Drei?«, fragte Mafalda. »Gestern kostete ein Keks doch bloß einen Taler.«

»Das war das Eröffnungsangebot«, erklärte die Verkäuferin. »Am ersten Tag kostet alles nur ein Drittel, und es gibt dreifache Glückstaler für alles, was du tust.«

»Aha …«, murmelte Mafalda verwirrt.

Sie gab der Verkäuferin drei Taler aus ihrem Säckchen und verfütterte den Glückskeks an Kasimir, der ihn gierig hinunterschlang.

»Hast du gut geschlafen?«, fragte der kleine Kater.

Mafalda zögerte. Tatsächlich hatte sie nicht besonders gut geschlafen. Mitten in der Nacht war sie aufgewacht und hatte eine Weile nicht wieder einschlafen können, weil ihr alles Mögliche im Kopf herumschwirrte. Die vielen aufregenden

Eindrücke mit dem Fortunator hatten sich mit Erinnerungen an den Zaubergarten abgewechselt. Die Freude über das neue Gerät hatte mit einem Gefühl der Trauer gerungen, weil sie nicht mehr in den Nachbargarten konnte. Und irgendwie hatte sie auch bedauert, dass sie mit ihrem Vater nicht in den Zoo gegangen war. Verzweifelt hatte sie versucht, die unglücklichen Gedanken in glückliche zu verwandeln. Je mehr sie sich aber bemüht hatte, Trauer und Enttäuschung zu unterdrücken, desto größer schienen diese zu werden. Offensichtlich musste sie das Glücklichsein noch viel besser trainieren.

»Ja«, beantwortete sie Kasimirs Frage, denn sie wollte nicht schon wieder von ihm hören, dass sie etwas falsch gemacht hatte. Es war eine Lüge, aber sie wurde nicht rot dabei.

»Das ist toll«, sagte Kasimir. »Lass uns etwas spielen!«

»Erst muss ich mir die Zähne putzen.«

»Daraus können wir auch ein Spiel machen. Das wird lustig, du wirst sehen.«

»Na gut«, meinte Mafalda zweifelnd.

Als sie im Badezimmer stand, wurde es plötzlich dunkel, und bunte Scheinwerfer erschienen an der Decke, deren Lichtstrahlen rhythmisch hin und her zuckten. Dazu erklang fetzige Tanzmusik.

»Wir spielen jetzt Zahnputz-Karaoke«, erklärte Kasimir. »Du bewegst die Zahnbürste im Takt der Musik. Alles klar?«

Im Spiegel erschien eine Anzeige, die grün leuchtete, wenn Mafalda die richtigen Bewegungen machte, und rot, wenn sie aus dem Takt geriet. Noch nie hatte ihr Zähneputzen so viel Spaß gemacht. Sie war beinahe traurig, als die zwei Minuten vorbei waren, die Kasimir als ausreichend betrachtete. Auf dem Spiegel erschien eine Anzeige. *83 von 100 möglichen Punkten. Sehr gut! Du erhältst 3 Glückstaler.*

»Ich habe Hunger. Gib mir bitte einen Glückskeks!«, verlangte Kasimir.

Wie gewonnen, so zerronnen, dachte Mafalda, nachdem sie den Glückskeks gekauft und dem Kater gegeben hatte. Dann merkte sie, dass das ein unglücklicher Gedanke war. Stattdessen dachte sie: *Den Glückstaler für Kasimir habe ich mir mit dem Zähneputzen verdient, und es hat auch noch Spaß gemacht.*

Nach dem Zähneputzen spielte Mafalda mit Kasimir Dame. Sie gewann, obwohl sie den Verdacht hatte, dass der Kater absichtlich schlecht spielte.

»Kommst du bitte zum Frühstück?«, sagte Eva die plötzlich wie aus dem Nichts neben ihr erschienen war.

Mafalda erschrak, doch dann wurde ihr klar, dass Eva nicht wirklich hier war, sondern nur ihr Abbild in der Brille. Sie fragte sich, wie das wohl funktionierte.

Beim Frühstück saßen alle mit ihren Fortunatoren am Tisch. Früher hatte Papa am Sonntagmorgen oft von seinen Reisen in fremde Länder und von den seltsamen Sitten erzählt, die dort herrschten. In Arabien zum Beispiel durfte man im Sitzen die Beine nicht überkreuzen, denn es galt als Beleidigung, wenn man seinem Gegenüber die Fußsohlen zeigte. An diesem Morgen aber war er schweigsam. Auch Eva sprach wenig. Nur Timmy schien fröhlich zu sein, und das lag womöglich daran, dass ein Zwerg um seinen Teller herumhüpfte und mit den Brötchen jonglierte.

»Die Arbeit deines Vaters wird in Dubai wirklich sehr wertgeschätzt«, sagte Eva unvermittelt. Ihre Stimme hörte sich seltsam an, so als bemühe sie sich um Fröhlichkeit.

»Wie meinst du das?«, fragte Mafalda.

»Ich wurde eingeladen, schon heute Nachmittag wieder ins

Emirat zu fliegen«, antwortete ihr Vater. »Dort findet morgen früh eine wichtige Konferenz statt, bei der ich dabei sein darf.« Und dann, als habe er noch etwas vergessen, fügte er hinzu: »Ist das nicht toll?«

Mafalda schluckte. »Und wann kommst du wieder?«

»Das weiß ich noch nicht«, erwiderte er. »Toll wäre es, wenn ich nächstes Wochenende wieder zu Hause wäre, aber genauso toll wäre es, wenn ich dort weiterhin dringend gebraucht würde und noch etwas länger dableiben müsste … ich meine … dürfte.«

»So oder so, auf jeden Fall ist es toll«, ergänzte Eva. »Das ist doch toll, oder?«

»Ich finde es aber gar nicht toll, wenn du schon wieder übers Wochenende wegbleibst«, sagte Mafalda trotzig.

»Du hast doch jetzt einen Fortunator«, sagte ihr Vater. »Und das Tolle daran ist doch, dass ich an zwei Orten zugleich sein kann – in Dubai und trotzdem hier bei dir.«

»Warum bleibst du dann nicht hier und reist nur im Fortunator nach Dubai?«

»Das ist leider nicht möglich, mein Äffchen. Die Leute in Dubai sind noch nicht so glücklich wie wir. Sie haben dort keine Fortunatoren.«

»Mir sind die Leute in Dubai egal«, rief Mafalda und kämpfte mit den Tränen. »Ich möchte dich hier auch mal in die Arme nehmen können.«

Vor allem wollte sie nicht schon wieder mit Eva allein sein, aber das sagte sie lieber nicht.

»Ich glaube, wir wären alle viel glücklicher, wenn du jetzt auf dein Zimmer gingest«, sagte Eva.

Da hatte sie vermutlich recht. Also verließ Mafalda den Frühstückstisch. Aber sie war kein bisschen glücklich, und dass Kasimir ihr ausführlich erklärte, warum sie sich völlig falsch verhalten hatte, machte auch nichts besser. Sie nahm die Brille ab, warf sich auf ihr Bett und weinte, den Kopf voller unglücklicher Gedanken.

8. FLIEGEN LERNEN

Nach einer Weile beruhigte sich Mafalda wieder. Mit einer Mischung aus Abscheu, Neugier und Hoffnung betrachtete sie die rosarote Brille einen Moment lang. Dann setzte sie sie wieder auf.

Kasimir sprang vor Freude hin und her.

»Mafalda!«, maunzte er. »Endlich bist du wieder da! Ich habe mir schon Sorgen gemacht. Guck mal, ich habe ein Geschenk für dich!«

Der kleine Kater reichte ihr ein Päckchen. Mafalda öffnete es, indem sie es in einer Hand hielt und mit der anderen so tat, als berühre sie es. Darin kam ein aufziehbares Mäuschen zum Vorschein.

»Ist die nicht toll?«, fragte Kasimir und grinste.

Mafalda musste lächeln. »Ja, so eine habe ich mir schon immer gewünscht«, sagte sie.

»Echt?«, fragte er. »Ich wusste gar nicht, dass ihr Menschen auch mit Mäusen spielt.«

Sie setzte die Maus auf den Boden, die sofort losflitzte. Anders als eine echte Spielzeugmaus bewegte sie sich nicht bloß in eine Richtung, sondern lief hin und her und kletterte sogar aufs Bett. Kasimir sprang ihr nach, und Mafalda freute sich, dass er nur eine Illusion war, denn sonst hätte er bei seiner wilden Jagd ihre Nachttischlampe heruntergeworfen.

Eine Weile sah sie ihm dabei zu, doch dann kehrten ihre trüben Gedanken zurück, und ihr wurde bewusst, dass ihr Vater schon bald wieder wegfahren würde. Rasch ging sie ins Wohnzimmer. Papa saß immer noch am Frühstückstisch. Vor ihm in der Luft schwebte ein Bildschirm, und auf der Tischdecke waren Buchstaben wie bei einer Tastatur zu sehen. Hin und wieder tippte er darauf herum.

»Dank meines Fortunators brauche ich keinen Computer mehr mit mir herumzuschleppen«, verkündete er stolz. »Ist das nicht toll?«

»Ich wollte mich bei dir entschuldigen«, sagte Mafalda. »Ich … ich glaube, ich bin nicht besonders gut im Glücklichsein.«

»Das ist ein unglücklicher Gedanke!«, tadelte Kasimir.

»Unsinn!«, widersprach ihr Vater. »Da gibt es nichts zu entschuldigen. Es ist ganz normal, dass du erst noch lernen musst, wie du glücklich sein kannst. Mithilfe deines Fortunators wirst du das ganz schnell schaffen.«

»Das ist ein glücklicher Gedanke«, stellte der Kater fest.

Sie umarmten sich, und das machte Mafalda auf jeden Fall ein bisschen glücklicher. Doch als ihr Vater sich schließlich verabschiedete, ließen sich die Tränen nicht mehr zurückhalten. Zum Glück konnte niemand hinter ihre Brille gucken.

»Mit den Fortunatoren sehen wir uns ganz oft«, versprach er, bevor er ihr zum Abschied einen Kuss gab, sich umdrehte und aus der Haustür trat.

In den nächsten Tagen gab sich Mafalda redliche Mühe, das Glücklichsein zu erlernen. Sie befolgte alle Anweisungen Kasimirs, verwandelte unglückliche Gedanken so gut es ging in glückliche und tat alles, um Glückstaler zu verdienen, für die sie lustige Spiele und Videos kaufte. Dennoch kam sie nicht so recht voran. Insgeheim hatte sie sogar das Gefühl, dass sie weniger glücklich war als zuvor, obwohl sie sich alle Mühe gab, diesen unglücklichen Gedanken aus ihrem Kopf zu verbannen.

»Das glaubst du bloß«, erklärte ihr Kasimir, als sie sich doch traute, ihm davon zu erzählen. »In Wirklichkeit bist du viel glücklicher als zuvor, du hast es bloß noch nicht gemerkt.«

Das kam Mafalda seltsam vor – wie konnte man glücklich sein, ohne es zu merken? Doch Zweifel an Kasimirs Aussagen waren unglückliche Gedanken, und deshalb verdrängte sie sie aus ihrem Kopf.

Natürlich hatte der Fortunator auch eine Menge Vorteile. Es fing damit an, dass alle in ihrer Schulklasse sie darum beneideten. Bisher hatte Mafalda an der neuen Schule noch keine richtigen Freunde gefunden, doch als sie am Montag mit ihrer Brille erschien, war sie in der Pause von einer ganzen Schülergruppe umringt. Jeder wollte einen Blick durch die rosarote Wunderbrille werfen, und alle fanden sie sooo mega! Natürlich durfte sie sie im Unterricht nicht aufhaben, aber am Nachmittag bei den Hausaufgaben erklärte ihr Kasimir, wie sie Aufgaben rechnen musste und was sie falsch gemacht hatte, und das war sehr praktisch.

Der Fortunator half ihr sogar beim Aufräumen und verwandelte die lästige Tätigkeit in ein spannendes Spiel. Kasimir deutete auf einen Gegenstand, der in ihrem Zimmer herumlag, und Mafalda musste ihn so schnell wie möglich an die richtige Stelle räumen. Je schneller sie war, desto mehr Punkte bekam sie, und am Ende wurden jeweils zwanzig Punkte in einen Glückstaler umgewandelt. Am Montagabend hatte sie die Hausaufgaben so gut erledigt wie nie zuvor, und ihr Zimmer war picobello aufgeräumt.

Sie erhielt dafür sogar ein Lob von Eva. »Wenn du so weitermachst, können wir beide glücklich werden.« Doch irgendwie klangen ihre Worte ein wenig müde.

An diesem Abend sprach Mafalda zum ersten Mal, seit sie den Fortunator hatte, mit Mareike. Statt wie sonst zu chatten, stellte der Fortunator für sie eine Videoverbindung her. Das Gesicht ihrer Freundin erschien auf einem Bildschirm, der frei im Raum schwebte.

»Na, wie ist er, dein Fortunator?«, fragte sie.

»Total mega«, erwiderte Mafalda. »Ich habe jetzt ein Kätzchen namens Kasimir. Er ist ziemlich schlau und kann viele Spiele, und er hilft mir, das Glücklichsein zu erlernen.«

»Warst du denn vorher unglücklich?«, fragte Mareike.

»Manchmal schon.«

»Und jetzt nicht mehr? Wow! Das ist wirklich mega! Zu Weihnachten wünsche ich mir auch einen Fortunator. Obwohl … ich bekomme bestimmt keinen. Meine Eltern meinen, dass die Brillen dumm machen.«

»Das ist ein unglücklicher Gedanke!«, meldete sich Kasimir zu Wort.

»War das dein Glücklichmacher, dieses Kätzchen?«, fragte Mareike.

»Ja«, erwiderte Mafalda. »Er ist süß, aber manchmal auch ein bisschen vorlaut.«

»He, das habe ich gehört!«, protestierte Kasimir.

Beide Mädchen lachten.

»Ich habe Hunger. Gib mir bitte einen Glückskeks!«, maunzte Kasimir.

»Kannst du ihn etwa auch richtig füttern?«, fragte Mareike.

»Ja. Er hat ständig Hunger. Seine Glückskekse kann ich in einem Glücksshop kaufen.«

»Dafür musst du bezahlen?«

»Nicht richtig. Mit Glückstalern. Die verdiene ich mir zum Beispiel mit Aufräumen oder Zähneputzen.«

»Wow! Das ist ja cool. Kannst du damit auch andere Sachen kaufen?«

»Ja, eine Menge Spiele und Videos und so. Aber das meiste geht für die Glückskekse drauf. Kasimir ist ziemlich gefräßig.«

»He, das habe ich gehört!«, warf der Kater ein und brachte beide Mädchen erneut zum Lachen. Dann verlangte er einen Glückskeks.

»Du, ich glaube, ich muss mich um Kasimir kümmern«, sagte Mafalda. »Wir können ja morgen wieder sprechen.«

»In Ordnung. Hach, wie ich dich beneide!«

Mafalda beendete das Gespräch und kaufte für Kasimir einen Glückskeks.

»Möchtest du eine Gutenachtgeschichte hören?«, fragte der kleine Kater.

»Ja, warum nicht?«

»Die Geschichte heißt *Mafaldas Weg zum Glück*«, sagte Kasimir und begann mit seiner Erzählung.

Es war einmal ein Mädchen namens Mafalda. Das lebte in einem Tal, das von hohen Bergen umgeben war und fast immer im Schatten lag. Oft blickte Mafalda zu den Bergspitzen hinauf, die im Sonnenlicht golden glänzten.

»Wie gern wäre ich dort oben, um das herrliche Sonnenlicht zu genießen!«, sagte sie dann zu sich selbst. »Aber die Berge sind

viel zu steil, und ich gelange niemals dort hinauf.« Dieser unglückliche Gedanke machte sie noch trauriger, als sie sowieso schon war.

Eines Tages kam ein Vogel angeflogen und setzte sich auf einen Ast neben Mafalda.

»Ach, du hast es gut!«, sagte sie zu ihm. »Du kannst zu den Bergspitzen hinauffliegen und das herrliche Sonnenlicht genießen. Könnte ich doch bloß auch fliegen! Stattdessen bin ich in diesem finsteren Tal gefangen.« Und eine Träne der Verzweiflung rann ihr über die Wange.

»Woher weißt du, dass du nicht fliegen kannst?«, fragte der Vogel. »Hast du es schon einmal versucht?«

»Natürlich kann ich nicht fliegen«, erwiderte Mafalda. »Schließlich habe ich keine Flügel.«

»Fliegen ist keine Frage der Flügel«, behauptete der Vogel. »Fliegen ist eine Frage der inneren Einstellung.« Er breitete die Flügel aus und flatterte davon.

Mafalda sah ihm nach und dachte über seine Worte nach. Hatte er vielleicht recht? Brauchte sie nur die richtige innere Einstellung, um zu den Bergspitzen zu fliegen? Sie breitete die Arme aus und flatterte damit auf und ab, und tatsächlich hob sie jedes Mal, wenn sie die Arme kräftig nach unten drückte, ein kleines Stück vom Boden ab.

Da kam ihre Freundin Mareike des Wegs.

»Was hüpfst du da herum wie ein Huhn?«, fragte sie.

»Ich versuche zu fliegen«, erklärte Mafalda.

Mareike lachte sie aus. »So ein Unsinn! Du hast keine Flügel. Du kannst nicht fliegen!«

»Fliegen ist keine Frage der Flügel, sondern der inneren Einstellung«, hielt Mafalda dagegen, glaubte aber nicht so richtig an ihre Worte.

»So ein Quatsch!«, widersprach Mareike. »Du machst dich bloß lächerlich.«

Mafalda sah ein, dass ihre Freundin recht hatte, und flatterte nicht länger mit den Armen. Sehnsuchtsvoll sah sie zu den hellen Bergspitzen hinauf, die ihr jetzt noch unerreichbarer erschienen. Für einen kurzen Augenblick hatte sie gedacht, sie könne das Fliegen erlernen.

Doch Mareike hatte ihr gezeigt, dass es unmöglich ist, seine Träume zu verwirklichen. Und deshalb verharrte Mafalda unglücklich in ihrem düsteren Tal.

Eines Tages traf sie den Vogel wieder.

»Hast du das Fliegen erlernt?«, fragte er.

»Nein«, musste Mafalda zugeben.

»Warum nicht?«

»Ich habe es versucht, und es ist mir auch ein kleines bisschen gelungen. Aber dann hat mir meine Freundin erklärt, dass es nicht geht.«

Da widersprach der Vogel. »Lass dir niemals von anderen einreden, was du kannst und was nicht. Wenn du dir etwas nur stark genug wünschst, wird es auch wahr. Und nun versuch es noch einmal!«

Mafalda schloss die Augen und wünschte sich mit aller Kraft, fliegen zu können. Dann flatterte sie mit den Armen.

»Siehst du!«, sagte der Vogel.

Als Mafalda die Augen öffnete, sah sie, dass sie zwei Meter über dem Boden schwebte. Vor Schreck vergaß sie, mit den Armen zu flattern, und fiel zu Boden. Zum Glück tat sie sich nicht weh. Erneut flatterte sie mit den Armen. Diesmal fiel es ihr leichter, und sie hob ab.

»Ich kann fliegen!«, rief sie. »Ich kann wirklich fliegen!«

Sie flatterte durchs Tal, und alle Leute, die sie sahen, wiesen aufgeregt mit den Fingern auf sie. »Seht mal! Mafalda kann fliegen!«, schrien sie.

Auch ihre Freundin Mareike blickte staunend zu ihr auf.

»Ich habe mich geirrt, Mafalda!«, rief sie. »Es tut mir leid! Ach, könnte ich doch auch fliegen!«

»Versuch es doch einfach!«, ermunterte sie Mafalda, und dann flatterte sie kräftig mit den Armen und stieg hoch hinauf bis zu den Bergspitzen, wo sie sich im hellen Glanz des Sonnenlichts wärmte.

»Wie hat dir die Geschichte gefallen?«, fragte Kasimir.

»Sie war schön«, sagte Mafalda und kicherte. »Aber ein bisschen unwirklich war sie schon. Als ob ich fliegen könnte, wenn ich mit den Armen flattere.«

»Hast du es denn schon mal versucht?«, fragte Kasimir.

Mafalda sah ihn erschrocken an. Dann flatterte sie probehalber ein paarmal mit den Armen. Und tatsächlich hob sie vom Boden ab und schwebte im Zimmer.

Erschrocken riss sie sich die Brille vom Kopf. Sie stand immer noch auf dem Teppich. Der Fortunator hatte ihr nur die Illusion des Schwebens vorgegaukelt. Aber ein cooles Gefühl war es schon gewesen.

Sie setzte die Brille wieder auf.

»Lass uns ein bisschen herumfliegen!«, schlug Kasimir vor, der auf einmal kleine Flügel wie eine Fledermaus hatte.

Mafalda flatterte mit den Armen und schien abermals vom Boden abzuheben. Das Fenster öffnete sich, und zusammen mit Kasimir flog sie hinaus, flatterte über ihrem Garten herum und stieg dann immer höher hinauf, bis sie die ganze Stadt unter sich sah. Es war ein atemberaubendes Gefühl der Freiheit, auch wenn sie wusste, dass es nicht echt war.

9. ZERBROCHENES GLÜCK

In den nächsten Tagen gelang Mafalda das Glücklichsein immer besser. Die Zeit verging wie im Flug, denn dank Kasimir war sie ständig beschäftigt. Zwar war der kleine Kater manchmal ein bisschen anstrengend, denn er verschlang Glückskekse in einer solchen Menge, dass es Mafalda kaum schaffte, ausreichend Glückstaler zu verdienen. Doch er war auch lustig und hilfreich.

»Hast du Lust, etwas Tolles aus Lego zu bauen?«, fragte Kasimir eines Nachmittags.

Mafalda hatte schon lange nicht mehr mit ihren Legosteinen gespielt. Aber sie war neugierig, was der Fortunator daraus machen würde, und stimmte zu.

Kasimir bat sie, die ganze Kiste auf dem Boden auszuschütten, damit er sich einen Überblick über die vorhandenen Steine machen konnte. Mafalda war überrascht – Eva hatte ihr streng verboten, die Legokiste auszukippen, und der Kater war doch eigentlich kein Freund von Unordnung. Aber sie befolgte die Anweisung. Kasimir hüpfte über den Haufen aus Legosteinen und bat Mafalda, sie hier und dort mit der Hand zu verteilen, damit er auch alle weiter unten liegenden Steine sehen konnte.

»So, jetzt weiß ich, welche Steine du hast«, sagte er schließlich. »Was möchtest du denn am liebsten daraus bauen? Wie wäre es zum Beispiel mit einem schönen Prinzessinnenschloss?«

Zweifelnd betrachtete Mafalda den kunterbunten Haufen. Daraus ein ganzes Schloss zu bauen, bedeutete viel Arbeit. Aber wie sie Kasimir kannte, würde er daraus ein spannendes Spiel machen. Also stimmte sie zu.

»Gut«, sagte der Kater. »Ich zeige dir, welchen Stein du nehmen und wo du ihn hinsetzen musst. Für jeden richtig gesetzten Stein gibt es einen Glückspunkt, und am Ende bekommst du umso mehr Bonuspunkte, je schneller du fertig bist. Alles klar? Gut, dann Achtung, fertig, los!«

Ein kleiner Pfeil erschien über einem weißen Stein mit acht Noppen. Als Mafalda ihn in die Hand nahm, erschien ein blinkender Stein auf der Grundplatte. Sie setzte den weißen Stein dorthin, und ein heller Glockenton zeigte ihr an, dass sie es richtig gemacht und einen Glückspunkt erhalten hatte.

»Das geht bestimmt noch schneller«, spornte Kasimir sie an.

Mafalda gab sich alle Mühe und setzte im Rekordtempo einen Legostein auf den anderen. Dabei musste sie sich so sehr konzentrieren, nicht versehentlich den falschen Stein zu greifen, dass sie gar nicht mitbekam, was sie da baute. Erst als Kasimir »Bravo!« rief und eine Fanfarenmelodie ertönte, hielt sie inne. Sie war ganz außer Atem.

Staunend betrachtete sie das Schloss, das da vor ihr stand. Es hatte eine Mauer um einen kleinen Innenhof, eine Fassade mit Säulen, Balkonen und vielen Fenstern sowie zwei große Türme an den Seiten. Über dem Eingang prangte sogar ein Wappen mit einem M in der Mitte. Es war das prächtigste Bauwerk, das sie je aus Lego gebaut hatte. Irgendwie hatte Kasimir fast alle Legosteine darin untergebracht, sodass kaum noch welche übrig waren. Mafalda nahm die Brille ab und vergewisserte sich, dass das Bauwerk wirklich vor ihr in ihrem Zimmer stand und in Wirklichkeit genauso schön war, wie es durch die Brille aussah.

»Wow!«, rief sie. »Das ist aber wirklich toll geworden!«

»Du hast dreitausendeinhundertdreiundfünfzig Glückspunkte erhalten«, verkündete Kasimir. »Dafür bekommst du drei Glückstaler.«

Mafalda war ein kleines bisschen enttäuscht. Ein derartig kompliziertes Bauwerk zu errichten, noch dazu in so kurzer Zeit, und es gab nur drei Glückstaler dafür? Doch das war ein unglücklicher Gedanke, und sie verdrängte ihn rasch.

Kasimir hatte noch mehr Überraschungen für sie auf Lager. Sie hatte eine der kleinen Legofiguren auf einen Balkon des Schlosses gestellt. Diese Figur schien nun richtig lebendig zu werden. Sie lief auf dem Balkon hin und her, schnupperte an den Legoblumen, die dort in den Blumenkästen steckten, und strich sich durch das braun gewellte lange Haar. Als Mafalda ganz genau hinsah, erkannte sie, dass sogar die Gesichtszüge ihren eigenen ähnelten.

Kurz darauf kam ein Ritter in glitzernder Rüstung durch das Schlosstor geritten, sprang vom Pferd und verbeugte sich vor der Prinzessin. Und dann geschah etwas Seltsames. Kasimir schrumpfte plötzlich zusammen wie ein Luftballon, aus dem die Luft entweicht, bis er winzig klein war und auf dem Balkon neben der Prinzessin herumsprang.

»Willst du dir dein Schloss mal aus der Nähe ansehen?«, piepste er.

»Ja«, stimmte Mafalda ihm zu. Im nächsten Moment hockte sie nicht mehr in ihrem Zimmer, sondern stand auf dem Balkon des riesigen Legoschlosses, so als wäre sie ebenfalls auf die Größe einer Fliege zusammengeschrumpft.

Erstaunt hob sie kurz die Brille an, um sich zu vergewissern, dass das nur eine Illusion war und sie nicht wirklich verkleinert worden war. Dann sah sie sich in ihrem Legoschloss um. Kurz darauf war sie wieder so groß wie zuvor und das Schloss wieder nur ein Spielzeuggebäude. Kasimir zeigte ihr, dass sie sich wieder in die Legowelt hineinschrumpfen konnte, indem sie die Prinzessinnenfigur antippte. Stellte sie sie an eine andere Stelle des Schlosses, konnte sie das Gebäude von dort aus betrachten, während andere Legofiguren scheinbar lebendig um sie herumwuselten.

Mafalda hatte schon lange nicht mehr so viel Spaß mit Legosteinen gehabt wie an diesem Nachmittag. Auch an den folgenden Tagen erstaunte der Fortunator sie immer wieder, und Kasimir zeigte ihr noch viele andere aufregende Spiele. Am besten aber gefiel es ihr, dass sie abends mit ihrem Vater sprechen konnte, als wäre er nicht in Dubai, sondern hier in ihrem Zimmer. Zwar konnte sie ihn nicht umarmen, und seine Stimme klang leicht verzerrt und abgehackt, aber das war immer noch viel besser als die früheren Videotelefonate.

Von Vorteil war es außerdem, dass sich Eva seltener in Mafaldas Leben einmischte. Das lag vermutlich daran, dass sie weniger zu meckern hatte, weil Mafalda unaufgefordert ihre Hausaufgaben machte und ihr Zimmer neuerdings immer ordentlich war. Noch dazu schien ihre Stiefmutter selbst viel Zeit mit ihrem Fortunator zu verbringen. Als Mafalda sie einmal danach fragte, erzählte sie, dass sie mithilfe ihrer Brille ferne Länder besuche, in die sie schon immer hatte reisen wollen, was aber »wegen euch Kindern« bisher nicht möglich gewesen war. In ihrer Stimme schien Sehnsucht mitzuschwingen, so als wünsche sie sich, diese fernen Länder in der Wirklichkeit zu bereisen und nicht nur mit dem Fortunator. Aber vielleicht bildete sich Mafalda das nur ein.

Auch Timmy war den ganzen Tag mit seinem Fortunator beschäftigt. Einmal setzte sich Mafalda zu ihm und wollte mit ihm spielen, so wie sie es früher oft getan hatte. Er hatte sich immer gefreut, wenn sie die Plastiktiere seines Bauernhofs gespielt und Tiergeräusche nachgemacht hatte. Doch jetzt liefen die Tiere von selbst herum und machten ganz realistische Geräusche, und als Mafalda den Trecker schob, maulte Timmy: »He, du machst das ganz falsch!«

Also ließ sie ihn allein spielen. Eine Sekunde lang war sie traurig darüber, doch dann lenkte Kasimir sie mit einem neuen Spiel ab, und sie vergaß den unglücklichen Gedanken.

Selbst das Wochenende ohne Papa betrübte Mafalda weniger als zuvor. Sie kam gar nicht dazu, seine Abwesenheit zu bedauern, da sie ständig beschäftigt war. Nur in der Schule, wenn sie die Brille nicht aufhatte, vermisste sie ihn manchmal. Sie ließ den Fortunator inzwischen zu Hause, weil sich ihre Klassenkameraden sonst ständig zankten, wer hindurchsehen durfte. Außerdem hatte sie Angst, dass einer von ihnen das Gerät fallen ließ und kaputt machte. So kam ihr der Unterricht noch öder und langweiliger vor als früher, und sie redete noch weniger mit ihren Klassenkameraden.

Umso mehr freute sie sich, wenn sie nach der Schule nach Hause kam und die Brille endlich wieder aufsetzen konnte. Kasimir war dann jedes Mal so aus dem Häuschen, dass er Purzelbäume schlug oder im Raum umhersprang und mit schriller Katzenstimme ein Lied maunzte. Das war wirklich niedlich, und Mafalda musste sehr darüber lachen.

Am Mittwoch regnete es. Als sie nach der Schule ihr Zimmer betrat, hörte sie den Regen an die Scheibe proppeln. Bevor sie ihren Fortunator aufsetzte, warf sie einen kurzen Blick aus dem Fenster und sah durch die Schlieren der Regentropfen das Nachbarhaus mit seinem Garten hinter den Rhododendronbüschen. Sie erinnerte sich an die seltsame blaue Eidechse, den wunderschönen Schmetterling und den blauen Vogel. Seit sie den Fortunator besaß, hatte sie kaum daran gedacht. Und das war gut so, denn sie wusste noch, wie traurig sie gewesen war, als die alte Frau sie aus dem Garten verjagt hatte. Jetzt, da sie ihre Zauberbrille besaß, brauchte sie keinen geheimen Garten mehr.

Auf einmal fragte sie sich, ob der Fortunator wohl auch etwas an dem Haus der alten Dame veränderte, wenn sie hindurchsah.

»Mafalda, endlich!«, rief Kasimir, hüpfte auf und ab und wedelte mit den Beinen wie ein Hampelmann. »Ich habe Hunger! Gib mir einen Glückskeks!«

»Gleich«, versprach ihm Mafalda. »Ich möchte nur kurz etwas ausprobieren.«

Sie blickte aus dem Fenster, doch alles sah so aus wie immer. Enttäuscht nahm sie die Brille ab. Dann stutzte sie, setzte den Fortunator wieder auf und nahm ihn erneut ab. Etwas war doch anders. Vor dem Fenster hing immer noch das große Spinnennetz mit den Regentropfen darin – jedenfalls, wenn sie ohne Brille aus dem Fenster spähte. Doch wenn sie das Gerät aufsetzte und hinübersah, war das Spinnennetz verschwunden.

Das war doch wirklich seltsam.

Nachdem es inzwischen nicht mehr regnete, nahm sie die Brille in die Hand und lief hinaus in den Garten, um zu testen, ob sie auch andere Dinge aus der Wirklichkeit verschwinden ließ. Und tatsächlich – Ameisen und Käfer, die im Garten herumwuselten, waren durch die Brille nicht zu sehen.

»Was tust du da?«, fragte Kasimir und blickte sie mit seinen großen Katzenaugen ernst an. »Warum nimmst du die Brille dauernd ab?«

»Ich habe nur etwas ausprobiert«, erwiderte sie.

»Aber du musst nichts ausprobieren. Der Fortunator arbeitet tadellos. Sollte es zu einer Fehlfunktion kommen, sage ich es dir. Und jetzt gib mir bitte einen Glückskeks!«

»Warum kann ich durch die Brille keine Insekten sehen?«, fragte Mafalda.

»Ich habe Hunger! Gib mir bitte einen Glückskeks!«

Mafalda seufzte und öffnete den Glücksshop. »Heute gibt es Glückskekse im Sonderangebot«, informierte sie die freundliche Verkäuferin. »Zehn Stück für nur vierundzwanzig Glückstaler. Das ist ein Rabatt von zwanzig Prozent.«

Mafalda stellte fest, dass sie nur achtzehn Glückstaler hatte.

»Ich möchte bitte einen Glückskeks!«

»Glückskekse sind heute im Sonderangebot«, wiederholte die Verkäuferin, die zwar nett war, aber auch ein bisschen dumm. »Zehn Stück für nur vierundzwanzig Glückstaler.«

Was Mafalda auch tat, die Verkäuferin weigerte sich, ihr einen einzelnen Glückskeks zu verkaufen. Also machte sie zuerst ihre Hausaufgaben und spielte mit Kasimir, der immer wieder jammerte, wie hungrig er sei. Als sie endlich die sechs fehlenden Glückstaler verdient hatte, war sie leicht genervt.

»Endlich!«, rief Kasimir und verschlang den Glückskeks, den sie ihm hinhielt, in einem Bissen. »Ich habe Hunger! Gib mir bitte einen Glückskeks!«

»Aber ich habe dir doch gerade erst einen gegeben!«

»Ich habe Hunger!«, maunzte der Kater. »Gib mir bitte einen Glückskeks!«

Also gab Mafalda ihr noch einen … und noch einen, bis Kasimir endlich satt war.

Sie spielten gerade *Ich sehe was, was du nicht siehst*, als Mafaldas Vater im Raum erschien.

»Na, mein Äffchen, bist du glücklich?«, fragte er. Seine Stimme klang irgendwie seltsam, aber das hatte wahrscheinlich mit der schlechten Internetverbindung zu tun.

»Oh, hallo Papa!«, rief Mafalda erfreut. »Du ahnst ja nicht, wie gefräßig Kasimir ist. Gerade hat er drei Glückskekse auf einmal verputzt.«

»Das macht mich sehr glücklich«, sagte er.

Mafalda runzelte die Stirn.

»Das macht dich glücklich?«, fragte sie. »Warum das denn?«

Statt darauf zu antworten, fragte er: »Bist du glücklich?«

»Ja«, sagte sie.

»Das macht mich sehr glücklich«, sagte Papa.

Mafalda blickte ihn verwirrt an. Irgendetwas war seltsam mit ihm, ohne dass sie es genau hätte benennen können. Vielleicht lag es daran, dass er so viel arbeiten musste und einfach müde war. Sie sah auf die Uhr – Viertel vor sieben. Sie wusste, dass es in Dubai drei Stunden später war als in Deutschland, also Viertel vor zehn abends.

»Wie waren deine Meetings heute?«, fragte sie.

»Hast du schön mit deinem Glücklichmacher gespielt?«, fragte er zurück.

»Ja. Aber ich habe dich etwas gefragt«, sagte Mafalda, die sich allmählich Sorgen machte. »Geht es dir gut? Hast du Stress oder so?«

»Ich bin sehr glücklich«, sagte er. »Bist du auch glücklich, mein Äffchen?«

»Das hast du mich doch schon gefragt, Papa! Und ich habe auch schon Ja gesagt.«

»Das macht mich sehr glücklich.«

Da stimmte doch etwas nicht. Mafalda nahm die Brille ab. Natürlich verschwand auch ihr Vater aus dem Zimmer, ebenso wie Kasimir. Sie dachte einen Moment lang nach und setzte die Brille wieder auf.

»Weißt du noch, was wir vorletztes Wochenende eigentlich unternehmen wollten, dann aber nicht gemacht haben, weil du mir den Fortunator mitgebracht hast?«, fragte sie.

»Der Fortunator VR steigert das Glück seiner Nutzer nachweislich um bis zu zweihundertdreiunddreißig Prozent und mehr«, belehrte sie Papa.

»Beantworte bitte meine Frage, Papa!« Mafalda kamen die Tränen. »Wohin wolltest du vorletztes Wochenende mit mir gehen?«

»Du wirkst auf einmal sehr aufgeregt und unglücklich, Mafalda«, sagte Kasimir. »Komm, ich heitere dich ein bisschen auf!«

Er schnitt Grimassen, streckte ihr die Zunge heraus und schlug Purzelbäume. Mafalda beachtete ihn gar nicht. Sie starrte nur auf die Erscheinung, die wie ihr Vater aussah, aber nicht ihr Vater zu sein schien. Ein Schluchzer entfuhr ihr.

»Geh weg!«, rief sie.

»Bist du glücklich, mein Äffchen?«, fragte die Erscheinung.

»Nein!«, rief Mafalda, riss sich die Brille vom Gesicht und schleuderte sie wütend gegen die Wand, wo sie mit einem lauten Knacks zerbrach.

10. DIE BLAUE FLAMME

»Maaafalda!« Eva stand in der Tür – die echte Eva. Sie hatte ihre Brille auf. Die Gläser leuchteten milchig weiß. »Was ist denn hier los? Hast du deinen Fortunator etwa absichtlich beschädigt?«

»Lass mich in Ruhe!«, rief Mafalda.

»Was fällt dir ein? Ist dir eigentlich klar, was ein Fortunator kostet? Meinst du, das Geld regnet bei uns vom Himmel? Willst du, dass dein Vater noch härter arbeiten muss, damit wir uns das hier alles leisten können? Wie kannst du nur so undankbar sein?«

»Ich … ich will Papa zurück!«, schluchzte Mafalda.

Eva schwieg, und Mafalda hörte, wie sie tief ein- und ausatmete. Dann nahm sie auf einmal die Brille ab.

»Hier, setz für einen Moment meinen Fortunator auf!«, bot ihr Eva an. »Dein Kätzchen möchte dir etwas sagen.«

»Geh weg!«, rief Mafalda. »Ich will mit dieser Lügenbrille nichts mehr zu tun haben!«

Erschrocken starrte Eva sie an. »Was meinst du denn damit?«

»Der Fortunator belügt uns, hast du das noch nicht gemerkt? Ich dachte, ich spreche mit Papa, aber in Wirklichkeit habe ich … mit diesem *Ding* gesprochen!«

Eva setzte ihre Brille wieder auf. Dann lächelte sie. »Unsinn, Mafalda! Du irrst dich. Der Fortunator ist nur dazu da, dich glücklich zu machen.«

»Ich bin aber nicht glücklich.«

»Eben. Deshalb musst du das Glücklichsein noch mehr trainieren. Rückschläge sind dabei ganz normal und nicht weiter schlimm. Du darfst bloß nicht aufgeben.« Eva nahm ihren Fortunator ab und hielt ihn Mafalda wieder hin. »Hier! Dein Papa möchte mit dir sprechen.«

Zögernd nahm Mafalda die Brille entgegen und setzte sie auf. Ihr Vater stand im Raum. Kasimir saß zu seinen Füßen. Seine Augen waren rot, und er schien geweint zu haben. Sein Fell war ganz struppig. Er sah Mafalda vorwurfsvoll an, schwieg jedoch.

»Mafalda, mein Äffchen …«, begann ihr Vater.

»Geh weg!«, rief sie. »Du bist nicht mein Papa!«

»Doch, ich bin es. Wirklich. Ich weiß, es war ein Fehler, die Automatikfunktion zu aktivieren. Es tut mir leid.«

»Was ist eine Automatikfunktion?«

»Ich hatte heute Abend leider keine Zeit, mit dir zu sprechen. Aber ich wollte dich nicht enttäuschen. Deshalb habe ich meinen Fortunator auf Automatik gestellt. Ich … ich dachte … dann bist du nicht so unglücklich …«

»Ich will keine Automatik! Ich will dich! In echt, nicht bloß als Illusion.«

»Ja, ich weiß. Am Wochenende bin ich wieder zu Hause. Und diesmal gehen wir wirklich in den Zoo. Du wirst sehen, mit einem Fortunator ist es sogar noch lustiger. Er kann dir alles zu jedem einzelnen Tier erzählen und …«

»Meine Brille ist kaputt.«

»Ich weiß. Keine Sorge, ich kaufe dir eine neue.«

»Nein, ich will keinen neuen Fortunator. Ich will nicht mehr angelogen werden. Und ich will wieder Spinnen sehen können … und Ameisen und blaue Eidechsen.«

»Die werden wir sehen. Nun beruhige dich erst einmal! Gute Nacht, mein Äffchen.«

Ihr Vater verschwand. Kasimir kam auf sie zugekrochen. Er machte einen erbarmungswürdigen Eindruck, und für eine Sekunde tat er Mafalda leid. Doch dann erinnerte sie sich wieder daran, dass er auch nur eine Lüge war. Sie nahm die Brille ab und gab sie Eva zurück.

»Hier. Danke.«

Eva warf ihr einen finsteren Blick zu. Dann setzte sie ihre Brille auf und verließ den Raum.

An diesem Abend lag Mafalda noch lange wach und dachte nach. Als sie am nächsten Tag aus der Schule kam, lag der zerbrochene Fortunator immer noch dort, wo sie ihn am Abend zuvor hingeworfen hatte. Ein Teil von ihr war sehr traurig darüber, dass sie nicht mit Kasimir spielen konnte. Doch dann blickte aus dem Fenster und betrachtete zuerst das Spinnennetz und dann das Haus der alten Dame. Sie fasste einen Entschluss und ging hinaus in den Garten.

»Wohin willst du?«, fragte ihre Stiefmutter. »Hast du deine Hausaufgaben schon gemacht?«

Mafalda beachtete Eva gar nicht. Sie ging einfach quer über den Rasen, vorbei an der Sandkiste, die unberührt dalag, seit Timmy seinen Fortunator hatte, und verschwand in den Rhododendronbüschen. Dort hockte sie sich auf den Boden und wartete, bis sich ihre Gedanken beruhigt hatten.

Es dauerte eine ganze Weile, doch allmählich nahm sie die Geräusche ringsum wieder wahr, das Summen der Insekten, das Zwitschern der Vögel, das leise Rascheln der Blätter, die vom lauen Wind bewegt wurden, den Duft der Erde, das Spiel der Schatten auf dem Boden. Dies war die Wirklichkeit. Sie war vielleicht nicht so aufregend und lustig wie die kunterbunte Scheinwelt, die die Brille des Fortunators ihr zeigte, aber sie war viel lebendiger und … wirklicher.

Mafalda holte tief Luft. Die alte Dame hatte ihr gesagt, sie solle aus ihrem Garten verschwinden. Doch die Flausen in ihrem Kopf, die der Fortunator vorübergehend zum Schweigen gebracht hatte, regten sich wieder und fanden, dass sie noch einmal durch die geheime Pforte in ihren Zaubergarten gehen solle. Wenn sie in ihrem Versteck in den Rhododendronbüschen auf der anderen Seite blieb, konnte sie die Tiere von dort aus beobachten, und die Besitzerin des Gartens würde sie gar nicht bemerken.

Ihr Herz pochte vor Aufregung, als sie die alte Pforte mit einem lauten Knarren öffnete und hindurchschlüpfte. Vorsichtig bog sie einen Zweig nach unten und betrachtete das Leben in dem verwilderten Garten. Der Frosch saß wieder auf seinem Blatt und quakte. Die Libelle flog über ihm hin und her wie ein kleiner Hubschrauber. Überall summten Bienen und Hummeln.

Mafalda hielt nach dem blauen Vogel und dem Schmetterling Ausschau, konnte beide aber nirgends entdecken. Dafür sah sie das Eichhörnchen, das hoch oben in der Birke herumturnte, und sie musste schmunzeln.

Eine ganze Weile hockte sie nur da und versank in der ruhigen Schönheit des Gartens. Ihr Atem war ruhig und gleichmäßig. Tief in sich spürte sie etwas, das sie in den letzten Wochen nicht mehr gefühlt hatte. Es war kein aufgeregtes Freudengefühl, wie sie es an ihrem Geburtstag hatte oder wenn Papa ihr von einer Reise ein Geschenk mitbrachte. Stattdessen erfüllten sie tiefe Ruhe, Gelassenheit und Zufriedenheit. Sie fühlte sich geborgen und sicher.

Auf einmal nahm sie aus den Augenwinkeln eine Bewegung wahr. Ganz langsam wandte sie den Kopf und riss vor Staunen die Augen auf. Dort, zum Greifen nahe, saß im Schatten der Rhododendronblätter auf einem Mauerstein die blaue Eidechse. Sie schien Mafalda mit ihren schwarzen Augen neugierig zu mustern.

Vorsichtig, um das Tier nicht zu erschrecken, streckte sie die Hand aus. Die Eidechse verharrte reglos. Als Mafaldas Finger sie fast berührten, kroch sie auf die Hand. Die Krallen ihrer kleinen Füße kitzelten ein wenig.

Ganz langsam zog Mafalda die Hand zu sich heran und hielt sie vors Gesicht, um das Reptil noch genauer betrachten zu können. Sie sah die winzigen Nasenlöcher, die Falten in der schuppigen Haut, die Augen, die auf seltsame Weise klug wirkten. Die Schönheit dieses Lebewesens erfüllte sie mit tiefer Freude, und sie begriff: *Das hier ist wahres Glück.*

Kaum hatte sie das gedacht, geschah etwas Unfassbares. Die Eidechse verschwand, und stattdessen erschien eine blaue Flamme über ihrer Handfläche. Sie flackerte hin und her wie eine Kerzenflamme im Wind, war jedoch viel größer. Doch Mafalda spürte weder Hitze noch Schmerzen.

Sie war zu erstaunt, um Angst zu haben. Als sie die Flamme ganz genau betrachtete, glaubte sie, in ihrem Innern sanfte Augen zu erkennen, eine kleine Stupsnase, einen freundlich lächelnden Mund. Unwillkürlich musste auch Mafalda lächeln.

»Wer … was … bist du?«, fragte sie.

Kaum hatte sie die Worte ausgesprochen, da verschwand die Flamme, und die Eidechse erschien wieder auf ihrer Hand.

Das Tierchen drehte sich um, machte einen Satz auf den Boden und lief blitzschnell davon.

Sprachlos starrte Mafalda ihm nach. War das gerade wirklich passiert, oder war es wie Kasimir auch nur eine Illusion gewesen? Unwillkürlich griff sie sich ins Gesicht, fühlte aber keine Brille.

Langsam erhob sie sich und kroch durch die Pforte zurück in ihren Garten. Sie fühlte sich seltsam, wie in einem wunderschönen Traum. Das Glücksgefühl, das sie empfunden hatte, als die Flamme erschienen war, spürte sie noch immer, obwohl es allmählich verblasste wie die Erinnerung an ein schönes Erlebnis.

Als sie das Haus betrat, hielt ihr Eva ihren Fortunator hin. »Kasimir möchte mit dir sprechen«, sagte sie.

»Nein, danke«, erwiderte Mafalda und stieg in ihr Zimmer hinauf.

Als sie am nächsten Morgen aufwachte, fühlte sie sich erfrischt und ausgeruht. Sie hatte wunderschöne Träume gehabt, in denen sie in einem riesigen Garten voll fantastischer Tiere und Pflanzen umherspaziert war. Dort hatte es nicht nur Eichhörnchen, Frösche, bunte Schmetterlinge und Eidechsen gegeben, sondern auch Giraffen und Elefanten, Faultiere und Chamäleons, bunte Vögel und Affen, die in den Bäumen herumturnten, zahme Tiger und Löwen, die sich von Mafalda das weiche Fell kraulen ließen, und sogar ein Einhorn mit einer regenbogenfarbenen Mähne. Mafalda musste schmunzeln, als sie daran dachte.

Dann fiel ihr die seltsame Begegnung mit der Eidechse wieder ein, und sie fragte sich, ob mit ihr etwas nicht in Ordnung war. Tiere verwandelten sich nicht einfach in Flammen. Also war das, was sie gesehen hatte, nicht real. Und wenn man etwas sah, das nicht real war, dann war man verrückt, oder?

Vielleicht, überlegte sie, war es eine Nachwirkung des Fortunators gewesen. Die Brille hatte ihr so viele Illusionen vorgegaukelt, dass sich ihr Gehirn womöglich daran gewöhnt hatte, Dinge zu sehen, die gar nicht vorhanden waren. Sie hoffte, dass so etwas nicht noch einmal passierte.

Doch in der Schule musste sie immer wieder an das Ereignis denken und daran, wie gut sie sich in jenem Moment gefühlt hatte. Auf dem Heimweg beschloss sie, sich noch einmal im Garten der alten Frau umzusehen. Vielleicht entdeckte sie die Eidechse wieder. Vielleicht verwandelte sie sich erneut in eine Flamme.

Vielleicht war sie aber auch wirklich verrückt.

Doch die Flausen fanden das Vorhaben gut. Mafalda war froh, dass die kleinen Zwerge wieder in ihrem Kopf herumtollten und ihr lustige Ideen eingaben. Kaum war sie zu Hause, schlich sie in den Nachbargarten. Eva bemerkte es gar nicht. Sie saß im Wohnzimmer, die leuchtende Brille im Gesicht, und starrte geradeaus.

Das Wetter war herrlich. Es war warm, und der Garten der alten Frau duftete nach Sommer. Mafalda hockte sich in den Schutz der Rhododendronbüsche und wartete. Eigentlich rechnete sie nicht damit, die scheue Eidechse noch einmal zu sehen. Doch als sich ihre Gedanken beruhigt hatten und sie wieder die innere Ruhe und Gelassenheit spürte, die die lebendige Natur ihr schenkte, kroch das Tier hinter einem Stein hervor, als hätte es nur auf Mafalda gewartet.

Zielstrebig kam die Eidechse auf sie zu und kletterte auf ihre ausgestreckte Hand. Sie war ganz zutraulich und ließ sich sogar sanft am Rücken streicheln. Die schuppige Haut fühlte sich glatt und trocken an. Hin und wieder streckte sie kurz ihre schwarze Zunge heraus, deren Spitze gespalten war wie die einer Schlange. Offensichtlich handelte es sich um eine ganz normale Eidechse, wenn auch um eine ungewöhnlich schöne, wie Mafalda mit einer Mischung aus Erleichterung und Enttäuschung feststellte. Die Verwandlung am Tag zuvor hatte sie sich nur eingebildet.

Kaum hatte sie das gedacht, verschwand die Eidechse, und die blaue Flamme erschien erneut.

»Oh …«, entfuhr es Mafalda. Doch sie hütete sich, noch mehr zu sagen. Stattdessen betrachtete sie stumm und voll ehrfürchtigem Staunen die Erscheinung auf ihrer Hand. Ganz deutlich sah sie die Augen in der Flamme, die sie freundlich anblickten, und den lächelnden Mund.

Die Flamme verschwand wieder, doch an ihrer Stelle erschien nicht die Eidechse, sondern der blaue Schmetterling. Er breitete die prächtigen Flügel aus und flatterte davon.

»Danke!«, rief Mafalda ihm nach. »Danke, dass du dich noch einmal gezeigt hast, blaue Flamme! Was immer du bist.«

Erfüllt von tiefer Freude, kehrte sie ins Haus zurück. Eva saß noch immer reglos auf dem Sofa und starrte geradeaus. Auf einmal tat sie Mafalda leid.

Ihr kleiner Bruder war in seinem Zimmer im Laufstall eingesperrt. Er hatte den Fortunator auf dem Kopf und fuchtelte mit den Ärmchen in der Luft herum. Vorsichtig nahm ihm Mafalda die Brille vom Kopf.

»He!«, rief er. »Meine Bille! Ich will noch pielen!«

»Pssst!«, machte Mafalda und lächelte ihn an. »Komm mit! Ich will dir etwas zeigen. Aber sei leise, Mama darf nichts merken.«

Timmy sah sie mit seinen großen Augen erstaunt an, doch er blieb still.

Sie hob ihn aus dem Laufstall und nahm ihn an die Hand. Sie schlichen durch die Küche in den Flur und von dort aus der Haustür hinaus. Draußen umrundeten sie das Haus und gingen am Rand des Gartens entlang. Mafalda erwartete, jeden Moment einen wütenden Aufschrei ihrer Stiefmutter zu hören, doch Eva schien immer noch mit ihrem Fortunator beschäftigt zu sein. So erreichten sie unbemerkt die Rhododendronbüsche.

»Oh ja! Vertecken pielen!«, rief Timmy vergnügt, als Mafalda die Zweige zur Seite bog.

»Du darfst nichts verraten«, mahnte Mafalda und legte einen Finger auf die Lippen.

Timmy sah sie ernst an und nickte.

Sie kroch mit ihm durch die Gartenpforte in den Nachbargarten. Die Rhododendronbüsche waren so hoch, dass Timmy aufrecht unter dem Blätterdach stehen konnte. Mafalda bog einen Zweig für ihn herab, damit er in den Garten blicken konnte. Eine Weile stand er einfach nur da und betrachtete mit großen Augen das farbenfrohe Durcheinander von Pflanzen, Blüten und Tieren. Mafalda hockte still neben ihm und genoss den Anblick ebenso wie er.

Es dauerte nicht lange, und sie entdeckte den blauen Schmetterling, der von Blüte zu Blüte flatterte und sich ihnen scheinbar zufällig näherte.

»Metterling!«, lachte Timmy.

Als Mafalda ihm die flache Hand hinhielt, landete das Tier darauf und breitete die herrlichen Flügel aus. Timmy streckte ebenfalls eine Hand nach dem blauen Falter aus. Als er ihn fast berührte, verwandelte sich der Schmetterling in die blaue Flamme.

Mafalda hatte befürchtet, dass ihr kleiner Bruder erschrecken oder Angst bekommen könnte, doch er riss nur kurz die Augen auf. Dann berührte er die Flamme, und sie wanderte auf seine kleine Hand. Er lachte glucksend.

»Feu«, sagte er.

Die Flamme verschwand, und stattdessen erschien wieder der Schmetterling. Er hob von Timmys Hand ab und verwandelte sich in der Luft in den blauen Vogel, der zu der Birke flatterte, sich dort auf einen Ast setzte und erwartungsvoll zu ihnen herübersah. Offenbar wollte er, dass sie ihm folgten, doch Mafalda traute sich nicht so recht aus dem Schutz des Gebüschs.

»Voel!«, rief Timmy. »Feu Voel geworden! Komm her, Feu Voel!« Er streckte die Hand aus, wie um den Vogel anzulocken, doch der blieb auf seinem Ast sitzen.

Ein Gefühl des Glücks und Stolzes erfüllte Mafalda. Sie war froh, dass sie Timmy die seltsame Flamme gezeigt hatte. Nun wusste sie, dass sie nicht verrückt war, denn ihr kleiner Bruder hatte dasselbe gesehen wie sie.

Ein schriller Schrei zerriss die Idylle. »Timmy! Tiiimmmy!«

»Komm, schnell!«, rief Mafalda und zerrte Timmy an der Hand zurück in ihren Garten.

»Timmy!«, schrie Eva, und Mafalda nahm die Angst in ihrer Stimme wahr.

Zusammen mit ihrem kleinen Bruder trat sie aus dem Gebüsch. »Hier sind wir!«, rief sie.

»Timmy, Gott sei Dank!«

Eva trug immer noch ihren Fortunator. Sie rannte auf ihren Sohn zu, riss ihn von Mafaldas Hand und presste ihn an sich. »Timmy! Oh Gott, ich habe mir solche Sorgen gemacht!«

Dann wandte sie sich zu Mafalda um. Hinter der leuchtenden Brille waren ihre Augen nicht zu erkennen, doch ihre Stimme bebte vor Zorn.

»Was fällt dir ein?«, kreischte sie. »Wie kannst du es wagen, Timmy einfach so aus seinem Laufstall zu holen, noch dazu ohne seinen Fortunator? Wenn nun etwas passiert wäre, wie hätte ich es merken sollen? Hast du eine Ahnung, welchen Schrecken du mir eingejagt hast? Weißt du, dass ich fast die Polizei gerufen hätte? Ich dachte schon, Timmy ist etwas passiert. Wie konntest du mir das nur antun?«

Timmy fing an zu weinen. Er verstand nicht, warum sich seine Mutter so aufregte, aber er mochte es nicht, wenn sie schrie. Ebenso wenig wie Mafalda.

»Es … tut mir leid«, sagte sie mit gesenktem Kopf.

»Das wird ein Nachspiel haben, das sage ich dir!«, tobte Eva weiter. »Du gehst jetzt auf dein Zimmer. Für den Rest der Woche hast du Stubenarrest. Und kein Internet. Dass du deinen Fortunator kaputt gemacht hast, ist deine eigene Schuld. Dann musst du dich eben langweilen. Und wenn du dich Timmy auch nur näherst, ohne mich zu fragen, bekommst du einen Höllenärger mit mir. Ich werde mit deinem Vater sprechen. Er wird dir am Wochenende deine Strafe für diese Unverschämtheit mitteilen.«

11. EIN TRAURIGER SAMSTAGMORGEN

Den Rest des Tages verbrachte Mafalda in ihrem Zimmer. Sie hätte traurig oder verärgert sein können, weil sie Stubenarrest hatte und nicht mehr mit Mareike chatten durfte. Stattdessen fühlte sie in sich nur eine tiefe Ruhe und Gelassenheit. Sie bereute nicht, was sie getan hatte. Sie hatte die blaue Flamme wiedergefunden, und Timmy hatte sie auch gesehen. Sie war nicht verrückt. Was immer dieses erstaunliche Wesen war, es existierte wirklich. Was für eine aufregende Entdeckung das war! Mochte Eva auch noch so wütend sein, mochte sie ihr einen ganzen Monat lang Stubenarrest aufbrummen, dieses Erlebnis war die Folgen allemal wert.

Sie nahm sich vor, ihrem Vater am Wochenende die blaue Flamme zu zeigen. Vielleicht erzählte er Wissenschaftlern davon, die das merkwürdige Feuerwesen dann untersuchten. Vielleicht würden die Zeitungen darüber berichten. Womöglich würde Mafalda sogar ins Fernsehen kommen und berühmt werden, weil sie im Nachbargarten ein unbekanntes, äußerst seltenes Lebewesen entdeckt hatte. Da würden Mareike und ihre Mitschüler aber staunen!

Doch während sie noch in diesen Gedanken schwelgte, spürte sie bereits, wie falsch sie waren. Falls die Wissenschaftler das Wesen wirklich fanden, würden sie es einfangen und in einen Käfig sperren. Sie würden Experimente mit ihm machen und ihm womöglich wehtun. In ihrer Gier nach Wissen würden sie wahrscheinlich den ganzen Garten umkrempeln, die Blumen zertrampeln, das kleine Paradies zerstören. Allerdings erschien es ihr höchst fraglich, dass die Forscher überhaupt etwas finden würden. Diese Wesen existierten wahrscheinlich schon lange. Da Mafalda aber noch nie von ihnen gehört hatte, hatten sie sich offensichtlich bisher vor den Wissenschaftlern verbergen können. Das war auch nicht verwunderlich. Was immer die blaue Flamme auch sein mochte, sie schien ziemlich scheu zu sein und konnte die Gestalt von Tieren annehmen. Man fand sie nur, wenn sie gefunden werden wollte.

Mafalda beschloss, ihren Vater zu bitten, niemandem etwas von der blauen Flamme zu sagen. Auch Eva nicht, denn sie würde alles sofort ihrer Freundin Beate erzählen, und nur der Himmel wusste, wer es dann noch erfuhr. Das Feuerwesen musste ein Geheimnis bleiben, das nur Mafalda, Timmy und ihr Vater kannten.

Nun konnte sie es kaum abwarten, Papa davon zu erzählen. Doch am Abend schrieb er ihr nur eine kurze Nachricht, dass er noch arbeiten müsse und keine Zeit habe, mit ihr zu sprechen. Er sei ja auch schon am nächsten Tag wieder bei ihr.

Als er am späten Freitagabend endlich nach Hause kam, lag Mafalda bereits im Bett, konnte vor Aufregung aber nicht schlafen.

»Ich muss dir unbedingt etwas erzählen …«, begann sie, als er ihr einen Begrüßungs- und Gutenachtkuss gab, doch er winkte ab.

»Morgen, mein Äffchen. Ich bin sehr müde.«

Beim Frühstück trugen Eva, ihr Vater und auch Timmy ihre Fortunatoren. Die Brillengläser leuchteten blass, fast so, als säßen keine Menschen am Tisch, sondern Roboter mit glühenden Augen.

»Was wolltest du mir denn gestern Abend erzählen, mein Äffchen?«, fragte Papa.

»Ach, nicht so wichtig!«, erwiderte sie.

»Vielleicht wollte dir Mafalda ja erzählen, dass sie mir eine Riesenangst eingejagt hat«, schaltete sich Eva ein.

»Wieso denn das?«, fragte Papa.

»Ich wollte es dir eigentlich schon vorgestern sagen, aber du hattest ja keine Zeit«, erwiderte Eva in vorwurfsvollem Ton.

»Was ist denn passiert?«

»Am Donnerstagnachmittag war ich im Wohnzimmer. Timmy hat ganz brav mit dem Fortunator gespielt. Aber deine Tochter kam auf die tolle Idee, ihn aus dem Laufstall zu holen und mit ihm im Garten Verstecken zu spielen.«

Ihr Vater wandte sich an Mafalda.

»*Was* hast du gemacht?«

»Ich … ich wollte ihm … bloß etwas zeigen«, stotterte sie.

»Feu!«, rief Timmy. »Feu Voel geworden!«

»Ihr habt mit *Feuer* gespielt?«, fragte Eva mit schriller Stimme.

»Nein, nein …«, begann Mafalda, doch Timmy war nicht zu bremsen. »Feu! Feu in Hand demacht!«

»Das … das ist ja unglaublich!«, schrie Eva. »Erst entführt deine Tochter Timmy aus dem Laufstall, und dann spielt sie auch noch mit Feuer!«

»Nun beruhig dich erst mal!«, beschwichtigte Papa seine Frau. »Wir wissen doch gar nicht …«

»Ich soll mich beruhigen? Hast du eine Ahnung, was dabei alles hätte passieren können? Was, wenn Timmy sich verbrannt hätte? Was, wenn sie das ganze Haus angezündet hätte?

Verstehst du jetzt, warum ich finde, wir sollten deine Tochter in ein Internat schicken?«

Mafalda erstarrte. Wenn sie in ein Internat kam, fern von zu Hause und von strengen Erziehern überwacht, würde sie ihren Vater höchstens noch in den Ferien zu Gesicht bekommen.

»Schatz, können wir darüber bitte ein andermal sprechen?«

»Ja, warum nicht?«, giftete Eva. »Warum sollten wir die Entscheidung nicht noch ein bisschen aufschieben? Am besten, wir warten, bis etwas wirklich Schlimmes passiert, nicht wahr? Vielleicht glaubt mir der Herr ja dann, dass seine Tochter eine Gefahr für Timmy ist. Oder vielleicht möchte er lieber zusehen, wie sie …«

Den Rest hörte Mafalda nicht mehr, denn sie hielt es nicht länger aus. Sie sprang vom Stuhl auf, rannte in ihr Zimmer und warf sich schluchzend aufs Bett.

Als sie sich wieder etwas beruhigt hatte, betrat ihr Vater das Zimmer.

»Nimm es ihr nicht übel!«, bat er. »Eva macht sich bloß Sorgen um ihr Kind. Das ist ganz normal.«

»Ich … ich hasse sie!«, schluchzte Mafalda. »Genauso sehr, wie sie mich hasst, wenn nicht sogar noch mehr!«

Er setzte sich zu seiner Tochter aufs Bett und legte ihr sanft eine Hand auf die Schulter.

»Sie hasst dich nicht, mein Äffchen«, sagte er.

»Doch, das tut sie. Sie ist immer bloß gemein zu mir, wenn du nicht da bist. Und jetzt will sie mich auch noch ins Internat schicken!«

»Noch ist ja nichts entschieden«, versuchte ihr Vater sie zu beruhigen, doch es klang, als traue er sich bloß nicht, ihr die Wahrheit zu sagen. Mafalda schossen erneut die Tränen in die Augen.

»Sieh mal hier, mein Äffchen! Ich habe dir etwas mitgebracht.« Er hielt ihr ein Geschenk hin, das in hübsches Papier mit kleinen Einhörnern verpackt war.

»Danke schön«, schniefte Mafalda und bemühte sich zu lächeln.

Doch als sie das Geschenkpapier aufriss, erschrak sie.

»Das ist ja … ein Fortunator.«

»Ich hoffe, diesen machst du nicht wieder so schnell kaputt«, sagte ihr Vater. Er lächelte, schien es aber ernst zu meinen.

»Danke, aber … ich möchte ihn nicht.« Sie hielt ihm das Paket hin.

»Was? Warum denn nicht, mein Äffchen? Willst du denn nicht glücklich werden?«

»Doch.«

»Na also. Dann setz ihn schnell auf! Kasimir, dein Kätzchen, wartet schon auf dich. Er hat dich ganz doll vermisst!«

Mafalda richtete sich auf, griff nach Papas Kopf und nahm ihm die Brille ab.

»Verstehst du denn nicht?«, fragte sie. »Diese Brillen machen nicht glücklich, sondern unglücklich!«

Ihr Vater lächelte schief, doch in seinen Augen blitzte Zorn auf. Er riss ihr die Brille aus der Hand und setzte sie wieder auf.

»Mach das bitte nicht noch einmal, Äffchen!«, sagte er mit drohendem Unterton. »Ich bitte dich, deinen Fortunator zumindest noch einmal auszuprobieren. Er hilft dir nicht nur, glücklich zu werden, sondern sorgt auch für deine Sicherheit. Hättest du Timmy nicht den Fortunator abgesetzt, hätte er Eva warnen können, dass ihr mit Feuer spielt.«

»Aber wir haben nicht mit Feuer gespielt!«, protestierte Mafalda.

»Ich bin dir deswegen nicht böse«, erwiderte ihr Vater, als hätte er ihren Einwand gar nicht gehört. »Ich war schließlich auch mal Kind. Hin und wieder etwas Verbotenes zu tun, gehört dazu. Aber Feuer ist gefährlich, da muss ich Eva recht geben. Also setz jetzt bitte deinen Fortunator auf! Du wirst sehen, alles wird wieder gut.«

Mafalda starrte ihren Vater an, betrachtete die weiß glühenden Scheiben vor seinen Augen, und auf einmal hatte sie das Gefühl, dass sie nicht mit ihm redete, sondern mit seiner Brille. Eine Gänsehaut lief ihr über den Rücken.

Nach kurzem Zögern nickte sie, packte die Brille aus und setzte sie auf.

Kasimir saß auf dem Boden vor ihrem Bett. Er sah schrecklich aus, abgemagert, das Fell struppig, die Augen rot und glasig. Dicke Tränen kullerten ihm über das Gesichtchen, als er sie ansah.

»Ich … habe … Hunger. Gib mir … bitte einen Glückskeks!«, bat er mit matter Stimme, als habe er kaum noch Kraft zum Sprechen.

»Öffne den Glücksshop!«, verlangte Mafalda.

Der Marktstand erschien. Über dem Beutel war die Zahl *zwanzig* zu erkennen.

»Mafalda!«, rief die Verkäuferin. »Wie schön, dich zu sehen! Du warst lange nicht mehr einkaufen. Zur Feier des Tages schenke ich dir einen Glückskeks.«

Mafalda nahm den Keks und gab ihn Kasimir, der ihn gierig hinunterschlang.

»Ich habe Hunger. Gib mir bitte einen Glückskeks!«

Mafalda kaufte drei weitere Glückskekse und fütterte Kasimir damit. Ganz allmählich erlangte er seine frühere Form zurück.

»Ich habe dich sooo doll vermisst«, sagte die Katze. »Was möchtest du gern spielen?«

»Ich lasse euch beide dann allein«, sagte Papa und verließ das Zimmer.

Kaum hatte er den Raum verlassen, nahm Mafalda die Brille wieder ab, legte sich aufs Bett und wartete.

Es dauerte keine fünf Minuten, bis ihr Papa erneut im Zimmer stand.

»Was ist bloß los mit dir?«, fragte er. »Wieso trägst du deinen Fortunator nicht?«

»Woher wusstest du, dass ich ihn nicht trage?«, fragte Mafalda zurück.

»Ich … na ja, du musst verstehen …«, begann er.

»Das ist also der wahre Grund, warum ich die Brille tragen soll«, erklärte sie. »Nicht, damit ich glücklich werde, sondern damit Eva mich besser überwachen kann. Durch ihre Brille sieht sie alles, was ich sehe. Habe ich recht?«

»Mein Äffchen, das siehst du ganz falsch. Es ist nur zu deiner eigenen Sicherheit …«

»Also stimmt es!«, rief Mafalda. »Ich will die Brille nicht! Schick mich lieber auf ein Internat, wenn du unbedingt willst. Dann muss ich wenigstens nicht länger bei der schrecklichen Eva bleiben.«

Ihr Vater betrachtete sie eine Weile stumm mit seinen leuchtenden Brillenaugen. »Na schön, wie du willst«, sagte er dann und verließ das Zimmer.

Traurig lag Mafalda auf dem Bett und stellte sich alle möglichen schrecklichen Dinge vor, die ihr im Internat passieren würden.

Bestimmt waren dort alle genauso fies und gemein zu ihr wie Eva. Garantiert fand sie dort keine Freunde. Und erst recht gab es dort keinen Zaubergarten mit einem Flammenwesen, das …

Mafalda stutzte. Natürlich! Sie musste doch bloß ihrem Vater die blaue Flamme zeigen! Dann würde er begreifen, dass sie nicht mit Feuer gespielt und Eva sie ungerecht beschuldigt hatte. Dann würde sie nicht aufs Internat geschickt werden. Warum war sie nur nicht eher darauf gekommen?

Hoffnungsvoll sprang sie auf und ging zu Papa ins Arbeitszimmer. Er saß an seinem Schreibtisch, den Fortunator im Gesicht, und fuchtelte in der Luft herum.

»Mafalda!«, rief er. »Was ist denn? Ich muss eigentlich arbeiten.«

»Kann ich bitte kurz mit dir sprechen?«

»Ja, natürlich.«

»Ohne Fortunator?«

Er seufzte, nahm aber das Gerät ab. »Also schön, was gibt es denn so Dringendes? Möchtest du dich bei mir entschuldigen?«

Das hatte Mafalda eigentlich nicht vorgehabt, aber sie ging darauf ein. »Ja. Es tut mir leid, dass ich Timmy aus dem Laufstall geholt habe, ohne Eva etwas zu sagen. Aber ich wollte ihm etwas zeigen, etwas unglaublich Aufregendes und …«

»Du solltest das besser Eva sagen«, unterbrach Papa sie.

»Ja, später. Erst muss ich dir etwas zeigen. Etwas wirklich Wundervolles!«

»Was denn?«

Sie erzählte ihm von der blauen Eidechse, von der Pforte in den Nachbargarten und von der erstaunlichen blauen Flamme.

»Verstehst du jetzt, warum ich Timmy die Flamme zeigen wollte?«, endete sie. »Er sah richtig glücklich aus, als er sie in der Hand hatte!«

Ihr Vater musterte sie mit ernster Miene.

»Mafalda, du bist ein sehr fantasiebegabtes Mädchen«, sagte er langsam. »Aber nicht alles, was du dir ausdenkst, ist auch wahr. Und was die Gartenpforte betrifft, möchte ich nicht, dass du jemals wieder dort hindurchgehst. Hast du mich verstanden? Ich werde einen Maurer beauftragen, die Pforte zuzumauern.«

»Aber … aber Papa!«, rief Mafalda. »Hast du mir denn nicht zugehört? In dem Nachbargarten gibt es ein ganz einzigartiges Lebewesen, das noch nie zuvor ein Mensch gesehen hat! Es ist …«

»Schluss jetzt, Mafalda!«, rief Papa, und seine Stimme klang zornig. »Du bist allmählich zu alt für diese Flausen. Manchmal kann ich Eva verstehen. Sie hat es wirklich nicht leicht mit dir. Du musst allmählich vernünftig werden.«

Mafalda schluckte und kämpfte mit den Tränen. »Heißt das … heißt das, du willst … die blaue Flamme nicht sehen?«

»Genau das heißt es. Weil es diese blaue Flamme in Wirklichkeit gar nicht gibt. Und jetzt will ich nichts mehr davon hören!«

»Aber … Timmy hat sie auch gesehen. Er hat es doch heute Morgen selbst gesagt.«

»Mafalda, ich warne dich. Treib es nicht zu bunt! Was immer Timmy gesehen hat, war mit Sicherheit kein blaues Flammenwesen, das sich in einen Vogel verwandeln kann. Jetzt lass mich bitte weiterarbeiten! Und vergiss nicht, dich bei Eva zu entschuldigen!«

Mafalda stürzte zurück in ihr Zimmer und warf sich zum zweiten Mal an diesem schrecklichen Morgen schluchzend auf ihr Bett. Nach einer Weile wurde sie müde und schlief ein.

Im Traum war sie wieder in ihrem Rhododendronversteck im Nachbargarten. Sie streckte die Hand aus, der Vogel kam von der Birke herangeflogen, setzte sich auf ihre Hand und wurde zu der blauen Flamme.

»Ach, wenn doch mein Vater dich bloß sehen könnte!«, seufzte Mafalda.

Die Flamme sah sie freundlich an, dann verwandelte sie sich wieder in den Vogel und flog zurück zur Birke. Mafalda folgte ihr. Als sie den Teich erreichte, flog der Vogel weiter zu der alten Villa. Wieder erschien eine Katze, doch diesmal war es Kasimir aus dem Fortunator. »Verschwinde!«, fauchte er. »Wir wollen dich hier nicht haben. Du kommst aufs Internat.«

Der Vogel flog Kasimir vor der Nase herum, und als dieser ihn fangen wollte, lockte er ihn in den Garten, sodass Mafalda das Haus betreten konnte. Dort saß eine Frau auf dem Sofa. Doch es war nicht die alte Dame, die sie so unfreundlich fortgeschickt hatte, sondern Mafaldas Mutter, die vor langer Zeit gestorben war und an die sie sich kaum noch erinnern konnte. Sie lächelte, und eine tiefe Ruhe erfüllte Mafalda.

»Hab keine Angst, mein Kind!«, sagte ihre Mutter. »Alles wird gut.«

Mafalda schreckte hoch und spähte auf den Wecker neben ihrem Bett. Es war immer noch Samstagmorgen, erst kurz nach elf. Sie hatte höchstens eine halbe Stunde geschlafen.

Ihr fielen die schrecklichen Worte ein, die ihr Eva und Papa an den Kopf geworfen hatten, und die Tränen schossen ihr wieder in die Augen. Doch dann erinnerte sie sich an den Traum, und die Ruhe, die sie beim Anblick ihrer Mutter gespürt hatte, erfüllte sie von Neuem.

Plötzlich wusste sie, was sie tun musste.

12. Die alte Dame

Mafalda lauschte an der Tür. Draußen war nichts zu hören. Sie schlich auf den Flur und spähte in Papas Arbeitszimmer. Er saß an seinem Schreibtisch und fuchtelte in der Luft herum. Eva und Timmy hielten sich im Wohnzimmer auf. Beide waren ebenfalls mit ihren Fortunatoren beschäftigt und nahmen Mafalda gar nicht wahr. Umso besser.

Unbemerkt verließ sie das Haus und huschte in den Sichtschutz der Rhododendronbüsche. Dort blieb sie einen Moment lang mit klopfendem Herzen sitzen und wartete, ob ihre Flucht entdeckt worden war. Doch niemand rannte aus dem Haus und schrie ihren Namen. Also kroch sie durch die Gartenpforte.

Auf der anderen Seite sah sie sich um, doch sie erblickte weder den blauen Vogel noch den Schmetterling oder die Eidechse. Das Flammenwesen hatte ihr gezeigt, was sie tun sollte, doch nun war sie auf sich selbst gestellt.

Sie fasste sich ein Herz, trat aus ihrem Versteck hervor und ging auf das Haus zu. Von der alten Dame war nichts zu sehen. Sie legte den Kopf an die Scheibe der Verandatür und schirmte das Gesicht mit den Händen ab, um besser sehen zu können. Dahinter lag ein gemütlich eingerichtetes Wohnzimmer mit Regalen voller Bücher. Ein großer Ohrensessel stand mit dem

Rücken schräg zur Tür. Darin saß die alte Dame und las eine Zeitschrift. Die schwarze Katze lag auf ihrem Schoß.

Mafalda schluckte und klopfte gegen die Scheibe. Die Katze hob den Kopf, sprang vom Sessel und fauchte. Die alte Dame drehte sich um, blitzte Mafalda zornig an und schüttelte den Kopf.

Doch Mafalda gab nicht auf. Sie wusste, dass sie diesen Garten vielleicht nie mehr betreten konnte. Sie musste es einfach wagen. Also klopfte sie noch einmal.

Die alte Dame öffnete die Verandatür. »Was willst du? Was hast du in meinem Garten verloren?«

»Ent... entschuldigen Sie die Störung. Ich heiße Mafalda. Ich wohne im Nachbarhaus und möchte sie nur kurz etwas fragen.«

»Was denn?«

Die Katze erschien an der Tür und fauchte zornig. Plötzlich kamen Mafalda Zweifel. Die alte Dame würde ihr genauso wenig glauben wie ihr Vater. Sie würde sie für verrückt halten. Was hatte sie sich bloß dabei gedacht, als sie durch die Gartenpforte geschlüpft war?

»Es ... es tut mir leid ... bitte entschuldigen Sie die Störung«, sagte sie und wandte sich zum Gehen.

In diesem Moment erblickte sie den blauen Schmetterling, der über den Blumenkästen vor dem Fenster umherflatterte.

Statt in ihren Garten zurückzukehren, streckte Mafalda einen Arm aus. Der Schmetterling landete auf ihrer Hand und breitete die Flügel aus. Sie lächelte und drehte sich zu der alten Dame um, die sie mit großen Augen ansah.

»Hier«, sagte sie und hielt ihr den Schmetterling hin.

Die Augen der alten Frau wurden glasig. Sie streckte die Hand nach dem Schmetterling aus, zog sie dann aber hastig zurück, wandte sich um und eilte ins Haus. Die schwarze Katze folgte ihr.

Der Schmetterling erhob sich und flatterte davon.

Einen Moment lang blieb Mafalda unschlüssig auf der Veranda stehen. Der Anblick des blauen Schmetterlings schien die alte Dame erschreckt zu haben. Was hatte das zu bedeuten?

Wäre sie vernünftig gewesen, hätte sie jetzt einfach den Rückzug angetreten. Doch die Verandatür stand immer noch offen, und die Flausen in Mafaldas Kopf sahen dies als Einladung an.

Vorsichtig betrat Mafalda das Wohnzimmer. Die alte Dame saß wieder in ihrem Sessel, doch sie blickte nicht auf die Zeitschrift, sondern starrte geradeaus. Auf ihren Wangen glitzerten Tränen. Die schwarze Katze hockte vor ihr und miaute.

»Ent… schuldigung«, sagte Mafalda. »Ich … will Sie nicht stören … Ich wollte nur fragen … Sie wissen, dass das kein gewöhnlicher Schmetterling war, nicht wahr?«

Die alte Dame drehte langsam den Kopf in Mafaldas Richtung. »Ich … ich wusste nicht, dass es noch da ist«, murmelte sie.

»Dass *was* noch da ist?«, fragte Mafalda.

»Das Freu«, erwiderte sie. »So habe ich es früher genannt.«

Noch immer glitzerten Tränen auf ihren Wangen, doch ihr faltiger Mund verzog sich zu einem Lächeln.

»Was ist das für ein Wesen?«, fragte Mafalda.

Die alte Dame erhob sich aus ihrem Sessel. Sie kramte ein Papiertaschentuch hervor und wischte sich die Tränen ab.

»Verzeih mir, dass ich eine so schlechte Gastgeberin bin! Ich habe schon lange keinen Besuch mehr bekommen. Möchtest du eine Limonade?«

Mafalda hatte keinen Durst, spürte aber, dass sie das Angebot besser annehmen sollte. »Ja, gern«, sagte sie.

»Setz dich!«, forderte die alte Dame sie auf. »Ich bin gleich zurück.« Damit schlurfte sie aus dem Raum.

Mafalda setzte sich auf das Sofa und blickte sich um. Die hellgrüne Tapete war an einigen Stellen aufgeplatzt und fleckig. Überall waren Bücher zu sehen – in den Regalen an der Wand, gestapelt auf einer Kommode und auf einem Hocker neben dem Sessel, sogar auf dem Fußboden. In einer Ecke stand ein Fernseher, doch er war nicht flach wie der zu Hause, sondern ein dicker Holzkasten mit einer gebogenen graugrünen Glasscheibe. Auf einem hölzernen Sekretär stand ein Dutzend silbern gerahmter Fotos. Mehrere Jahrzehnte schienen in diesem Raum ihre Spuren hinterlassen zu haben.

Die schwarze Katze sprang auf den Sessel der alten Dame, rollte sich zusammen und musterte Mafalda mit ihren gelben Augen wie einen unwillkommenen Störenfried.

Nach einer Weile kehrte die alte Dame zurück, zwei große Gläser mit eisgekühlter Limonade in den Händen. Ein Glas stellte sie vor Mafalda auf den staubigen Couchtisch. Dann scheuchte sie die Katze mit einer Handbewegung aus dem Sessel, die mit hocherhobenem Schwanz beleidigt abzog. Schließlich setzte sie sich.

»Ich möchte dir danken, dass du den Mut hattest, noch einmal herzukommen«, sagte sie. »Mein Name ist Hilke. Es tut mir leid, dass ich so unfreundlich war.«

»Das macht nichts«, erwiderte Mafalda. »Ich hätte vielleicht nicht einfach so in Ihren Garten spazieren sollen.«

»Das Freu hat dich hergelockt, nicht wahr?«

Mafalda nickte.

»Es war eine wunderschöne blaue Eidechse, als ich es zum

ersten Mal sah. Sie schlüpfte durch die alte Gartenpforte, und da bin ich ihr gefolgt.«

»Du bist ein kluges Mädchen, Mafalda. Einem Freu sollte man immer folgen.«

Vor Stolz errötete Mafalda. Zum ersten Mal wurde sie gelobt, weil sie auf die Flausen in ihrem Kopf gehört hatte.

»Was ist das für ein Wesen, dieses Freu?«, fragte sie. »Davon habe ich noch nie zuvor gehört.«

»Genau weiß ich es auch nicht«, erwiderte Hilke. »Die Freus wollen nicht, dass man zu viel über sie weiß. Sie sind sehr klug, weißt du. Und sie können sich in jedes beliebige Tier verwandeln, wie du ja schon bemerkt hast.«

»Oh, gibt es noch mehr von ihnen?«

»Ja. Früher jedenfalls. Aber sie sind seltener geworden. Sie sind ein Teil der Natur. Früher wussten die Menschen noch mehr über die Naturgeister. Sie haben sie Sidhe genannt, Feen, Elfen, Irrlichter oder einfach nur Geister. Sie wussten, dass die Wesen freundlich sind und uns helfen, im Einklang mit der Natur zu leben. Doch wir Menschen haben uns von ihnen entfernt. Wir haben uns unsere eigenen künstlichen Geister geschaffen, und die lenken uns ab.« Sie deutete auf den großen Fernseher.

Mafalda musste an die Fortunatoren denken. Sie nahm einen Schluck von der Limonade und war erstaunt, wie gut sie schmeckte – nach frischer Zitrone, nicht zu süß, mit nur wenig Kohlensäure.

»Als ich zum ersten Mal ein Freu sah, war ich noch ein Kind, ungefähr so alt wie du. Das war kurz nach dem Zweiten Weltkrieg. Das ganze Land lag in Trümmern, überall herrschten nur Armut und Not, wir hatten kaum etwas zu essen. Eines Tages spielte ich in den Trümmern eines Hauses. Da sah ich eine einzelne gelbe Blume, die aus einem Spalt im Beton herauswuchs. Und auf dieser Blume saß eine Biene. Aber es war keine gewöhnliche Biene, das sah ich sofort, denn sie war nicht gelb, sondern blau.«

Hilkes Augen waren noch immer leicht glasig, aber beim Erinnern verzog sich ihr Mund zu einem Lächeln. Nach einer Weile sprach sie weiter. »Ich war fasziniert, wenn auch wahrscheinlich nicht so erstaunt, wie ein Erwachsener es gewesen wäre. Schließlich wusste ich ja nicht, dass es keine blauen Bienen gibt. Ich streckte die Hand aus, da flog sie zu mir und ließ sich darauf nieder.«

»Und dann wurde sie zu einer blauen Flamme«, vermutete Mafalda.

Hilke musterte Mafalda einen Moment lang schweigend. »Ja«, sagte sie schließlich. »Doch ich erschrak und bekam Angst. Zwar hatte ich vom Krieg nicht viel mitbekommen – ich bin neunzehnhundertzweiundvierzig geboren –, doch wie den meisten Erwachsenen jagte mir Feuer großen Schrecken ein. Also schüttelte ich die Hand, das Freu wurde wieder zu einer Biene und summte davon. Danach habe ich lange Zeit kein Freu mehr gesehen. Später war ich überzeugt davon, dass ich mir die Erscheinung nur eingebildet hatte. Deshalb habe ich meinen Eltern nichts davon erzählt. Sie hätten mir ohnehin nicht geglaubt.«

Mafalda nickte wissend.

»Erst nach vielen Jahren, ich war damals achtundzwanzig, habe ich erneut ein Freu gesehen. Das war hier, in diesem Garten. Das Freu, das du gesehen hast, lebt hier wahrscheinlich schon sehr lange, vielleicht schon seit Jahrtausenden. Damals hatte ich einen Sohn, Erik. Er war zweieinhalb Jahre alt und spielte im Garten. Es war Sommer, ein schöner, warmer Tag wie heute. Ich saß auf der Veranda und las ein Buch. Da hörte ich Erik auf einmal laut lachen. Ich ging zu ihm, und da saß er im Gras und hatte eine blaue Biene auf der Hand. Zuerst erschrak ich aus Angst, es könne sich um ein giftiges Insekt handeln. Mein Kindheitserlebnis hatte ich ganz vergessen. Doch dann fiel es mir wieder ein. Vorsichtig kam ich näher, und da verwandelte sich die Biene in eine Flamme. ›Feu!‹, rief Erik und lachte. Er meinte wohl *Feuer*, doch für mich klang es wie *Freu*, und das passte viel besser. Also haben wir das Wesen so genannt.«

»Das ist ein schöner Name«, befand Mafalda.

»Von da an beobachteten wir das Freu sehr oft. Ich zeigte es auch meinem Mann Sebastian. Wir stellten fest, dass es sich am liebsten in einer kleinen Ecke im Garten aufhielt. Die war ziemlich verwildert, voller Brombeergestrüpp und Unkraut. Sebastian sagte immer, dass wir dort endlich aufräumen müssten. Zum Glück kamen wir aber nie dazu. Als mir klar wurde, dass das Freu Ordnung nicht besonders mochte und sich in wilder Natur am wohlsten fühlte, überließen wir den Garten sich selbst. Du siehst ja selbst, wie es hier aussieht.«

»Es ist wunderschön«, sagte Mafalda.

»Findest du? Die meisten Menschen würden dir sicher widersprechen. Sie mögen es lieber, wenn alles aufgeräumt und übersichtlich ist. Sie harken und säen, stutzen und jäten, und wenn das nicht reicht, versprühen sie Gift. Sie nennen das dann *gepflegt*. Dabei hat die Natur ihre eigene Ordnung und sorgt ganz von selbst für Ausgewogenheit. Man muss sie nur machen lassen.«

»Wenn das Freu schon so lange hier lebt, warum haben Sie dann vorhin gesagt, Sie hätten gar nicht gewusst, dass es noch da ist?«, wollte Mafalda wissen.

»Ich habe es seit Jahren nicht mehr gesehen.«

»Warum denn nicht?«

»Vor etwa zehn Jahren starb mein Mann Sebastian. Er hatte Krebs. Wir hatten eine kleine Buchhandlung, die wir gemeinsam betrieben haben, doch allein wollte ich sie nicht weiterführen, also habe ich sie geschlossen. Zu allem Überfluss bekam ich damals Streit mit meinem Sohn Erik und seiner Frau. Seitdem sprechen wir nicht mehr miteinander. Und dann verschwand auch das Freu. Ich habe oft überlegt, das Haus zu verkaufen und in eine kleine Wohnung zu ziehen. Aber ich habe es nicht übers Herz gebracht. Nun, ich bin alt. Irgendwann werde ich sterben, und Erik wird das Haus dann doch noch verkaufen. Ein Bagger wird kommen und die Mauern einreißen. Der neue Besitzer wird ein schönes neues Haus bauen und einen gepflegten Garten anlegen. Dann wird das Freu wohl endgültig von hier verschwinden.«

»Nein!«, rief Mafalda, die den Gedanken nicht ertragen konnte, dass der wunderschöne Garten zerstört wurde. »Das dürfen Sie nicht zulassen!«

»Wenn ich tot bin, kann ich leider nicht viel dagegen unternehmen.«

»Aber Erik weiß doch, dass hier ein Freu lebt.«

»Ich fürchte, er glaubt nicht mehr daran.«

»Das verstehe ich nicht. Wie kann man an etwas nicht glauben, das man deutlich vor sich sieht?«

»Viele Menschen glauben nicht, was sie sehen. Sie entdecken etwas, das nicht in ihr Weltbild passt, und prompt schauen sie einfach anderswohin. Erik war sogar beim Psychiater, um sich Pillen gegen seine *Halluzination* verschreiben zu lassen. So nannte er das Freu. Er riet auch mir, einen Arzt aufzusuchen. Das war der Grund für unseren Streit.«

»Das ist sehr traurig.«

»Ja, das ist es. Ich habe jahrelang versucht, meine Trauer zu verdrängen. Ich habe mir eingeredet, ich könnte auch allein gut klarkommen. Ich habe mir Mephisto geholt. Aber es hat nicht geholfen.«

»Ihr Kater scheint das Freu nicht zu mögen.«

»Er ist sehr eifersüchtig. Mephisto stammt aus dem Tierheim. Als Junges muss er misshandelt worden sein. Er wurde ausgesetzt und war halb verhungert, als ihn jemand fand und ins Tierheim brachte. Er hat wohl einfach Angst, ich könnte ihn wieder wegschicken.«

Der Kater lag auf dem Teppich. Als er seinen Namen hörte, hob er den Kopf und starrte Mafalda, wie es schien, böse an.

»Komm her, Mephisto!«, rief Hilke, doch er blieb liegen, wo er war.

»Und er ist auch leicht beleidigt«, sagte sie mit einem Schmunzeln.

»Vielleicht haben Sie das Freu nicht mehr gesehen, weil der Kater es immer verscheucht hat«, meinte Mafalda und erzählte, wie der blaue Vogel sie beim ersten Mal zum Haus gelockt hatte.

»Vielleicht hast du recht«, meinte die alte Dame und runzelte die Stirn. Dann musterte sie Mafalda mit ernster Miene. »Hilfst du mir, es wiederzufinden?«

»Natürlich!« Mafalda nahm noch einen Schluck von der köstlichen Limonade und stand auf.

Hilke lächelte. »Gut! Dann lass uns in den Garten gehen. Mephisto, du bleibst im Haus!«

Sie traten auf die Veranda. Hilke schloss die Verandatür, bevor die Katze hindurchschlüpfen konnte. Enttäuscht starrte sie durch die Glasscheibe und miaute kläglich. Fast tat sie Mafalda leid.

Sie gingen zum Teich und suchten im hohen Gras, in den Rhododendronbüschen und in den Sträuchern ringsum, doch nirgends war ein blaues Tier zu entdecken.

»Hach, wenn es bloß nicht so scheu wäre!«, rief Hilke. »Ich fürchte, wir finden es nicht. So war es damals auch, bei dem Streit. Das war kurz nach der Beerdigung meines Mannes. Erik war mit seiner Frau und seinem kleinen Sohn zu Besuch, der damals zwei Jahre alt war, ungefähr so alt wie Erik, als er das Freu zum ersten Mal sah. Erik fragte mich, ob ich das Haus nicht verkaufen wolle. Ich spürte, dass es seine Frau war, die hinter dieser Frage steckte. Denn Erik hatte einen Teil des Hauses geerbt, und die beiden hätten eine Menge Geld bekommen, wenn ich es verkauft hätte. Doch ich ging nicht darauf ein, weil dann der Garten zerstört und dem Freu der Lebensraum genommen worden wäre. Da behauptete Erik, das Freu sei bloß eine Halluzination. Ich wurde wütend und wollte ihm beweisen, dass er unrecht hatte. Also sind wir zusammen in den Garten gegangen. Doch das Freu war nirgends zu finden. Nachdem Erik und seine Frau weggefahren waren, habe ich es tagelang gesucht, doch es blieb verschwunden. Deshalb dachte ich, es habe den Garten verlassen. Aus purem Trotz habe ich mich trotzdem geweigert, das Haus zu verkaufen.«

»Zum Glück!«, rief Mafalda.

»Ja, zum Glück«, stimmte Hilke ihr zu. »Aber wie es scheint, kann ich das Freu nicht mehr finden. Nur du schaffst das. Vielleicht muss man ein Kind sein, um dazu in der Lage zu sein.« Ihre Stimme klang traurig. »Schade. Ich hätte es gern noch einmal gesehen.«

Mafalda dachte nach.

»Vielleicht lässt sich ein Freu gar nicht finden, wenn man danach sucht«, gab sie zu bedenken.

Überrascht hob die alte Dame den Kopf. »Wie meinst du das?«

»Vielleicht ist es das Freu, das einen Menschen finden muss. Kommen Sie!«

Mafalda schlüpfte unter den Rhododendronbusch und hockte sich auf den Boden. Hilke runzelte die Stirn, raffte dann aber ihr Kleid, kroch ebenfalls ins Unterholz und ließ sich ächzend neben Mafalda nieder. Gemeinsam spähten sie durch die Blätter in den Garten.

»Aus dieser Perspektive habe ich den Garten noch nie gesehen«, flüsterte Hilke. »Von hier wirkt er noch schöner als von der Veranda aus.«

Mafalda antwortete nicht. Sie wartete darauf, dass die Flausen in ihrem Kopf nicht länger herumtollten und ihr alle möglichen klugen, witzigen oder dummen Sätze vorschlugen, mit denen sie Hilke beeindrucken, belustigen oder ärgern sollte.

Nach einer Weile trat Stille ein. Natürlich war es keine wirkliche Stille. Die Luft war erfüllt von den Geräuschen des Gartens, vom Duft des Sommers, vom leichten blumigen Parfüm der alten Dame. Vögel zwitscherten in den Bäumen und Sträuchern, der Frosch quakte, Hummeln und Bienen summten von Blüte zu Blüte.

Mafalda hielt den Atem an. Eine der Bienen war blau! Sie wollte Hilke schon darauf aufmerksam machen, ließ es aber bleiben, um die Stille nicht zu stören.

Die blaue Biene summte von Blüte zu Blüte und kam langsam näher. Nach einer Weile hörte Mafalda, wie Hilke erschrocken die Luft einsog. Vorsichtig streckte die alte Dame einen Arm aus. Die blaue Biene summte heran und setzte sich auf die

Handfläche. Dann verwandelte sie sich in eine freundliche blaue Flamme.

Mafalda blickte zu der alten Frau hinüber, über deren Gesicht dicke Tränen rannen. Doch es waren eindeutig Freudentränen, denn ihr Mund verzog sich zu einem glücklichen Lächeln. Trotz der vielen Falten sah sie in diesem Moment wunderschön aus.

Die Zeit schien stehen zu bleiben, als beide stumm das Freu betrachteten. Mafalda fühlte die tiefe Ruhe und Zufriedenheit, die es ausstrahlte. Doch dann drehte sich Hilke zu ihr um und hielt ihr die blaue Flamme hin.

»Ich möchte, dass du das Freu behältst, Mafalda«, sagte sie. »Nimm es mit zu dir und pass gut darauf auf!«

»Nein!«, protestierte Mafalda. »Das darf nicht sein! Das Freu gehört hierher, in diesen Garten.«

Hilke schüttelte den Kopf. »Ich spüre, dass es zu dir möchte«, beharrte sie.

Wie um ihre Worte zu bestätigen, verwandelte sich die Flamme in die blaue Eidechse.

»Bitte, Mafalda!«, sagte die alte Dame. »Du hast mir heute den glücklichsten Augenblick seit langer Zeit beschert. Dafür möchte ich dir dieses Freu schenken.«

Mafalda wusste nicht, was sie sagen sollte. Die Stimme der Vernunft und des Anstands befahl ihr, das Geschenk abzulehnen. Doch die Flausen fanden, dass sie mit einem Freu doch eine Menge Spaß haben konnte. Und im tiefsten Innern sehnte sie sich danach, das Geschenk anzunehmen.

Schließlich streckte sie die Hand aus. Die Eidechse kletterte von der Hand der alten Dame auf ihre.

»Danke«, flüsterte Mafalda.

»Ich muss dir danken«, erwiderte Hilke. »Und jetzt geh!

Komm mich besuchen, wann immer du möchtest. Auf Wiedersehen, Mafalda!«

»Auf Wiedersehen«, erwiderte Mafalda.

Mit der Eidechse auf der Hand kroch sie durch die Gartenpforte zurück in ihren eigenen Garten. Ihr Herz pochte laut vor Freude.

13. DAS FREU

Mafalda schlich zurück ins Haus und verbarg das Freu in den Händen. Papa, Eva und Timmy bemerkten sie nicht. Sie stieg in ihr Zimmer hinauf und überlegte, was sie als Nächstes tun sollte. Sie musste dem Freu ein behagliches Zuhause einrichten, in dem es bleiben konnte und sich wohlfühlte. Aber wie hielt man eine Eidechse? Was fraßen diese Reptilien überhaupt?

Sie beschloss, im Internet nachzuforschen. Doch dazu brauchte sie ihr Tablet, und das hatte Eva einkassiert. Als sie sich nach einem Versteck für die Eidechse umsah, entdeckte sie den Karton, in dem ihr erster, inzwischen kaputter Fortunator verpackt gewesen war. Mit einer Schere bohrte sie Luftlöcher in den Deckel und setzte die Eidechse vorsichtig hinein. Das Tierchen blieb ganz ruhig.

»Keine Angst, du musst nicht lange drinbleiben!«, flüsterte sie. »Ich bin gleich zurück.«

Sie schloss den Deckel und stellte die Packung zurück ins Regal. Dann lief sie zu ihrem Vater.

»Papa, kannst du mir bitte mein Tablet geben? Ich muss etwas im Internet nachsehen.«

Er wandte das Gesicht in ihre Richtung. Hinter den leuchtenden Brillengläsern des Fortunators blieben seine Augen verborgen. Sein Mund verzog sich zu einem dünnen Lächeln.

»Du brauchst dein Tablet nicht mehr«, sagte er. »Du hast doch jetzt wieder einen Fortunator. Damit kannst du viel besser im Internet surfen. Und wenn du etwas wissen willst, brauchst du bloß deinen Glücklichmacher zu fragen.«

Mafalda wusste nicht, was sie sagen sollte. Sie wollte den Fortunator nicht, hatte sogar ein bisschen Angst vor dem Gerät. Andererseits wollte sie ihren Vater nicht schon wieder verletzen. Vor allem hatte sie keine Zeit, lange herumzudiskutieren, denn das Freu war in ihrem Zimmer in einem dunklen Karton eingesperrt, und das fand es sicher nicht toll. Also willigte sie ein.

Das Lächeln ihres Vaters wurde zu einem breiten Grinsen. »Na also! Ich wusste doch, dass du ein vernünftiges Mädchen bist.«

Er reichte ihr den Karton. Mit einem unguten Gefühl nahm Mafalda das Gerät heraus und setzte es auf.

Kasimir sprang ihr fast ins Gesicht. »Mafalda!«, schrie er. »Wo warst du bloß? Ich habe dich sooo doll vermisst!« Dann jammerte er kläglich, dass er einen Glückskeks wolle.

Mafalda seufzte. »Danke, Papa«, sagte sie.

»Gern geschehen. Nun geh schön in dein Zimmer und spiel! Ich muss arbeiten.«

Kaum wieder in ihrem Zimmer, öffnete sie den Glücksshop, kaufte drei Glückskekse und stopfte sie dem kleinen Kater in den Rachen.

»Was fressen Eidechsen?«, fragte sie.

»Warum willst du das wissen?«, fragte Kasimir zurück.

»Das brauche ich für die Schule«, log Mafalda und hatte nicht einmal ein schlechtes Gewissen.

»Eidechsen fressen kleine Insekten wie Käfer, Spinnen und Grashüpfer, aber auch Maden und Würmer. Außerdem nehmen sie gelegentlich pflanzliche Nahrung zu sich. Möchtest du mit einer Eidechse spielen? Sieh mal, hier ist eine!«

Auf dem Fußboden neben Kasimir erschien eine Eidechse. Doch sie sah nicht echt aus, sondern hatte große Kulleraugen, die denen von Kasimir ähnelten, und einen rosafarbenen Körper.

»Nein, danke.«

Mafalda griff nach der Brille, um sie abzunehmen. Doch dann fiel ihr ein, dass der Fortunator auch eine Kamerafunktion hatte, mit der alles aufgezeichnet wurde, was man sah. Wenn sie das Freu filmte und das Video ihrem Vater zeigte, würde er ihr endlich glauben.

Sie aktivierte die Kamerafunktion. Nachdem das entsprechende Symbol erschienen war, trat sie mit klopfendem Herzen an das Regal. Doch als sie eine Hand nach der Schachtel ausstreckte, flackerte das Bild und wurde plötzlich schwarz, sodass sie nichts mehr sah. Weiße Buchstaben schwebten in der Finsternis vor ihrem Gesicht. *Es ist ein gravierender Fehler aufgetreten. Bitte starte deinen Fortunator neu. Wenn das Problem erneut auftritt, wende dich bitte an den Kundenservice.*

Mafalda nahm die Brille ab. Sie erinnerte sich, dass das Tablet ebenfalls ausgefallen war, als sie den Schmetterling fotografieren wollte. Seltsam. War das ein Zufall, oder störte das Freu die Technik, weil es nicht gefilmt oder fotografiert werden wollte?

Dann würde sie ihrem Vater eben die blaue Eidechse zeigen. Vielleicht tat das Freu ihr ja sogar den Gefallen, sich vor seinen Augen in die Flamme zu verwandeln. Doch als sie die Schachtel hervorholte und den Deckel öffnete, war sie leer.

Tränen traten in Mafaldas Augen. Sie hatte es vermasselt! Statt sich um das Freu zu kümmern, hatte sie es in einen dunklen Karton gesperrt. Kein Wunder, dass es darin nicht hatte bleiben wollen.

Wie mochte es aus der Schachtel entwischt sein? Eine Eidechse passte nicht durch die winzigen Luftlöcher, doch es konnte sich ja in jedes beliebige Tier verwandeln, eine Ameise zum Beispiel, die mühelos durch eins der Löcher krabbeln konnte.

Vielleicht war das Freu noch irgendwo hier im Zimmer. Mafalda suchte im Kleiderschrank, in der Kommode, im Bücherregal, in den Schreibtischschubladen, unter dem Bett und sogar im Papierkorb, doch sie fand weder eine blaue Eidechse noch ein anderes Lebewesen.

Dann fiel ihr wieder ein, was sie selbst zu Hilke gesagt hatte. *Vielleicht lässt sich ein Freu gar nicht finden, wenn man danach sucht. Vielleicht ist es das Freu, das einen Menschen finden muss.*

Sie setzte sich aufs Bett und versuchte, die innere Ruhe zu finden, die sie im Nachbargarten verspürt hatte. Doch das fiel ihr schwer. Zu viele Gedanken schwirrten ihr im Kopf herum – die Auseinandersetzung mit ihrem Vater am Morgen, die Begegnung mit Hilke, ihre traurige Geschichte, die verschwundene Eidechse. Außerdem fehlten ihr die beruhigenden Geräusche und Gerüche des Gartens. Mafalda stand auf und öffnete das Fenster, um wenigstens ein bisschen Vogelgezwitscher hereinzulassen. Dann setzte sie sich wieder aufs Bett und versuchte es erneut. Um sich besser auf die Geräusche konzentrieren zu können, schloss sie die Augen. Nach einer Weile beruhigte sie sich tatsächlich, und ihr Atem ging langsam und gleichmäßig.

Gerade als sie die Augen wieder öffnen wollte, erhob sich eine scharfe Stimme. »Maaafalda! Lässt du schon wieder das Fenster offen stehen?« Eva stand in der Zimmertür und setzte zu einer ihrer langen Schimpftiraden an. »Willst du das ganze Ungeziefer von draußen reinlassen? Denkst du, ich habe nichts Besseres zu tun, als den ganzen Tag ekligen Insekten hinterherzujagen? Weißt du eigentlich, wie viel Arbeit es macht, das Haus in Ordnung zu halten, Essen zu kochen, eure Wäsche zu waschen und auch noch dafür zu sorgen, dass du keinen Unsinn machst? He, was ist denn …«

Sie nahm ihren Fortunator ab und betrachtete ihn mit gerunzelter Stirn. »Na, so was, eine Fehlfunktion! Das hat er noch nie gehabt.«

Eva starrte sie an, als halte sie Mafalda für die Schuldige. Dann sah sie sich im Raum um.

»Wusste ich's doch!«, rief sie, nahm ein Schulheft vom Schreibtisch und rollte es ein. »Na warte, du fettes Biest!«

Das Schulheft wie eine Keule in der Hand, rannte sie zur Wand, an der Mafaldas Kleiderschrank stand, und holte zum Schlag aus. Mafalda folgte ihrem Blick und entdeckte eine große Fliege, die auf der Wand umherkroch. Eine Fliege, deren schwarzer Rückenpanzer im Licht türkisblau schillerte!

»Nein!«, schrie sie und sprang vom Bett auf.

Im selben Moment schlug Eva zu, verfehlte die Fliege jedoch knapp, die nun im Zickzack durch das Zimmer brummte. Eva rannte hinter dem Tier her und schlug mit dem Heft danach, bis Mafalda sie am Arm packte und festhielt.

»Nicht!«, rief sie. »Du darfst sie nicht töten!«

»Lass mich los, du unverschämte Göre!«, schrie Eva und riss sich von Mafalda los. »Was kann ich dafür, dass du solches Ungeziefer hereinlässt? Wenn ich keine Jagd auf sie machen soll, warum lässt du dann das Fenster sperrangelweit offen? Glaubst du vielleicht, ich mache das zum Spaß? Hast du eine Ahnung, welche Krankheiten solche schmutzigen Tiere übertragen? Willst du etwa, dass Timmy sich den Tod holt?«

Von ihrem Geschrei aufgeschreckt, kam Papa ins Zimmer. »Was ist denn hier los?«, rief er. »Müsst ihr so einen Krach machen? Wie soll ich mich denn da auf die Arbeit konzentrieren? He, was …«

Er nahm den Fortunator ab und sah ihn genauer an. »Eine Fehlfunktion! Seltsam, so etwas hatte ich noch nie.«

In diesem Moment setzte sich die Fliege auf Papas Schulter.

»Halt ganz still!«, zischte Eva und hob das zusammengerollte Heft. »Gleich hab ich das Mistvieh!«

»Nein!«, schrie Mafalda. Sie packte erneut den Arm ihrer Stiefmutter und hielt ihn fest. Eva rang mit ihr, doch Mafalda gab nicht nach.

»Siehst du jetzt, was hier los ist?«, kreischte Eva. »Deine Tochter dreht vollkommen durch! Eine eklige Fliege ist ihr wichtiger als Timmys Gesundheit!«

»Hört auf, alle beide!«, rief Papa in so wütendem Tonfall, wie Mafalda ihn nur selten von ihm gehört hatte.

Erschrocken ließ sie Eva los.

»Ich habe wirklich die Nase voll!«, rief Eva. »Das mache ich nicht mehr mit! Lebe ich hier in einem Irrenhaus?«

In diesem Moment erhob sich die Fliege von Papas Schulter, schwirrte dicht an Mafaldas Gesicht vorbei und flog aus dem offenen Fenster. Entsetzt sah sie, wie das Insekt genau auf das Spinnennetz zuflog.

»Nein!«, schrie Mafalda, doch es war zu spät.

Mit aufgerissenen Augen musste sie zusehen, wie die Fliege

im Netz hängen blieb und in einem vergeblichen Befreiungsversuch darin herumzappelte.

Voller Panik stürzte Mafalda zum Fenster. Sie durfte nicht zulassen, dass die Spinne das Freu tötete! Verzweifelt griff sie nach einem Lineal, mit dem sie das Spinnennetz zerstören wollte, aber es war zu spät. Blitzschnell kroch die Spinne aus ihrem Versteck unter dem Dachbalken hervor und stürzte sich auf ihr Opfer.

Doch dann geschah etwas Erstaunliches: Vor Mafaldas Augen verwandelte sich die Fliege in eine Spinne. In eine wunderschöne Spinne mit blau glänzendem Körper.

Die echte Spinne hielt inne und schien das andere Tier verdutzt anzusehen. Vorsichtig kroch sie näher, streckte zwei Vorderbeine nach der blauen Spinne aus, wie um sie zu begrüßen. Das Freu verharrte, ließ sich betasten. Dann zog sich die echte Spinne in ihr Versteck zurück, während die blaue Spinne mühelos über das Netz bis zum Dachbalken und von dort zur Hauswand krabbelte, wo sie aus Mafaldas Blickfeld verschwand.

»Auf Wiedersehen«, flüsterte Mafalda. »Tut mir leid, dass ich es vermasselt habe.«

»Machst du jetzt endlich das Fenster zu, oder willst du, dass noch mehr Ungeziefer reinkommt?«, fragte Eva.

Mafalda drehte sich um. »Hast du das gesehen, Papa?«, fragte sie.

»Was gesehen, mein Äffchen?«

»Die Fliege. Sie ist in das Spinnennetz geflogen. Aber dort hat sie sich in eine blaue Spinne verwandelt. Hier, du siehst es selbst – sie ist verschwunden.«

Papa lächelte nachsichtig. »Ich habe es dir vorhin schon gesagt. Nicht alles, was du dir ausdenkst, ist auch wahr, Mafalda. Du solltest wirklich langsam mit diesen Flausen aufhören.«

Mafalda seufzte. Es war unmöglich, ihren Vater von der Existenz des Freus zu überzeugen. Selbst Hilkes Sohn, der es entdeckt und jahrelang beobachtet hatte, glaubte nicht mehr daran.

»Ja, Papa«, sagte sie.

»Gut, mein Äffchen. Wieso trägst du eigentlich deinen Fortunator nicht?«

»Er hatte eine Fehlfunktion.«

»Meiner auch«, meinte Eva.

»Hm. Seltsam«, brummelte Papa. »Irgendetwas in diesem Zimmer führt vielleicht zu einer Störung.« Er hob die Brille an und sah hinein. »Nanu? Jetzt scheint sie wieder zu funktionieren. Na, dann ist ja alles wieder gut.«

Damit setzte er den Fortunator auf und verließ das Zimmer.

Eva schob ebenfalls ihre Brille auf die Nase und starrte Mafalda mit ihren leuchtenden Brillengläsern an.

»Du hast deinen Vater gehört«, zischte sie. »Keine Flausen mehr, sonst bekommst du einen Riesenärger.«

»Ja, Eva«, sagte Mafalda.

Kaum war ihre Stiefmutter gegangen, stürzte Mafalda zum Fenster, riss es auf und spähte hinaus. Die blaue Spinne war verschwunden, doch dafür entdeckte sie die Eidechse, die neben dem Fenster senkrecht an der Wand hing.

»Komm schnell, sie sind weg!«, flüsterte Mafalda und streckte den Arm aus.

Die Eidechse kletterte auf ihre Hand und ließ sich ins Zimmer tragen. Glücklich schloss Mafalda das Fenster und setzte sie auf den Boden.

Das Tier blickte sich um, streckte ein paarmal die schwarze Zunge hervor und verschwand schließlich unter dem Bett. Mafalda legte sich auf den Boden. Doch als sie in die Dunkelheit unter dem Bettgestell spähte, fand sie keine Eidechse, sondern ein pelziges kleines Wesen mit großen runden Augen – ein Kätzchen.

Erschrocken riss Mafalda die Augen auf. Unwillkürlich griff sie sich an die Schläfe, doch sie trug keine Brille. Es war keine Illusion wie Kasimir, die unter dem Bett saß, sondern ein richtiges, niedliches Katzenbaby!

»Komm her, kleine Mieze!«, lockte sie.

Das Kätzchen kroch langsam auf sie zu und ließ sich von ihr hochheben. Es hatte ein schwarzes Fell, weiße Pfoten und eine weiße Schwanzspitze. Seine runden Augen waren leuchtend blau.

Glücklich drückte Mafalda das Kätzchen an sich. Das war ja noch viel besser als eine blaue Eidechse!

»Mein Freu!«, seufzte sie und küsste es auf die Nase. »Danke, dass du zu mir zurückgekehrt bist! Ab jetzt passe ich immer gut auf dich auf.«

Sie setzte das Kätzchen auf den Boden, holte ein Paar zusammengerollte Socken aus der Kommode und warf sie ihm hin. Die kleine Katze jagte der Stoffkugel auf tapsigen Pfoten nach. Das sah so niedlich aus, dass Mafalda vor Vergnügen lachte. Das hier war so viel besser als der unechte Kater Kasimir! Zwar konnte das Freu nicht sprechen, wollte dafür aber auch nicht dauernd mit Glückskeksen gefüttert werden. Vor allem aber konnte sie es richtig an sich drücken, das weiche Fell streicheln, mit ihm kuscheln, den schnellen Puls des kleinen Herzens spüren, die raue Zunge auf der Wange fühlen. Es war ein lebendiges Wesen!

Mafalda war so vertieft in ihr Spiel, dass sie es gar nicht bemerkte, als ihr Vater ins Zimmer trat.

»Woher hast du das?«, fragte er, und seine Stimme klang kein bisschen freundlich.

Erschrocken drückte Mafalda das Katzenbaby an sich. Sie wusste nicht, was sie sagen sollte.

»Woher hast du das?«, fragte Papa noch ärgerlicher.

Mafalda erhob sich. »Bitte, Papa, lass es mich behalten, ja? Ich kümmere mich auch immer darum, und das Futter bezahle ich von meinem Taschengeld. Sieh doch mal, wie niedlich es ist!«

Sie ging auf ihn zu und hielt ihm das Kätzchen hin. Doch das Tier schien vor der leuchtenden Brille Angst zu haben, denn es sträubte sein Fell und strampelte in Mafaldas Hand, als wolle es zurück an ihre Brust fliehen.

Papa nahm den Fortunator ab. »So ein Mist, schon wieder eine Fehlfunktion!«, rief er. »Dass die heutzutage aber auch keine Qualität mehr produzieren können!« Zornig blickte er seine Tochter an. »Und nun zu dir. Ich frage dich nur noch einmal: Woher hast du die Katze?«

Mafalda drückte das Kätzchen wieder an sich. »Ich habe sie gefunden.«

»Lüg mich nicht an!«, rief Papa. Mafalda hatte ihn selten so wütend erlebt. »Man findet nicht einfach so ein Katzenbaby. Also noch einmal: Woher hast du es?«

Als Mafalda nicht antwortete, fügte er hinzu: »Du warst wieder im Nachbargarten, stimmt's?«

Sie nickte.

Papas Stimme wurde ganz ruhig, doch sie war überhaupt nicht sanft.

»Du schleichst dich also wieder hinüber, obwohl ich es

dir verboten habe. Dann stiehlst du unseren Nachbarn auch noch ein Kätzchen! Und das, obwohl du genau weißt, dass Eva eine Katzenhaarallergie hat. Was ist bloß los mit dir, Mafalda?« Er schüttelte den Kopf, als könne er es kaum glauben. »Wenn du so weitermachst, schicke ich dich wirklich auf ein Internat!«

Mafalda traten Tränen in die Augen. »Bitte, Papa, glaub mir! Ich habe das Freu … ich meine, das Kätzchen nicht gestohlen. Ich habe es geschenkt bekommen. Ehrenwort!«

»Ach ja? Gerade hast du noch behauptet, du hättest es gefunden.«

»Das stimmt ja auch. Ich habe es im Garten der alten Frau gefunden, und dann hat sie es mir geschenkt.«

»Welche alte Frau?«

»Unsere Nachbarin. Sie heißt Hilke und ist sehr nett.«

Papa sah sie scharf an. »Stimmt das auch wirklich?«

»Ja, Papa.«

»Gut. Dann gehen wir beide jetzt zu dieser Frau Hilke und geben ihr die Katze zurück. Und wehe, es stellt sich heraus, dass du gelogen hast!«

Mafalda hielt das Kätzchen vors Gesicht und sah es eindringlich an. »Bitte, Freu, verwandele dich!«, flehte sie. »Egal, in was. Bitte, zeig meinem Papa, was du in Wirklichkeit bist!«

Die Katze sah sie aus großen blauen Augen an und miaute.

Seufzend presste Mafalda das Kätzchen wieder an die Brust. Sosehr sie auch protestierte und flehte, ihr Vater ließ sich nicht erweichen. Schließlich folgte sie ihm schweren Herzens zu Hilkes Haus. Da ihr Vater sich weigerte, unter den Rhododendronbusch zu kriechen und durch die Gartenpforte zu schlüpfen, mussten sie einen langen Umweg durch die Straßen des Wohngebiets machen, bis sie schließlich vor dem Nachbarhaus ankamen. Der Vorgarten sah genauso verwildert aus wie der Garten hinter dem Haus. Sie gingen durch ein offen stehendes Tor bis zur Haustür und klingelten.

Nach einer Weile öffnete Hilke und blickte sie erstaunt an.

»Nanu, Mafalda!«, rief sie. »Und Sie sind bestimmt der Vater. Freut mich, Sie kennenzulernen. Ich bin Hilke Behr.«

»Kornblum. Robert Kornblum. Wir sind Ihre Nachbarn auf der anderen Seite Ihres Gartens. Entschuldigen Sie bitte die Störung, aber meine Tochter behauptet, Sie hätten ihr dieses Kätzchen geschenkt.«

Mafalda warf Hilke einen flehenden Blick zu. Die alte Frau lächelte.

»Ein Kätzchen, interessant. Ja, sie hat recht, ich habe es ihr geschenkt. Auch wenn es kein gewöhnliches Kätzchen ist, nicht wahr, Mafalda?« Sie zwinkerte ihr mit einem Auge zu.

In diesem Moment kam Mephisto aus dem Haus. Er stellte sich vor Hilkes Beine, wie um sie zu beschützen, und fauchte.

»Das ist dann wohl die Mutter«, meinte Papa.

Mephisto warf ihm einen bösen Blick zu und schien über diese Bemerkung beleidigt zu sein.

»Äh … ja, gewissermaßen«, stimmte Hilke zu. »Aber kommen Sie doch herein! Möchten Sie ein Glas Limonade? Ich habe noch welche im Kühlschrank.«

»Nein, vielen Dank. Wir sind nur gekommen, um das Kätzchen zurückzugeben.«

»Zurückzugeben? Warum denn das? Mafalda darf es gern behalten, wirklich.«

»Das ist nett von Ihnen, aber das ist leider nicht möglich. Meine Frau hat eine Katzenhaarallergie, müssen Sie wissen.«

Hilke nickte. »Ich verstehe. Zu dumm. Aber vielleicht möchte Mafalda ja ein anderes Tier. Einen kleinen Hund vielleicht oder einen Hamster. Ich hätte auch eine weiße Maus oder …«

»Nein, danke«, unterbrach Papa sie. »Meine Frau duldet keinerlei Unge… keine Haustiere.«

»Das ist aber schade«, meinte Hilke.

»Gib bitte Frau Behr die Katze zurück!«, befahl Papa in scharfem Ton.

Mafalda reichte Hilke das Kätzchen, das kläglich miaute.

»Bitte«, sagte sie mit Tränen in den Augen.

Hilke lächelte. »Keine Angst, ich passe gut auf das Kleine auf. Und du kannst jederzeit zu mir kommen und mit ihm spielen.«

Jetzt lächelte Mafalda auch. »Ich komme ganz bestimmt!«

»Nun, das werden wir noch sehen«, schränkte Papa ein. »Komm, Mafalda, wir müssen gehen. Und nochmals Entschuldigung für die Störung, Frau Behr. Auf Wiedersehen.«

»Auf Wiedersehen«, sagte Mafalda.

»Auf Wiedersehen«, erwiderte Hilke. Dann drehte sie sich um und verschwand mit Mephisto und dem Freu im Haus.

14. FREULOS

Auf dem Rückweg ging Mafalda schweigend neben ihrem Vater her. Sie versuchte, das Schluchzen zu unterdrücken, doch das gelang ihr nicht besonders gut. Das Kätzchen hatte sich so gut angefühlt, und es war so niedlich gewesen. Noch dazu war es ein Freu, und das machte es zu einem ganz besonderen Wesen. Doch sie durfte es nicht behalten, weil die Erwachsenen zu blöd waren, um die Wahrheit zu sehen, und weil Eva eine Katzenhaarallergie hatte und keine Tiere mochte. Oh, wie sie ihre Stiefmutter dafür hasste! Hätte doch bloß ihre richtige Mutter noch gelebt! Sie hätte ihr ganz bestimmt erlaubt, das Freu zu behalten.

Wenigstens konnte sie es jeden Tag besuchen, das hatte Hilke ihr ja erlaubt. Und in ihrem verwilderten Garten fühlte es sich bestimmt ohnehin wohler als in Mafaldas Zimmer. Trotzdem, es war so schön gewesen, ein Freu zu haben. Fast wünschte sie sich, sie hätte die blaue Eidechse nie gefunden. Dann hätte sie sich jetzt nicht so elend gefühlt.

Doch es sollte noch schlimmer kommen.

Als sie wieder zu Hause waren, sagte Papa: »Mafalda, Eva und ich müssen etwas mit dir besprechen.«

Mafaldas Magen verkrampfte sich. Sie befürchtete das Schlimmste. Stumm und mit blassem Gesicht folgte sie ihrem

Vater ins Wohnzimmer, wo Eva mit ihrem Fortunator im Gesicht auf dem Sofa saß. Immerhin hatte Papa den Anstand gehabt, ohne die leuchtende Brille auf der Nase bei Hilke zu klingeln. Doch jetzt setzte auch er das Gerät wieder auf.

»Könnt ihr bitte die Brillen abnehmen, wenn ihr mit mir reden wollt?«, bat Mafalda.

»Darum geht es ja gerade«, erwiderte Papa. »Wir wollten mit dir darüber reden, warum du deinen Fortunator nicht tragen willst.«

»Weil ich ihn einfach nicht mag«, antwortete Mafalda. »Er macht mich unglücklich.«

»Das sagst du bloß, weil du ein dickköpfiges, starrsinniges Mädchen bist, das nicht bereit ist, seinen Eltern eine Freude zu machen«, grollte Eva.

»Du bist nicht meine Mutter!«, rief Mafalda.

»Da hörst du's, Robert!«, beschwerte sich Eva bei Papa. »Sie akzeptiert mich nicht. Das hat sie noch nie getan. Deshalb hat sie dieses Katzenvieh angeschleppt, und deshalb nimmt sie auch den Fortunator nicht an. Weil sie mich ärgern will.«

»Unsinn, Schatz!«, versuchte Papa seine Frau zu beruhigen. Dann wandte er sich an Mafalda. »Ab sofort wirst du den Fortunator regelmäßig tragen, sobald du aus der Schule kommst, bis zum Schlafengehen. Und am Wochenende die ganze Zeit.«

»Was?«, rief Mafalda. »Ihr … ihr könnt mich nicht dazu zwingen!«

»Entweder das, oder du kommst aufs Internat«, sagte Eva kalt.

Mafalda starrte die beiden geschockt an.

Papa wandte den Kopf zu seiner Frau.

»Das hättest du ruhig ein bisschen … netter sagen können.«

»Ach ja? Und ist sie etwa nett zu mir? Habe ich ihr vielleicht irgendetwas angetan, um diese Behandlung zu verdienen? Findest du es etwa in Ordnung, dass sie Timmy aus dem Laufstall entführt, mit Feuer spielt und dann auch noch eine Katze ins Haus holt? Hast du nicht gesehen, dass sie mich vorhin sogar angegriffen hat, bloß weil ich eine Fliege erschlagen wollte? Findest du das etwa normal?«

»Das war keine gewöhnliche Fliege, ihr Dummköpfe!«, rief Mafalda. »Das war ein Freu! Es kann sich in jedes beliebige Tier und in eine blaue Flamme verwandeln. Ich habe es bei Hilke im Garten entdeckt. Erst war es eine Eidechse, dann ein Schmetterling, dann ein Vogel. Bei mir im Zimmer hat es sich in eine Fliege verwandelt, dann in eine Spinne, dann wieder in die Eidechse und schließlich in das Kätzchen.«

Die beiden starrten sie mit ihren leuchtenden Brillen an.

»Merkst du jetzt, dass mit deiner Tochter etwas nicht stimmt?«, fragte Eva.

Papa schwieg. Er widersprach Eva nicht, nahm Mafalda nicht in Schutz. Er hielt sie ebenfalls für verrückt! Sie barg das Gesicht in den Händen und weinte hemmungslos.

Sie spürte Papas Hand auf dem Arm.

»Nicht doch, mein Äffchen!«, sagte er, und seine Stimme klang endlich nicht mehr zornig, sondern sanft und freundlich. »Wir sind heute alle ein bisschen aufgeregt, aber du wirst sehen, wenn du erst deinen Fortunator trägst, wird alles wieder gut.«

»Ich will euren ver…« Mafalda musste sich bremsen, um nicht ein sehr schlimmes Wort zu sagen. »… euren Fortunator nicht«, fuhr sie fort.

»Es geht aber nun mal nicht anders«, sagte Papa.

Mafalda sah ihn an. »Warum denn nicht?«

»Weil Eva sich entschlossen hat, wieder arbeiten zu gehen.«

»Und du wirst mich nicht davon abhalten«, ergänzte ihre Stiefmutter.

»Was ist dann mit Timmy?«, fragte Mafalda. »Er kann doch nicht allein bleiben, während ich in der Schule bin.«

»Er kommt in eine Kita«, sagte Eva. »Ganz bestimmt lasse ich dich nicht mit ihm allein. Nicht nach den Ereignissen am Donnerstag.«

Mafalda dachte darüber nach. Timmy tat ihr ein bisschen leid, er erschien ihr noch viel zu klein, um in einen Kindergarten zu gehen. Aber dort war es bestimmt besser, als den ganzen Tag mit dem Fortunator vor dem Gesicht im Laufstall zu hocken. Und wenn Eva nicht da war, wenn sie aus der Schule kam, konnte sie endlich …

»Glaub bloß nicht, dass du lauter Unsinn anstellen kannst, wenn ich weg bin!«, sagte Eva, als hätte sie ihre Gedanken gelesen. »Das merke ich nämlich ganz genau.«

Mafalda begriff. »Deshalb wollt ihr also, dass ich den Fortunator aufhabe. Damit ihr mich überwachen könnt.«

Papa widersprach nicht. »Es ist nur zu deiner eigenen Sicherheit«, meinte er.

»Und glaub bloß nicht, dass wir nicht merken, ob du ihn trägst«, fügte Eva hinzu. »Der Fortunator hat Sensoren, mit denen er spüren kann, ob er auf deinem Kopf sitzt. Und man kann einen Alarm einrichten, der mich sofort informiert, wenn du …«

»Es ist ja gut, Schatz«, unterbrach Papa sie. »Ich bin sicher, Mafalda hat verstanden, was wir von ihr erwarten.«

Mafalda nickte, aber die Tränen rannen ihr schon wieder über die Wangen. Allmählich wurde sie zu einer richtigen Heulsuse.

»Ich mache dir einen Vorschlag«, sagte Papa. »Wir probieren es einfach mal aus, eine Woche lang. Und danach sehen wir weiter. Was meinst du?«

Mafalda schwieg. Sie wusste, dass es keinen Ausweg gab. Entweder trug sie die vermaledeite Brille, oder sie wurde aufs Internat geschickt. Sie überlegte, ob das Internat nicht die bessere Lösung wäre. Doch sie wollte nicht von zu Hause weg.

»Hier«, sagte Papa und hielt ihr den Fortunator hin.

Mafalda seufzte, nahm die Brille und setzte sie auf.

Den Rest des Tages verbrachte sie damit, sich um Kasimir zu kümmern. Er wollte ständig Glückskekse haben und mit ihr spielen. Je weniger sie dazu Lust hatte, umso mehr versuchte er, sie mit allerlei Kunststücken und Grimassen zu ermuntern. Das war fast schon anrührend, und obwohl sie wusste, dass er nur eine Illusion war, tat ihr der Kater fast leid. Schließlich gab sie nach, um ihm einen Gefallen zu tun. Nach seiner Anleitung baute sie eine Mondrakete aus Lego, aber irgendwie machte das keinen richtigen Spaß, obwohl die Brille ihr vorgaukelte, sie stünde tatsächlich auf der Mondoberfläche. Sie spielte mit Kasimir *Mensch ärgere dich* nicht und hatte den Verdacht, dass die Brille den unechten Würfel manipulierte, damit sie immer die richtigen Zahlen würfelte, um die Figuren des Katers hinauszuwerfen. Kasimir zog eine große Show ab und tat jedes Mal so, als ärgere er sich maßlos. Doch Mafalda war klar, dass seine Gefühle nur vorgetäuscht waren.

Irgendwann fragte sie den Kater, ob sie nicht einfach zusammen ein Video anschauen könnten. Kasimir stimmte zu, und bald flimmerten Zeichentrickfilme über einen unechten Bildschirm, der mitten im Raum erschienen war. Mafaldas Augen waren auf die Projektion gerichtet, doch sie sah nicht hin. In ihrer Fantasie war sie wieder im Nachbargarten und spielte mit dem Kätzchen.

Den größten Teil des Sonntags verbrachte sie auf ihrem Zimmer und sah sich Zeichentrickfilme an – das war die beste Methode, um Kasimir wenigstens für eine Weile zum Schweigen zu bringen. Ihr Vater musste bereits am Nachmittag zum Flughafen. Er verabschiedete sich von ihr und gab ihr einen Kuss auf die Stirn, dicht oberhalb ihres Fortunators. Sein Gesicht wirkte fröhlich, aber Mafalda hatte den Verdacht, dass dies nicht sein echter Gesichtsausdruck war.

»Sei schön brav, mein Äffchen!«, sagte er. »Ich bin bald zurück.«

»Ja, Papa«, sagte Mafalda nur und schluckte den Kloß im Hals hinunter.

Als sie am Montag aus der Schule kam, war das Haus leer. Auf dem Tischchen unter dem Spiegel, der gegenüber der Eingangstür hing, lag Mafaldas Fortunator. Eva hatte einen Klebezettel daran befestigt, auf dem nur ein Wort stand: *Aufsetzen!*

»Juchhu, Mafalda ist wieder da!«, rief Kasimir zur Begrüßung und hüpfte aufgeregt auf der Stelle. »Ich habe Hunger! Gib mir bitte einen Glückskeks!«

Nachdem sie den Kater gefüttert hatte, erschien plötzlich Eva in der Wohnzimmertür. Mafalda erschrak.

»Wolltest du nicht arbeiten gehen?«, fragte sie.

Eva lächelte breit. »Ich bin bei der Arbeit. Ich wollte nur mal kurz nach dir sehen. Mach bitte als Erstes deine Hausaufgaben!«

Im nächsten Moment verschwand Eva einfach, als hätte sie sich in Luft aufgelöst, und Mafalda begriff, dass sie nur eine Illusion gesehen hatte. Sie machte sich an ihre Hausaufgaben, die sie innerhalb einer guten Stunde erledigte.

»Komm, lass uns etwas spielen!«, rief Kasimir.

»Oh ja, ich kenne ein lustiges Spiel«, sagte Mafalda. »Es heißt Schweigeduell.«

»Und wie geht das?«, fragte der Kater.

»Ganz einfach. Wer zuerst etwas sagt, hat verloren.«

»Und das soll lustig sein?«

»Ha, du hast verloren!«

»He, das gilt nicht!«, beschwerte sich der Kater. »Wir haben ja noch gar nicht angefangen.«

»Na gut. Dann fangen wir noch mal neu an. Ab jetzt!«

Kasimir sah Mafalda mit seinen Glupschaugen an, grinste und machte Grimassen, sagte jedoch nichts. Froh, einen Moment lang Ruhe zu haben, verließ Mafalda ihr Zimmer und ging in den Garten. Kasimir hoppelte neben ihr her und versuchte, ihre Aufmerksamkeit zu erregen, doch sie beachtete ihn einfach nicht. Sie ging zu den Rhododendronbüschen und kroch durch die Gartenpforte.

»Maaafalda!«, erklang eine scharfe Stimme, und Eva erschien wie ein Geist in Hilkes Garten. »Wusste ich's doch, dass man dir nicht trauen kann!«

»Aber Hilke hat mir erlaubt, in ihren Garten zu kommen!«, protestierte Mafalda und fragte sich im selben Moment, wie Eva so schnell gemerkt hatte, dass sie das Grundstück verlassen hatte. Kasimir musste sie verpetzt haben.

»Aber *ich* habe es dir nicht erlaubt«, keifte ihre Stiefmutter. »Glaubst du, ich habe nichts Besseres zu tun, als dich die ganze Zeit zu überwachen? Weißt du eigentlich, wie es ist, nach langer Zeit wieder arbeiten zu gehen? Kannst du dir vorstellen, dass das für mich anstrengend ist und ich deine Flausen überhaupt nicht gebrauchen kann?«

»Wenn es dir nicht gefällt, dann hör doch auf zu arbeiten«, erwiderte Mafalda. »Papa verdient auch so genug Geld.«

Evas unechtes Gesicht wirkte freundlich, doch Mafalda hörte, wie sie nach Luft schnappte. Ihre Stimme bebte vor Zorn. »Was fällt dir eigentlich ein, so mit mir zu reden? Na, du wirst schon sehen, was du davon hast! Dein Verhalten wird Konsequenzen haben, das kann ich dir versprechen.«

»Na schön, dann schickt mich halt aufs Internat!«, rief Mafalda und riss sich die Brille vom Kopf.

Sie hockte sich in den Schatten der Rhododendronbüsche und weinte. Immer wieder sah sie sich nach dem Freu um, doch es ließ sich nicht blicken. Schließlich kehrte sie mit hängendem Kopf ins Haus zurück und legte sich aufs Bett.

Als Eva nach der Arbeit mit Timmy nach Hause kam, stampfte sie mit schweren, zornigen Schritten die Treppe herauf und riss die Tür zu Mafaldas Zimmer auf. Als sie ihre Stieftochter auf dem Bett liegen sah, sagte sie nichts, sondern knallte die Tür wieder zu und stampfte die Treppe hinunter.

Mafalda hörte Timmy unten jammern. Sie unterdrückte ihre Tränen. Schluss mit der Heulerei!

Am Abend kam Eva mit Mafaldas Tablet ins Zimmer und drückte es ihr wortlos in die Hand, bevor sie wieder verschwand. Darauf war Papa zu sehen, wie er in seinem Büro in Dubai vor dem Computer saß. Er hatte seinen Fortunator abgesetzt und blickte sie ernst an.

»Eva hat mir erzählt, dass du dich weigerst, den Fortunator zu tragen. Und entgegen meiner ausdrücklichen Anweisung warst du wieder im Garten der alten Frau. Stimmt das?«

»Ja«, erwiderte Mafalda trotzig.

Papa seufzte. »Warum machst du es uns allen so schwer, mein Äffchen? Ich weiß, du kommst bald in die Pubertät, aber trotzdem könntest du doch wenigstens ein bisschen Rücksicht auf Eva und mich nehmen. Wir geben uns wirklich alle Mühe, dir das Leben so angenehm wie möglich zu machen.«

»Dann schickt mich eben aufs Internat, wenn ihr mich nicht haben wollt.«

»Aber wer sagt denn so was? Natürlich wollen wir dich haben, mein Äffchen!«

»Eva nicht. Sie will mich bloß loswerden.«

»Das stimmt nicht, und das weißt du auch. Eva versucht alles, um dir eine gute Mutter zu sein. Aber du musst es auch zulassen.«

»Sie ist nicht meine Mutter und wird es auch nie sein.«

Papa sah sie traurig an.

»Nein, da hast du wohl recht. Aber deine Mutter ist nun mal tot, und das Leben geht weiter. Ich habe mich für Eva entschieden und bitte dich, diese Entscheidung zu respektieren und uns allen das Leben nicht zur Hölle zu machen.«

»Ich will ja. Aber ich darf ja nichts machen. Ich muss die ganze Zeit diese blöde Brille aufhaben!«

»Das habe ich dir doch schon erklärt. Es dient nur deiner eigenen Sicherheit. Mafalda, ich sage es nur ungern, aber du hast dich in letzter Zeit höchst merkwürdig benommen. Du holst Timmy heimlich aus dem Laufstall, schleppst ihn in den Garten, spielst mit Feuer und verlässt das Grundstück, obwohl ich es dir verboten habe. Du behauptest, Sachen zu sehen, die es nicht gibt, und greifst Eva an, weil sie eine Fliege erschlagen will. In diesem … Zustand können wir dich nicht unbeaufsichtigt lassen. Das verstehst du doch sicher.«

Mafalda antwortete nicht. Sie konnte tatsächlich verstehen, dass ihr Verhalten ihrem Vater merkwürdig vorkam. Wenn sie ihm doch bloß das Freu hätte zeigen können! Doch wenn sie nicht mehr in den Nachbargarten durfte, würde sie es nie wiedersehen.

»Ich bitte dich, mein Äffchen«, sagte Papa. »Bitte halt dich an unsere Abmachung! Setz den Fortunator auf und verlass das Grundstück nicht mehr!«

Er sah sie traurig an, und Mafalda empfand auf einmal Mitleid mit ihm.

»In Ordnung«, sagte sie. »Ich verspreche es dir.«

»Schwörst du es mir auch?«

»Ich schwöre es dir bei allen galaktischen Mächten.«

Er lächelte. »Danke, Prinzessin. Und nun setz deinen Fortunator wieder auf! Ich habe nämlich noch eine kleine Überraschung für dich.«

Mafalda seufzte. Auf Kasimir hatte sie im Moment wirklich keine Lust. Doch als sie den Fortunator Papa zuliebe aufsetzte, erlebte sie wirklich eine Überraschung. Der Kater war nicht mehr zu sehen. Stattdessen stand ein junger Mann in der Uniform eines Offiziers der Andorianischen Föderation vor ihr. Er verbeugte sich leicht. »Prinzessin Mafalda, mein Name ist Leutnant Andrax von der Sternenflotte. Ich bin Ihr persönlicher Adjutant und gekommen, um Sie an Bord Ihres Raumschiffs zu begleiten.«

Er streckte die Hand aus. Zögernd erhob sich Mafalda vom Bett und ergriff sie. Natürlich spürte sie keine echte Hand, doch als sie die Erscheinung berührte, wurde sie plötzlich von einem Funkenwirbel umhüllt. Als sich dieser auflöste, stand sie nicht mehr in ihrem Zimmer, sondern auf der Brücke eines Andorianischen Sternenkreuzers. An den Kontrollen ringsum saßen Andorianer, aber auch Ulakniden, die Reptilienköpfe hatten, und sogar ein geisterhafter, halb durchsichtiger Phelone.

»Achtung!«, rief der junge Offizier. »Prinzessin an Bord!«

Alle Anwesenden legten die Hand zum traditionellen Andorianischen Gruß an die Stirn.

»Bitte, nehmen Sie doch im Kommandantensessel Platz, Hoheit!«, forderte der Offizier sie auf und deutete auf einen eleganten Sessel, der genauso aussah wie der Kommandantenstuhl in der Fernsehserie.

Als Mafalda sich setzte, spürte sie, dass ihr Gewicht tatsächlich von einem Sessel getragen wurde. Sie saß jetzt auf ihrem Schreibtischstuhl! Die Brille hatte die künstliche Welt offenbar so angepasst, dass die Gegenstände in ihrem Zimmer mit einbezogen wurden. Wo ihr Bett stand, gab es hier auf der Kommandobrücke einen flachen Tisch, über dem die dreidimensionale Abbildung eines Sternensystems schwebte. Es war wirklich so, als wäre sie an Bord eines Raumschiffs in ihrer Lieblingsserie gebeamt worden!

»Gefällt es dir?«, fragte eine vertraute Stimme.

Mafalda drehte sich in ihrem Sessel um und sah Papa im Eingang zur Kommandobrücke stehen. Er trug ebenfalls eine Andorianische Uniform, doch seine glitzerte nur so von Orden und goldenen Verzierungen.

»Ja, sehr.« Mafalda sagte das nicht bloß, weil sie ihm einen Gefallen tun wollte. Nein, sie war wirklich beeindruckt. »Ich … ich wusste gar nicht, dass man mit dem Fortunator auch *Weltraumprinzessin Arabella* spielen kann.«

»Das ist ein kostenpflichtiger Zusatzinhalt«, erklärte Papa. »Wenn du mir versprichst, dich in Zukunft an die Regeln zu halten, kannst du durch den Weltraum fliegen, so weit du willst.«

»Danke, Papa.«

Mafalda sprang vom Sessel auf und wollte ihn umarmen,

doch ihr fiel gerade noch rechtzeitig ein, dass alles, was sie sah, nur eine Illusion war. Enttäuscht setzte sie sich wieder.

»Ich muss gehen«, sagte Papa. »Auf Wiedersehen, mein Äff… äh, Prinzessin!«

Damit verschwand er in einem Wirbel aus goldenen Funken.

15. DER STEIN

Während der nächsten Tage verbrachte Mafalda ihre gesamte Freizeit an Bord des Andorianischen Raumschiffs. Es gab eine Menge zu tun, denn der junge Offizier verlangte ständig, dass sie Entscheidungen traf. In welches Sonnensystem wollte sie fliegen? Sollte eine geheime Basis von Weltraumpiraten angegriffen werden? War sie bereit einen Umweg zu machen, um Flüchtlinge vom Planeten Usubeke Alpha zu retten? Oder wollte sie lieber im Asteroidengürtel nach wertvollem Aratnidium suchen?

So flogen sie kreuz und quer durch die ganze Galaxis, lieferten sich heftige Schlachten mit den bösen Garganten, die die Andorianische Föderation erobern wollten, und erkundeten fantastische Planeten. Das machte großen Spaß, auch wenn es manchmal ein bisschen hektisch und anstrengend wurde. Vor allem aber gefiel es ihr, dass sie auf diese Weise Eva aus dem Weg ging. Oft merkte sie gar nicht, wenn ihre Stiefmutter abends nach Hause kam. Am Wochenende lobte Papa sie dafür, dass sie sich so gut an ihre Abmachung hielt. Er besuchte sie sogar kurz an Bord des Sternenkreuzers.

Nur manchmal, wenn sie vor dem Einschlafen im Bett lag und durch das Fenster ein kleines Stück des Sternenhimmels sah, dachte sie an Hilke und das Freu und spürte einen Anflug von Trauer.

Eines Abends saß Mafalda beim Abendessen in der Küche. Sie hatte ihren Fortunator auf, sodass es aussah, als säße sie in der Offiziersmesse des Sternenkreuzers. Ihr Adjutant, Leutnant Andrax, stand neben ihr, jederzeit bereit, ihre Anweisungen auszuführen. Durch ein Fenster konnte sie einen Teil der nebelverhüllten Oberfläche des Planeten Grimsok 4 sehen.

Plötzlich hörte sie ein Klingeln. Im ersten Moment war sie nicht sicher, ob das Geräusch aus der Realität stammte oder ein Teil der Hintergrundgeräusche an Bord des Raumschiffs war. Doch dann erklang Evas Stimme an der Tür: »Ja bitte?« Und kurz darauf: »He, was ist denn … Nicht schon wieder … Nein, tut mir leid, Mafalda ist beschäftigt.«

Mareike!, schoss es Mafalda durch den Kopf. Sie hatte schon seit Tagen nicht mehr mit ihrer Freundin gesprochen. Die aufregenden Abenteuer an Bord des Sternenkreuzers hatten ihr einfach keine Zeit dafür gelassen. Doch jetzt hatte sie auf einmal Gewissensbissc. Wenn sich ihre Freundin extra auf den Weg hierher gemacht hatte, wollte sie auf keinen Fall, dass Eva sie wieder fortschickte. Also riss sie sich die Brille vom Kopf und stürzte zur Haustür.

Doch es war nicht Mareike, die draußen stand, sondern die alte Dame. Sie hatte ein Päckchen aus grauem Karton in der Hand, das mit einer blauen Schleife verschlossen war. Mafaldas Herz schlug schneller.

»Ich möchte auch gar nicht stören«, sagte Hilke. »Ich wollte ihr bloß das hier geben. Oh, hallo, Mafalda, da bist du ja!«

»Was ist das?«, fragte Eva in einem Ton, als vermute sie eine Bombe in dem Päckchen. Ihren Fortunator hatte sie abgenommen. »Etwa wieder irgendwelches Viehzeug?«

Hilke lächelte und schüttelte den Kopf. »Nein. Es ist bloß ein hübscher Stein, den ich im Garten gefunden habe.«

»Ein Stein? Wer braucht denn einen Stein? Darf ich mal sehen?«

Hilke reichte ihr das Päckchen. Eva wog es in der Hand, horchte daran, schüttelte es.

»Darf ich es bitte haben?«, fragte Mafalda.

»Na, von mir aus, wenn es wirklich bloß ein Stein ist«, meinte Eva. »Aber du machst das Päckchen hier draußen auf. Ich will nicht, dass du mir irgendwelchen Schmutz ins Haus trägst.«

Hilke hob die Brauen.

Mafalda öffnete das Päckchen. Im Innern lag tatsächlich nur ein Stein. Er war etwa so groß wie ihre Faust, weiß und eiförmig, durchzogen von bläulich schimmernden Adern.

»Der ist wirklich sehr schön«, sagte sie lächelnd. »Danke schön!«

»Gern geschehen. Viel Spaß damit. Und komm mich mal besuchen, ja?«

»Das ist leider nicht möglich«, mischte sich Eva ein. »Mafalda hat zurzeit genug mit ihren Schularbeiten zu tun.«

»Ich könnte ihr ja vielleicht dabei helfen«, bot Hilke an. »Bevor ich Buchhändlerin wurde, habe ich Pädagogik studiert, mit Mathematik und Deutsch als Schwerpunktfächern.«

»Au ja, das wäre toll«, stimmte Mafalda zu.

Doch Eva widersprach. »Das ist nicht nötig. Mafalda hat einen Fortunator. Der unterstützt sie bei ihren Aufgaben.«

»Ein Fortunator? Ist das diese schreckliche Brille, mit der neuerdings alle Leute herumlaufen?« Hilke deutete auf die Brille in Evas Hand.

»Was fällt Ihnen ein, so etwas zu sagen? Der Fortunator ist ein äußerst praktisches Gerät, das die Realität verbessert.«

»Und Sie glauben wirklich, dass die Realität besser wird, wenn man sie nicht mehr so genau sieht?«

Eva wurde rot vor Zorn. »Von Ihnen brauche ich wirklich keine Belehrungen! Ich glaube, es ist besser, Sie gehen jetzt. Auf Wiedersehen.«

»Dann noch einen guten Abend. Auf Wiedersehen, Mafalda.«

»Auf Wiedersehen«, sagte Mafalda und blickte Hilke mit einer Mischung aus Schrecken und Dankbarkeit nach.

»Komm ins Haus!«, zischte Eva. »Und setz gefälligst deinen Fortunator auf!« Sie schob sich die eigene Brille ins Gesicht, nahm sie aber gleich darauf wieder ab. »Merkwürdig. Meiner hat schon wieder diese blöde Fehlfunktion. In den letzten Tagen lief doch alles problemlos.«

Mafalda unterdrückte ein Lächeln. Sie ging in die Küche, nahm ihre Brille vom Tisch und setzte sie auf.

»Meiner funktioniert«, log sie.

»Hm, seltsam«, wunderte sich Eva.

»Ich bringe mal kurz den Stein nach oben«, sagte Mafalda.

Die nächsten Schritte waren nicht einfach, denn sie hatte den Fortunator auf der Nase, in dessen Gläsern nur eine Fehlermeldung vor schwarzem Hintergrund zu sehen war. Sie linste durch einen schmalen Schlitz an der Unterseite und schaffte es, an Eva vorbei die Treppe hinaufzusteigen, ohne dass ihre Stiefmutter etwas merkte.

In ihrem Zimmer angekommen, schob sie die Brille auf die Stirn, damit sie wieder etwas sah, ohne den Fortunator abzusetzen. Dann legte sie den Stein vor sich auf den Schreibtisch. »Du kannst rauskommen, Freu!«, flüsterte sie.

Nichts geschah. Der Stein blieb ein zwar sehr hübscher, aber anscheinend ganz gewöhnlicher Stein. Und doch …

Mafalda ging in Papas Arbeitszimmer. Dort setzte sie den Fortunator wieder auf. Das Gerät funktionierte einwandfrei. Der Raum sah aus wie die Krankenstation im Raumschiff. Dr. Boysenberry, der aus der Serie bekannte Schiffsarzt, saß an Papas Schreibtisch.

»Prinzessin!«, sagte er, sprang auf und salutierte. »Alles in Ordnung?«

»Ja«, sagte Mafalda und verließ den Raum.

Als sie durch einen schmalen Korridor ging und die Brücke des Raumschiffs – ihr Zimmer – betrat, flackerte das Bild und wurde schwarz. Eine Fehlermeldung erschien.

Mafalda schob die Brille hoch. Der Stein war eindeutig die Quelle der Störung. Es musste das Freu sein! Doch als sie Hilkes Geschenk versuchsweise in Papas Zimmer bringen wollte, um ihre Theorie zu bestätigen, erlebte sie eine Überraschung. Der Stein war nicht mehr da.

Sie sah sich im Zimmer um. »Freu?«, flüsterte sie. »Freu, bist du hier irgendwo?«

Von dem Flammenwesen war keine Spur zu entdecken. Doch als sie durch die Brille blickte, war immer noch die Fehlermeldung zu sehen.

Sie durchsuchte das ganze Zimmer. Als sie sich flach auf den Boden legte und unter das Bett spähte, sah sie in der hintersten Ecke eine Bewegung. Ein kleines weißes Wesen huschte davon und schlüpfte in den Spalt hinter der Kommode.

»Komm doch zu mir, Freu!«, flüsterte sie. »Du musst keine Angst haben.« Sie linste in den Spalt, erkannte jedoch nichts.

Wie konnte sie das Freu aus seinem Versteck herauslocken? Warum versteckte es sich überhaupt? Hatte es etwa Angst vor ihr? Dann fiel ihr wieder ein, dass das Freu von allein zu ihr kommen musste. Je verbissener sie ihm nachjagte, umso schneller floh es.

Also setzte sie sich ganz still auf den Boden neben der Kommode und gab sich alle Mühe, ihre Gedanken zum Schweigen zu bringen. Es dauerte einen Moment, bis sie die Geräusche im Zimmer wahrnahm – das gedämpfte Rauschen der fernen Straße, leises Vogelgezwitscher, das durch das geschlossene Fenster drang, das Tropfen des Wasserhahns im Badezimmer. Jetzt bemerkte sie auch die Gerüche – das feine Aroma des Holzes ihrer Kommode, den gemütlichen Duft des Betts. Und sie wurde sich ihres Körpers bewusst, spürte ihren Herzschlag, das gleichmäßige, ruhige Ein- und Ausatmen ihrer Lungen. Es kam ihr so vor, als erwache sie aus einem Traum.

Aus den Augenwinkeln nahm sie eine Bewegung wahr und unterdrückte den Drang, den Kopf in die entsprechende Richtung zu drehen. Stattdessen legte sie die flache Hand auf den Boden. Es dauerte nicht lange, bis sie winzige Füße darauf spürte. Langsam hob sie die Hand vors Gesicht. Eine kleine weiße Maus saß darauf und blickte sie aus halbkugelförmigen schwarzen Knopfaugen an. Das Fell war mit blauen Tupfen gesprenkelt, die Mafalda an das Sams erinnerten. Die Schnurrhaare zitterten, als die Maus schnuppernd das Näschen hob.

Mafalda lächelte. Ganz vorsichtig streichelte sie das Tier mit einem Finger. Sein Fell war ganz glatt und weich.

»Maaaafalda!«, erklang Evas scharfe Stimme von der Tür her. »Was machst … Oh nein, nicht schon wieder!«

Erschrocken verbarg Mafalda die Maus in ihren Händen und drückte sie an die Brust.

Eva stand im Eingang zu ihrem Zimmer. Sie nahm ihren

Fortunator ab und starrte ihn missmutig an. Dann wandte sie sich an Mafalda.

»Was machst du denn da? Warum hockst du auf dem Boden neben der Kommode? Und wieso hast du deinen Fortunator nicht auf? Glaubst du etwa, du kannst mich reinlegen? Und was hast du da eigentlich in der Hand?«

Mafalda spürte, wie die kleine Maus in ihren Händen zitterte. Das Freu schien Angst vor Eva zu haben.

»Zeig mal her!« Eva kam näher, beugte sich zu ihr herab und streckte die Hand aus.

»Lass mich in Ruhe!«, rief Mafalda.

»Was fällt dir ein? Fängst du schon wieder mit dieser Trotzphase an? Was soll ich bloß mit dir machen? Willst du etwa, dass ich deinen Vater anrufe und ihm sage, dass du dich schon wieder aufführst wie eine Verrückte? Jetzt zeig mir, was du da vor mir verbirgst!«

Grob griff sie nach Mafaldas Hand und riss daran. Mafalda wollte sich wehren, doch sie hatte Angst, dem Freu wehzutun, wenn sie es zu fest drückte. Also gab sie nach und öffnete die Hände. Zu ihrer Überraschung war es keine Maus, die dabei zum Vorschein kam, sondern der Stein, den Hilke ihr geschenkt hatte.

Eva schüttelte den Kopf. »Ich verstehe dich wirklich nicht! Da tut man alles, um dir ein möglichst schönes Leben zu machen, dein Vater kauft dir sogar einen Fortunator, und du hast nichts als Flausen im Kopf. Ich glaube, wir müssen mal mit einem Psychologen sprechen.«

Mit diesen Worten verließ sie das Zimmer. Mafalda blieb eine Weile neben der Kommode sitzen und starrte auf den Stein in ihrer Hand. *Ich glaube, wir müssen mal mit einem Psychologen sprechen.* Was, wenn Eva recht hatte? Was, wenn der Stein in ihrer Hand kein Freu war, sondern wirklich bloß ein Stein? Was, wenn sie sich die weiße Maus nur eingebildet hatte?

Was, wenn sie tatsächlich verrückt wurde?

16. Die alte Kiste

Nachdenklich betrachtete Mafalda den Stein in ihrer Hand. Sie stupste ihn mit dem Finger an, doch er rührte sich nicht. Es war bloß ein Stein. Konnte es sein, dass alles, was sie gesehen hatte, auf bloßer Einbildung beruhte? War gar keine weiße Maus mit blauen Tupfen in ihrem Zimmer gewesen?

Allerdings funktionierte der Fortunator nach wie vor nicht, und das hatte eindeutig mit dem Stein zu tun. Außerdem gab es noch Hilke, die das Freu seit vielen Jahren kannte. Und auch Timmy hatte es gesehen. Nein, sie war nicht verrückt. Vielmehr wollten die Erwachsenen alles, was sie nicht erklären konnten, einfach nicht wahrhaben. Und das war doch viel verrückter, oder?

Erleichtert legte Mafalda den Stein auf ihren Nachtschrank und ging schlafen.

Als sie am nächsten Morgen erwachte, lag der Stein immer noch unverändert da. Für einen Moment überfielen sie neue Zweifel, doch ein kurzer Test mit dem Fortunator bewies ihr, dass Hilkes Geschenk kein gewöhnlicher Stein war. Also ging sie gut gelaunt zur Schule.

Beunruhigt kehrte sie am Nachmittag nach Hause zurück. Auf dem Rückweg war ihr der Gedanke gekommen, dass Eva den Stein vielleicht weggeworfen hatte. Zwar gab es dafür nicht den geringsten Grund, aber bei ihrer Stiefmutter konnte sie nie sicher sein. Ihr war durchaus zuzutrauen, dass sie Hilkes Geschenk wegwarf, nur um Mafalda zu ärgern.

Mit klopfendem Herzen rannte sie in ihr Zimmer. Ihre Befürchtungen bestätigten sich – der Stein lag nicht auf dem Nachtschrank. Schlimmer noch: Als sie ihren Fortunator ausprobierte, funktionierte er einwandfrei.

In Panik rannte Mafalda in die Küche und sah im Mülleimer nach, dann in der großen Mülltonne draußen neben dem Haus. Sie wühlte in den Abfällen, und es war ihr ganz egal, ob sie sich dabei schmutzig machte. Doch sie fand keine Spur von dem Stein.

Vielleicht hatte Eva ihn nicht in den Müll getan, sondern irgendwo in den Garten geworfen. Mafalda suchte alles ab. Zum Glück war der Stein mit seinem ungewöhnlichen blauen Muster ziemlich auffällig, doch sie fand ihn nicht.

Verzweifelt kehrte sie in ihr Zimmer zurück. Das ging wirklich zu weit. Eva konnte ihr doch nicht einfach ein Geschenk wegnehmen! Sie überlegte, was sie ihr an den Kopf werfen würde, wenn sie nach Hause kam. Der Zorn auf ihre Stiefmutter fühlte sich an wie ein kalter, harter Knoten in ihrem Bauch.

Da fiel ihr Blick auf den Fortunator. Eva würde bestimmt Ärger machen, wenn sie ihn nicht aufsetzte. Aber das war ihr gleichgültig. Im Augenblick hatte sie wirklich keine Lust, Weltraumprinzessin Arabella zu sein. Sie wollte ihr Freu wiederhaben!

Doch dann kam ihr eine Idee. Sie setzte die Brille auf.

Leutnant Andrax salutierte. »Prinzessin, gut, dass Sie da sind! Wir haben eine verschlüsselte Nachricht der Garganten abgefangen …«

»Nicht jetzt«, wehrte Mafalda ab. »Ich bin auf einer wichtigen Mission und will auf keinen Fall gestört werden.«

»Aber, Prinzessin, die Garganten …«

»Die Garganten können warten. Hier geht es um etwas viel Wichtigeres. Und jetzt lassen Sie mich in Ruhe, Leutnant! Das ist ein Befehl.«

»Jawohl, Majestät.« Der Leutnant legte die Hand an die Stirn, machte dabei jedoch ein enttäuschtes Gesicht.

Mafalda beachtete ihn nicht weiter und ging durch das Raumschiff, das ja in Wirklichkeit ihr Haus war. Als sie an der Tür zum Mannschaftsquartier vorbeikam, die in der Realität ins Elternschlafzimmer führte, flackerte plötzlich das Bild. Sie öffnete die Tür und trat ein. Die Brille wurde schwarz, und eine Fehlermeldung erschien.

Nachdem sie den Fortunator abgenommen hatte, sah sie sich um. Eva hatte ihr verboten, das Elternschlafzimmer zu betreten. Es sah ihr ähnlich, dass sie den Stein irgendwo hier versteckt hatte. Mafalda sah im Kleiderschrank und in den Nachtschränken nach, fand jedoch nichts. Schließlich legte sie sich auf den Bauch und blickte unters Bett. Dort, ganz hinten, saß die kleine weiße Maus mit den blauen Punkten.

Ein Gefühl der Erleichterung durchströmte Mafalda.

»Freu!«, rief sie. »Gott sei Dank! Komm schnell, ich bringe dich zurück in mein Zimmer!«

Doch die Maus blieb, wo sie war.

Mafalda setzte sich neben das Bett auf den Boden und zwang sich zur Ruhe. Das fiel ihr schwer, denn sie war immer noch wütend auf Eva. So dauerte es lange, bis sie endlich aus den Augenwinkeln eine Bewegung wahrnahm. Vorsichtig streckte sie die flache Hand aus. Doch das Freu krabbelte nicht darauf. Stattdessen trippelte die kleine Maus zur Tür und schlüpfte hinaus. Was bedeutete das? Wollte das Freu zurück in ihr Zimmer?

Mafalda stand auf und folgte dem Tier. Doch als sie in den Flur trat, war die Maus verschwunden. Enttäuscht und verwirrt sah sie sich um. Auch in ihrem Zimmer entdeckte sie das Freu nicht. Wieder setzte sie den Fortunator auf, um auf diese Weise nach ihm zu suchen.

In ihrem Zimmer funktionierte die Brille, doch als sie den Flur betrat, fiel sie wieder aus. Mafalda sah sich um, konnte die kleine weiße Maus aber nirgends entdecken. Merkwürdig.

Ihr fiel ein, dass sich das Freu in jedes beliebige Tier verwandeln konnte. Sie blickte nach oben und entdeckte eine kleine blaue Spinne an der Flurdecke. Sie saß neben der Klappe, die auf den Dachboden führte. Kaum hatte Mafalda sie entdeckt, krabbelte sie durch den schmalen Schlitz und verschwand.

Man sollte einem Freu immer folgen, hatte Hilke gesagt. Mafalda war ziemlich sicher, dass sie Ärger bekam, wenn sie auf den Dachboden kletterte. Aber das war jetzt auch egal. Also holte sie aus der Abstellkammer im Erdgeschoss die Metallstange, mit der die Klappe geöffnet werden konnte, schob das Ende in die viereckige Öffnung der Klappe und drehte daran. Die Luke öffnete sich, und eine Klappleiter erschien, mit deren Hilfe Mafalda auf den Speicher klettern konnte.

Dort oben herrschte ein ziemliches Durcheinander. Durch ein kleines Fenster im Dach fiel Sonnenlicht. Mehrere Umzugskartons standen herum, immer noch unausgepackt. Außerdem gab es Stapel mit Teppichresten und alten Fliesen, die vom Vormieter stammen mussten, und jede Menge tote Wespen.

Mafalda sah sich um, doch in dem Chaos eine winzige

Spinne zu finden, erschien ihr fast aussichtslos. Zum Glück musste sie ja gar nicht danach suchen – das Freu würde sie finden, wenn es wollte.

Sie setzte sich auf den Boden aus ungehobelten Holzlatten und bemühte sich, ihre Gedanken zum Schweigen zu bringen. Diesmal war es leichter, weil sie nicht mehr so wütend auf Eva war. Denn inzwischen war ihr klar, dass ihre Stiefmutter den Stein nicht angerührt hatte. Das Freu selbst war es gewesen, das sie erst ins Schlafzimmer und dann hierhergeführt hatte. Aber warum? Wollte es ihr etwas zeigen?

Mafalda merkte, dass diese Frage wie eine kleine Flause in ihrem Kopf herumsprang und sie daran hinderte, sich auf das Hier und Jetzt zu konzentrieren. Also hörte sie einfach auf, darüber nachzudenken. Stattdessen beobachtete sie die Staubkörner, die im Lichtstrahl, der durch die Dachluke fiel, wie winzige goldene Insekten tanzten. Ungewohnte Gerüche drangen ihr in die Nase. Neben dem Duft von Staub und altem Holz nahm sie einen leicht modrigen Geruch wahr, der vielleicht von den Teppichresten stammte, außerdem einen öligen Gestank, der aus einer dunklen Ecke zu kommen schien. Aber sie stellte auch fest, dass sie die Geräusche der Außenwelt hier oben besser hörte als in ihrem Zimmer – das Gezwitscher der Vögel, das Rauschen der Straße, sogar das Flüstern des Winds, der durch die Dachritzen drang.

Ein leises Rascheln zog ihre Aufmerksamkeit auf sich. Das Freu hatte wieder die Gestalt der weißen Maus angenommen. Es saß auf einem Umzugskarton und schnüffelte daran.

Mafalda kroch zu der Kiste, nahm die Maus vorsichtig in die Hand, setzte sie auf den Boden und öffnete den Deckel. Im Innern entdeckte sie einen Stapel Liebesromane mit abgegriffenen Seiten und tief unten einen grauen Pappkarton. Das

Freu wollte sie sicher nicht dazu bringen, kitschige Liebesgeschichten zu lesen, also konnte es nur diesen Karton meinen. Vorsichtig holte Mafalda ihn heraus. Ihr Herz pochte heftig, und sie kam sich vor wie eine Diebin. Was sie hier tat, war ganz klar ultramegaverboten. Aber das Freu wollte, dass sie den Karton öffnete, das spürte sie tief im Innern. Warum bloß?

In dem Karton fand sie einen Stapel Briefe, ein Fotoalbum und ein kleines silbernes Amulett. Vorsichtig nahm sie das Album heraus und klappte es auf. Auf den Bildern war ein Mädchen zu sehen. Auf den ersten Seiten war es noch sehr klein und konnte kaum laufen, doch je weiter Mafalda blätterte, desto älter wurde es. Hin und wieder waren auf den Bildern auch andere Menschen zu sehen – ein junger Mann und eine wunderschöne Frau, eine andere Frau, die der ersten ähnlich sah, ein älteres Ehepaar. Auch diese Menschen wurden älter, je weiter Mafalda durch das Album blättere, so als spule sie im schnellen Vorlauf das Leben einer ganzen Familie ab.

Mafalda erkannte die Ähnlichkeit des Mädchens mit Eva und begriff, dass es sich um Bilder aus der Kindheit ihrer Stiefmutter handelte. Kurz darauf endete die Fotofolge. Die letzten Seiten des Albums waren leer.

Als sie es zuklappte, um es wieder in den Karton zu legen, sah Mafalda aus der letzten Seite einen Zeitungsausschnitt herausragen. Es war eine Todesanzeige: *Klaus Müller, geb. 1.5. 1960, und Anna-Maria Müller, geb. Rietmeier, geb. 18.9.1963, beide gestorben am 13.7.1996.* Darunter standen viele Namen. Einer davon war Eva.

Mafalda wusste, dass sie mit Nachnamen Müller geheißen hatte, bevor sie Papa geheiratet hatte. Also musste das die Todesanzeige ihrer Eltern – Timmys Großeltern – sein. Sie waren gestorben, als Eva noch ein Kind gewesen war.

Noch einmal öffnete sie die letzte Seite des Albums, auf der noch Fotos eingeklebt waren. Das letzte Bild zeigte Eva lächelnd an einem Tisch mit einer großen Geburtstagstorte, die mit neun Kerzen geschmückt war. In beiden Händen hielt sie ein weißes Kaninchen. Es hatte einen schwarzen Streifen auf dem Rücken und schwarze Flecken an der Seite, die wie ein lächelndes Gesicht aussahen, als Mafalda die Augen halb zukniff. Also hatte Eva nicht immer eine Abneigung gegen Haustiere gehabt.

Gerade als sie das Album zuklappte, hörte sie von unten eine scharfe Stimme. »Maaaafalda! Was suchst du dort oben auf dem Dachboden? Habe ich dir nicht gesagt, dass du keinen Blödsinn anstellen sollst, wenn ich nicht zu Hause bin? Was soll ich bloß mit dir machen? Dich festbinden? Womit habe ich das verdient? Womit habe ich das nur verdient?«

Hastig warf Mafalda das Album in den Karton und stellte ihn zurück in die Umzugskiste. Sie sah sich nach dem Freu um, konnte es jedoch nirgends entdecken. Aber das machte nichts. Inzwischen wusste sie ja, dass sie sich um das Geisterwesen keine Sorgen machen musste. Rasch kletterte sie die Leiter hinunter.

Eva stand im Flur, die Hände in die Hüften gestemmt, den leuchtenden Fortunator im Gesicht.

»Wie siehst du denn wieder aus? Glaubst du, es macht mir Spaß, dauernd deine Sachen zu waschen? Wieso kannst du dich nicht einmal an die Regeln halten? Ist es denn zu viel verlangt, dass du zu Hause deinen Fortunator aufsetzt und dich vernünftig verhältst? Was hast du überhaupt da oben verloren?«

»Ich habe etwas gesucht«, log Mafalda. »Eine alte Puppe. Ich dachte, sie ist vielleicht in einem der Umzugskartons, die wir noch nicht ausgepackt haben.«

»Bist du nicht langsam zu alt, um mit Puppen zu spielen?« Eva seufzte laut, warf die Hände in die Luft und ließ sie wieder fallen. »Ich weiß wirklich nicht, wie ich dich noch bändigen soll. Nachher werde ich mit deinem Vater darüber reden, verlass dich darauf. Und jetzt mach die Klappe wieder zu! Hol den Staubsauger und beseitige den Dreck!« Sie deutete auf mehrere tote Wespen, die vom Dachboden heruntergefallen waren und auf dem Flur lagen wie abgestürzte Miniflugzeuge.

»Ja, Eva«, sagte Mafalda.

Nachdem sie die Leiter wieder eingeklappt, die Luke geschlossen und die toten Wespen weggesaugt hatte, ging Mafalda in ihr Zimmer.

Das Freu saß auf dem Bett. Es hatte die Gestalt eines weißen Kaninchens angenommen. Die schwarzen Flecken an der Seite ähnelten einem lächelnden Gesicht.

Als sie das sah, musste Mafalda schmunzeln. Das Freu hatte also das Foto gesehen und beschlossen, das darauf abgebildete Tier zu imitieren. Doch dann kam ihr ein Gedanke, und ihr Inneres verkrampfte sich.

17. DAS GESCHENK

Mafalda schüttelte den Kopf. »Nein!«, sagte sie. »Nein, Freu, bitte nicht!«

Das Kaninchen saß bloß da und sah sie mit seinen schwarzen Knopfaugen an. Sein Näschen zitterte leicht.

Mafalda setzte sich aufs Bett, nahm das Kaninchen auf den Schoß und streichelte sein seidenweiches Fell. Tränen rannen ihr über die Wangen.

»Bitte nicht, Freu!«, flüsterte sie noch einmal. »Das kannst du nicht von mir verlangen!«

Doch im selben Moment wusste sie, dass sie es tun musste. Sie wusste es so genau, wie sie wusste, dass morgens die Sonne aufging. Obwohl es nicht sprechen konnte, zeigte ihr das Freu ganz deutlich, was es von ihr erwartete.

Sie drückte das Kaninchen an sich. Das Herz tat ihr weh. Sie wollte das Freu nicht hergeben, nicht, nachdem sie es gerade wiederbekommen hatte. Und doch wusste sie, dass es genau das von ihr verlangte. Sie musste es Eva schenken, so wie Hilke es ihr geschenkt hatte. Ausgerechnet ihrer fiesen Stiefmutter! Das war doch nicht gerecht, oder?

Doch sosehr sie sich innerlich auch dagegen sträubte, Mafalda hatte nicht den geringsten Zweifel, dass das seltsame Wesen genau das bezweckt hatte, als es sie erst ins Schlafzimmer und dann auf den Dachboden geführt hatte. Es hatte Mafalda gezeigt, dass Eva als Kind ein Kaninchen gehabt hatte, das genauso aussah wie das Freu jetzt. Das konnte nur bedeuten, dass es zu Eva wollte.

Mafalda blieb eine Weile auf dem Bett sitzen und wünschte sich mit aller Kraft, dass das Freu sich in etwas anderes verwandeln möge – in ein Kätzchen, eine weiße Maus, eine Eidechse oder, wenn es sein musste, in eine Spinne. Dann hätte sie es loslassen und beobachten können, wie es in ihrem Zimmer umherhuschte, und sie hätte gewusst, dass es auch morgen noch da wäre.

Doch das Freu schien mindestens so eigensinnig zu sein wie Mafalda. Es blieb ein Kaninchen. Nach einer Weile wurde es unruhig und zappelte in ihren Armen.

Sie seufzte.

»Also gut, wenn es sein muss.«

Schweren Herzens stand sie auf und verließ ihr Zimmer. Augenblicklich hörte das Freu auf zu strampeln und blieb ganz ruhig.

Eva stand in der Küche und bereitete das Abendessen vor, während Timmy in seinem Zimmer im Laufstall hockte und reglos betrachtete, was immer ihm sein Fortunator vorgaukelte. Als Mafalda die Küche betrat, nahm ihre Stiefmutter verdutzt die Brille ab.

»Schon wieder eine Fehlfunktion! Dass diese Leute nicht in der Lage sind …«

Sie stockte, als sie Mafalda mit dem Kaninchen sah. »Was soll das denn? Schleppst du schon wieder irgendwelches Viehzeug an? Willst du etwa, dass ich …«

Eva verstummte, und ihre Augen weiteten sich, als sie das Tier wiedererkannte.

Mafalda schluckte. Sie reichte ihr das Kaninchen.

»Hier, für dich.«

Eva starrte das Freu an, dann Mafalda, dann wieder das Kaninchen. Ihr Mund klappte auf, als wolle sie etwas sagen, doch sie war sprachlos. Ihre Augen wurden glasig, und Tränen sammelten sich an den unteren Rändern. Dann verzogen sich ihre Lippen zu einem Lächeln, und ihr Gesicht veränderte sich. Mafalda hatte das Gefühl, eine völlig andere Person vor sich zu haben als die Eva, die sie kannte.

Ihre Stiefmutter nahm ihr das Kaninchen aus der Hand und drückte es an sich. Sie streichelte es sanft. Dann betrachtete sie Mafalda, und ihre Stirn runzelte sich.

»Woher … hast du das?«

»Gefunden«, sagte Mafalda. »Im Garten.«

Das war nicht einmal gelogen, auch wenn das Freu, als sie es zum ersten Mal gesehen hatte, noch eine Eidechse gewesen war. Normalerweise hätte Eva jetzt bestimmt nachgebohrt, doch stattdessen streichelte sie das Kaninchen und küsste es.

»Als ich ein Kind war, hatte ich einmal ein Kaninchen, das so ähnlich aussah«, erzählte sie.

Mafalda widerstand dem Versuch, ihr zu sagen, dass sie das bereits wusste.

»Es hieß Moppel«, fuhr Eva fort. Statt Mafalda anzusehen, blickte sie ins Leere, so als könne sie irgendwo in der Ferne ihre eigene Kindheit erkennen. »Ich habe es zu meinem neunten Geburtstag bekommen. Das war kurz bevor …«

Sie stockte. Tränen rannen ihr über die Wangen.

Mafalda schwieg. Sie war traurig, dass sie nun kein Freu mehr hatte, aber gleichzeitig fühlte sie sich gut. Das Herz tat ihr weh, aber in ihrem Bauch hatte sie das Gefühl, genau das Richtige getan zu haben.

Eva setzte sich auf einen Stuhl neben dem kleinen Esstisch, an dem sie immer frühstückten. Während sie das Kaninchen streichelte, begann sie zu erzählen.

Sie hatte eine glückliche Kindheit gehabt, war in einem schönen Haus aufgewachsen, ganz ähnlich dem, in dem sie inzwischen wohnten. Zwar hatte sie keine Geschwister gehabt, war aber zufrieden gewesen, allein draußen in dem großen Garten zu spielen. An ihrem neunten Geburtstag hatten ihr die Eltern den größten Wunsch erfüllt und ihr Moppel geschenkt.

Eines schlimmen Tages nur zwei Monate später, als Eva aus der Schule nach Hause kam, hatte ihr nicht ihre Mutter geöffnet, sondern ihre Tante. Sie hatte rot geweinte Augen gehabt, sie in die Arme genommen und ihr gesagt, dass ihre Eltern einen schweren Unfall gehabt hatten und nicht mehr nach Hause kommen würden.

Von diesem schrecklichen Tag an hatte Eva bei ihrer Tante gelebt. Anfangs war diese noch freundlich und rücksichtsvoll zu ihr gewesen. Doch Eva hatte sich mit ihren Cousinen, den beiden Töchtern ihrer Tante, nicht gut verstanden und sich immer weniger wohlgefühlt. Und dann war eines Tages auch noch Moppel verschwunden. Als sie aus der Schule kam, war sein Käfig leer, und weder ihre Tante noch deren Töchter wussten angeblich, wo er war. Sie gaben sogar Eva die Schuld, indem sie ihr vorwarfen, sie habe die Käfigtür nicht richtig geschlossen. Sie fand nie heraus, was wirklich geschehen war.

Eva hob den Kopf und sah Mafalda an, wie sie sie noch nie zuvor angesehen hatte. Ihr Gesicht war gleichzeitig traurig und glücklich. Ihr Mund war zu einem schiefen Lächeln verzogen, während ihre tränenverschleierten Augen leuchteten.

»Dieses Kaninchen ist das schönste Geschenk, das ich seit

Langem bekommen habe«, sagte sie. Dann zwinkerte sie mit dem linken Auge. »Dein Vater hat es gekauft und auf dem Dachboden versteckt, stimmt's? Ich hätte nicht gedacht, dass er überhaupt von Moppel wusste.«

Mafalda überlegte, ob sie Eva die Wahrheit sagen sollte. Aber bestimmt glaubte sie ihr nicht, und womöglich bekamen sie wieder Streit. Das wollte sie auf keinen Fall. Also nickte sie bloß.

Eva erhob sich und setzte das Kaninchen vorsichtig auf den Küchenboden. Dort hoppelte es neugierig umher. Dann nahm sie Mafalda in die Arme.

»Danke schön!«, schniefte sie. »Ich weiß, dass ich nicht immer nett zu dir war. Vielleicht siehst du mich so, wie ich damals meine Tante gesehen habe – als böse alte Hexe.« Sie schluchzte. »Ich will mich bessern, das verspreche ich dir.«

Mafalda wurde so fest gedrückt, dass sie kaum noch Luft bekam. Aber es fühlte sich wunderschön an, und sie erwiderte die Umarmung.

Einen Moment lang standen sie so da, bevor sich Eva von ihr löste. Mafalda sah sich in der Küche um und bekam einen Schreck – das Kaninchen war verschwunden!

Oh nein! Wenn sich das Freu wieder in eine Spinne, einen Stein oder etwas anderes verwandelt hatte, würde Eva bestimmt sehr traurig werden. Doch dann hörte sie ein glucksendes Lachen aus Timmys Kinderzimmer.

Beide folgten sie dem Geräusch. Timmy saß in seinem Laufstall. Den Fortunator hatte er abgenommen. Das Kaninchen hockte vor ihm.

»Bille kaputt«, stellte er fest. »Guck mal, ein Häschen!« Er streichelte das Freu.

Eva beugte sich über das Gitter und nahm das Kaninchen

aus dem Laufstall, was Timmys empörtes Geheul zur Folge hatte.

»Nein, nicht Häschen wegnehmen!«, rief er, stand auf und wollte das Tier aus Evas Armen reißen. »Häschen soll hierbleiben!«

»Das ist nicht möglich, mein Schatz«, befand Eva. »Aber keine Angst, du kannst immer mit Moppel spielen. Mafalda, holst du bitte ganz schnell den Käfig vom Dachboden?«

»Käfig? Welchen Käfig?«, fragte Mafalda.

»Na, Moppel muss dort oben doch in einem Käfig gesessen haben.«

Mafalda dachte fieberhaft nach. Was sollte sie bloß sagen? Sie konnte Eva doch nicht erklären, dass sie kein richtiges Häschen in den Armen hielt, sondern ein Freu, das eben noch eine weiße Maus gewesen war.

»Da war kein Käfig«, erwiderte sie.

»Was? Kein Käfig? Na, dann eben ein Pappkarton oder so. Bring mir bitte irgendein Behältnis, in dem ich Moppel unterbringe, bis wir einen richtigen Käfig haben.«

»Häschen hier reintun!«, forderte Timmy. »Häschen in Timmykäfig reintun!«

Mafalda musste lachen. Tatsächlich sah der Laufstall ein bisschen aus wie ein Kinderkäfig. Allerdings standen die Gitterstäbe so weit auseinander, dass ein Kaninchen mühelos hindurchschlüpfen konnte. Sie stieg eilig in den ersten Stock, öffnete die Luke zum Dachboden und kletterte hinauf. Nachdem sie die Liebesromane und den Pappkarton mit dem Fotoalbum ausgeräumt hatte, kehrte sie mit der leeren Umzugskiste in die Küche zurück.

»Was, da drin war Moppel eingesperrt? Ohne Wasser und Futter? Wie lange denn?«

»Nicht lange«, erwiderte Mafalda bloß.

»Ah, dann ist er vorhin gebracht worden, als ich noch bei der Arbeit war? Nun, das ist ja auch egal. Komm, Moppel! Für den Augenblick musst du dich hiermit begnügen. Ich bestelle einen Käfig im Internet, und zwar per Express, dann ist er morgen da.«

Sie setzte ihren Fortunator auf, den sie unter anderem benutzte, um ins Internet zu gehen. Doch die Brille funktionierte natürlich nicht. Mafalda fiel auf, dass das Kaninchen unruhig wurde und in ihren Armen strampelte, als Eva die Brille in der Hand hielt. Offenbar mochte das Freu den Fortunator ebenso wenig wie der Fortunator das Freu.

Eva setzte das Kaninchen in den Pappkarton und trug ihn in die Küche. Sie holte eine Möhre aus dem Kühlschrank und stellte eine Schale Wasser hinein. Schließlich legte sie einen sauberen Putzlappen in den Karton, damit Moppel es ein bisschen gemütlicher hatte. Als sie mit ihrem behelfsmäßigen Käfig einigermaßen zufrieden war, kehrte sie ins Wohnzimmer zurück, wo ihr Laptop auf einem kleinen Seitentisch stand. Sie klappte ihn auf und bestellte im Internet einen Käfig.

Mafalda warf dem Freu einen letzten Blick zu, dann stieg sie in ihr Zimmer hinauf. Eine Mischung aus Erleichterung, Freude, Trauer und Nervosität erfüllte sie. Einerseits war es schade, dass sie das Freu nun nicht mehr für sich hatte. Andererseits war es schön, dass Eva sich so über Moppel freute. Zum ersten Mal hasste sie ihre Stiefmutter nicht mehr. Wahrscheinlich würde sie sich nie so gut mit ihr verstehen wie mit ihrem Vater, aber sie konnte zumindest versuchen besser mit ihr auszukommen.

Doch was, wenn das Freu irgendwann aufhörte, Moppel zu sein? Was, wenn das Kaninchen wieder auf rätselhafte Weise verschwand? Würde Eva dann nicht umso trauriger sein? Würde sie womöglich Mafalda die Schuld am Verschwinden ihres Lieblings geben?

Hatte sie, indem sie ihrer Stiefmutter das Freu schenkte, am Ende alles nur noch schlimmer gemacht?

18. GETEILTES FREU

Als Mafalda ihr Zimmer betrat, bekam sie einen Schreck. Mitten auf dem Bett hockte die weiße Maus mit den blauen Punkten. Sie saß aufrecht, die Vorderpfoten angewinkelt, und reckte das Näschen schnüffelnd nach oben.

»Freu!«, rief Mafalda. »Was machst du denn hier? Du kannst doch Eva nicht gleich wieder davonlaufen! Da wird sie doch ganz traurig. Ich bitte dich, Freu, verwandele dich wieder in ein Kaninchen!«

Doch die Maus blieb eine Maus.

Mafalda überlegte, was sie tun sollte. Sie durfte nicht zulassen, dass Eva ihr die Schuld am Verschwinden des Kaninchens gab, gerade jetzt, da ein erstes zartes Pflänzchen der Zuneigung zwischen ihnen aufkeimte. Eigentlich blieb ihr nichts anderes übrig, als die Wahrheit zu sagen. Das war bestimmt nicht einfach, aber wenn sie ihrer Stiefmutter die weiße Maus mit den blauen Punkten zeigte, würde sie ihr vielleicht glauben. Und mit etwas Glück würde sich das Freu verwandeln, wenn Mafalda es ihr zurückbrachte. Dann konnte Eva es mit eigenen Augen sehen.

Doch als sie nach der Maus greifen wollte, flüchtete diese unter die Bettdecke. Sobald Mafalda die Decke anhob, schlüpfte das Freu unters Bett. Und als sie schließlich unters Bett kroch, verwandelte es sich in eine Eidechse und kletterte blitzschnell an der Wand hinauf bis in eine Ecke ganz oben über dem Schrank, wo es nicht erreichbar war.

Mafalda sah ein, dass die Jagd auf das Freu ein hoffnungsloses Unterfangen war. Also setzte sie sich aufs Bett und versuchte, ihre Gedanken zum Schweigen zu bringen. Das fiel ihr allerdings nicht leicht. Die Sorge, wie Eva den Verlust ihres geliebten Moppels aufnehmen würde, sprang immer wieder in ihrem Kopf umher wie ein böser Geist. Von Stille und Ruhe konnte keine Rede sein.

Es klappte erst, als sie die Augen schloss und auf ihren Atem achtete. Sie zählte jeden Atemzug, fühlte, wie frische, reine Luft durch die Nase in die Lungen strömte, beobachtete, wie sich ihr Bauch hob und senkte. Langsam kehrte in ihren Gedanken Stille ein, und sie nahm wieder die leisen Geräusche des Hauses wahr. Und da war noch etwas – ein sanftes Rascheln auf der Bettdecke neben ihr.

Ohne die Augen zu öffnen, streckte sie eine flache Hand aus. Kurz darauf kitzelten winzige Füßchen ihren Handteller, und sie spürte das seidige Fell der Maus. Sie hob die Hand vor das Gesicht und schlug die Augen auf. Das Freu blickte sie an, und sie spürte plötzlich, dass sie keine Angst haben musste.

Lächelnd stand sie auf und ging in die Küche. Die kleine Maus saß in ihrer hohlen Hand, die sie an die Brust hielt. Der Karton, in dem Moppel gesessen hatte, war leer. Natürlich hatte sie nichts anderes erwartet. Trotzdem musste sie den dicken Kloß in der Kehle hinunterschlucken.

Sie fand Eva auf dem Sofa sitzend. Unbeachtet lag der Fortunator neben ihr, während sie mit gesenktem Kopf nach unten auf ihre Arme blickte, in denen sie etwas hielt. Dabei murmelte sie leise vor sich hin.

»Es tut mir leid, Eva«, begann Mafalda. »Ich … ich hätte es dir gleich sagen sollen …«

Eva blickte lächelnd zu ihr auf. »Was willst du mir denn sagen?«

Mafaldas Augen weiteten sich, als sie sah, was Eva in den Armen hielt – es war das Kaninchen! Doch im selben Moment spürte sie die Maus in ihrer Hand. Wie war das möglich? War die Maus in Mafaldas Hand etwa nur eine ganz gewöhnliche Maus?

Nein, das konnte nicht sein. Sie hatte noch nie von einer weißen Maus mit blauen Punkten gehört, und wie hätte die auf einmal in ihr Zimmer kommen sollen? Es gab nur eine Erklärung – aus dem einen Freu waren irgendwie zwei geworden.

»Was wolltest du mir denn sagen?«, fragte Eva.

Mafalda dachte kurz nach, dann traf sie eine Entscheidung. Sie öffnete die Hand und zeigte Eva die weiße Maus.

Sie wusste, dass ihre Stiefmutter alle Haustiere für Ungeziefer hielt, und Mäuse mochte sie erst recht nicht. Doch das erwartete Donnerwetter blieb aus. Stattdessen betrachtete Eva die Maus neugierig.

»Wie seltsam!«, rief sie. »Eine weiße Maus mit blauen Punkten. Hoffentlich ist die nicht durch Gentechnik erzeugt worden. Hat dein Vater sie dir gekauft?«

Mafalda schüttelte den Kopf. »Das ist keine weiße Maus. Das ist ein Freu.«

Eva runzelte die Stirn. »Was soll das sein, ein Freu?«

»Genau kann ich es auch nicht erklären. Es ist ein Naturgeist, und es kann sich in alle möglichen Tiere verwandeln. Ich habe es in unserem Garten entdeckt, da war es eine Eidechse. Ich bin ihr in den Nachbargarten gefolgt, und so habe ich schließlich Hilke kennengelernt. Sie hat es mir geschenkt.«

Eva lächelte. »Das ist eine hübsche Geschichte. Aber du weißt doch hoffentlich, dass sie nicht wahr ist, oder?«

»Sie ist wahr«, widersprach Mafalda. Und sie erzählte, wie das Freu sie auf den Dachboden gelockt hatte, wie sie dort das Fotoalbum gefunden hatte und wie das Freu sich in das Kaninchen verwandelt hatte, um ihr zu sagen, dass sie es Eva schenken sollte.

»Und nun sind es auf einmal zwei Freus geworden«, endete sie. »Warum, weiß ich auch nicht.«

Evas Lächeln war ein bisschen dünner geworden. »Das ist ein schönes Märchen, Mafalda. Du hast wirklich viel Fantasie. Vielleicht solltest du später Schriftstellerin werden. Aber nun genug davon. Bring deine Maus zurück in ihren Käfig! Oder saß die etwa auch in einem Pappkarton?«

Mafalda seufzte. Es hatte keinen Sinn. Erwachsene glaubten nur, was sie glauben wollten, selbst wenn ihnen die Beweise mitten ins Gesicht starrten.

Gerade als sie sich zum Gehen wandte, verschwand die Maus in ihrer Hand plötzlich, und an ihrer Stelle erschien die blaue Flamme. Im selben Moment wurde auch das Kaninchen in Evas Arm zu einem Flammengeist.

»Huch!«, schrie Eva, zuckte zurück und hob erschrocken die Arme.

Mafaldas Freu sprang aus ihrer Hand aufs Sofa, während das andere Freu von Evas Schoß hüpfte. Die beiden umtanzten einander, als freuten sie sich über die Begegnung. Dann verschmolzen sie kurz zu einer etwas größeren blauen Flamme, nur um sich kurz darauf wieder in zwei einzelne Freus zu teilen. Das eine Freu sprang vom Sofa und glitt über den Teppich, während das andere hinter ihm herjagte. Die beiden tobten kreuz und quer durch das Wohnzimmer, während Eva und

Mafalda ihnen sprachlos hinterherstarrten. Schließlich kehrten die Freus wieder zu den beiden zurück.

Als Evas Freu wieder auf ihrem Schoß saß, verwandelte es sich zurück in das Kaninchen. Mafaldas Freu hingegen wurde zu der wunderschönen blauen Eidechse, deren Gestalt es bei ihrer ersten Begegnung angenommen hatte.

»Siehst du?«, fragte Mafalda.

Eva sagte nichts. Ihre Augen waren groß, und ihre Hände zitterten leicht. Sie setzte Moppel aufs Sofa, stand auf und ging in die Küche. Dort holte sie eine Packung aus dem kleinen Arzneischrank und nahm zwei Tabletten mit einem Glas Wasser ein.

Als sie ins Wohnzimmer zurückkehrte, war sie blass.

»Niemand darf erfahren, was hier geschieht!«, stieß sie hervor. »Sonst hält man uns noch für verrückt.«

»Kein Wort«, bekräftigte Mafalda.

Mit gerunzelter Stirn musterte Eva das Kaninchen, als wäre sie nicht sicher, ob es vielleicht bissig war. Dann setzte sie sich aufs Sofa, nahm das Tier auf den Schoß und streichelte es.

Mafalda nahm neben ihr Platz. Eine Weile saßen beide schweigend da, jede in die Betrachtung ihres Freus vertieft.

»Ich frage mich, ob das damals auch so war«, sagte Eva plötzlich.

»Wie meinst du das?«

»Moppel. Vielleicht … vielleicht war er in Wirklichkeit auch so ein Feuerding. Ein Freu. Vielleicht ist er deshalb spurlos verschwunden.« Tränen traten ihr in die Augen. »Vielleicht habe ich meine Tante und meine Cousinen zu Unrecht beschuldigt.«

Mafalda war erleichtert. Also sah Eva nun doch ein, dass es Freus gab.

»Das wäre möglich«, sagte sie.

»Andererseits …«

Eva hob das Kaninchen hoch und betrachtete es von unten. Dann wandte sie sich an Mafalda.

»Das … das … das ist doch … gerade nicht wirklich passiert, oder?«, fragte sie. Es klang beinahe flehentlich. »Es gibt keine blauen Flammen, die sich in Tiere verwandeln. So etwas kann es doch nicht geben! Oder?«

Mafalda hob nur die Schultern. Gleichgültig, was sie sagte, es würde Eva nicht helfen.

Schließlich erhob sich ihre Stiefmutter und ging mit dem Kaninchen unter dem Arm in Timmys Zimmer. Der Kleine saß in seinem Laufstall und spielte mit Bauklötzen. Der Fortunator lag unbeachtet neben ihm. Als er seine Mutter sah, stand er auf, stellte sich ans Gitter des Laufstalls und streckte die Hände aus.

»Häschen!«, rief er. »Häschen haben!«

Eva zögerte und wandte sich fragend zu Mafalda um. »Es … es ist doch nicht gefährlich, oder? Die Flamme, meine ich. Kann er sich nicht daran verbrennen?«

»Nein«, sagte Mafalda. »Überhaupt nicht.«

Eva schüttelte den Kopf und schien selbst nicht ganz zu glauben, was sie da tat. Doch dann überreichte sie Timmy das Kaninchen.

Überglücklich drückte der Kleine es an sich.

»Häschen!«, rief er glücklich. »Häschen haben!«

»Meinst du, er ist noch zu klein, um sich um ein Tier zu kümmern?«, fragte Eva.

»Keine Angst, ein Freu kümmert sich um sich selbst«, erwiderte Mafalda.

Sie standen eine Weile da und beobachteten Timmy, wie

er mit dem Kaninchen spielte. Plötzlich verwandelte es sich in eine blaue Flamme.

»Feu!«, rief Timmy, doch er hatte keine Angst.

Das Freu verwandelte sich abermals und war plötzlich ein blauer Schmetterling, der über dem Laufstall herumflatterte. Timmy lachte vor Vergnügen.

»Metterling!«, rief er. »Feu ist Metterling geworden!«

Eva lächelte und verließ den Raum. Mafalda, die immer noch die Eidechse in der Hand hielt, folgte ihr ins Wohnzimmer. Nun war sie nicht mehr überrascht, das Kaninchen auf dem Boden herumhoppeln zu sehen.

Als Mafalda am nächsten Morgen erwachte, war die blaue Eidechse verschwunden. Aber das machte nichts. Sie wusste, dass das Freu zu ihr zurückkommen würde, wenn sie dafür bereit war. Als sie zum Frühstück kam, saß Eva bereits dort und trank Kaffee. Timmy saß in seinem Hochstuhl und aß seine Frühstücksflocken.

»Mir geht es schon besser«, sagte Eva, nachdem Mafalda ihr einen guten Morgen gewünscht hatte. »Ich weiß, ich habe mich gestern merkwürdig verhalten. Aber mir geht es schon viel besser.«

»Was meinst du damit?«

»Ich … ich habe gestern Dinge gesehen, die nicht da waren. Das weißt du doch noch, oder?«

»Ist dein Freu denn verschwunden?«, fragte Mafalda.

»Du meinst das Kaninchen? Es war niemals da.« Sie lächelte. »Aber es war trotzdem schön.«

Mafalda setzte zum Widerspruch an, ließ es dann aber bleiben. Wie sollte sie etwas erklären, das Eva einfach nicht wahrhaben wollte?

Ihre Stiefmutter stand auf.

»Ich muss jetzt los. Hab einen schönen Tag!«

Sie nahm Timmy aus dem Hochstuhl und verschwand mit ihm aus der Küche.

Nachdem sie gegangen waren, frühstückte Mafalda und ging zur Schule. Als sie am Nachmittag zurückkehrte, war von ihrem Freu immer noch keine Spur zu sehen. Doch das beunruhigte sie nicht. Sie setzte sich aufs Bett, schloss die Augen und konzentrierte sich auf das Hier und Jetzt. Als sie die Augen wieder öffnete, erblickte sie die Eidechse. Sie saß auf dem Schreibtisch neben ihrem Matheheft, demselben Heft, in das Mafalda vor einiger Zeit eine kleine blaue Eidechse gekritzelt hatte.

Mafalda lächelte. Sie wusste jetzt, wie sie das Freu herbeirufen konnte, wann immer sie es brauchte.

»Danke schön, Freu«, sagte sie.

Die Eidechse musterte sie mit ihren schwarzen Augen, ließ die gespaltene Zunge aufblitzen und lief dann vom Tisch und unters Bett. Als Mafalda nachsah, war sie verschwunden.

Gut gelaunt machte sie sich an ihre Hausaufgaben.

Als Eva mit Timmy nach Hause kam, begrüßte sie ihre Stiefmutter und half ihr, die Einkäufe aus dem Auto hereinzutragen, die sie unterwegs besorgt hatte. Zwischen mehreren Einkaufskörben entdeckte sie im Kofferraum einen großen Käfig. Darin hockte ein weißes Kaninchen mit schwarzen Ohren und schwarzer Nase.

»Das habe ich für Timmy gekauft«, erklärte Eva. »Ich habe mich daran erinnert, wie sehr ich mir immer ein Tier wünschte und wie enttäuscht ich war, als Moppel damals verschwand.« Sie lächelte, doch dann runzelte sie die Stirn. »Im Tiergeschäft habe ich auch nach einer blauen Eidechse oder einer Maus mit blauen Punkten gefragt, aber so was hatten die nicht. Wenn du vielleicht ein anderes Tier möchtest …«

»Nein danke, das ist nicht nötig«, lehnte Mafalda lächelnd ab.

»Da ist Feu drin!«, behauptete Timmy, als Mafalda den Käfig in sein Zimmer trug. »Feu!«, rief er. »Häschen, werde Feu! Werde Metterling!«

Doch das Kaninchen blieb ein ganz gewöhnliches Kaninchen.

Später saßen sie zusammen beim Abendbrot.

»Ich finde es schön, dass du Timmy ein Tier gekauft hast«, sagte Mafalda.

Eva lächelte schief.

»Ehrlich gesagt war es nicht nur für Timmy. Ich habe mir plötzlich selbst ein Kaninchen gewünscht, das ich auf den Arm nehmen und streicheln kann. Es ist natürlich ein bisschen schade, dass es nicht Moppel ist. Gestern habe ich doch tatsächlich für einen Moment gedacht, er sei wirklich wieder da. Seltsam war das. Muss der Stress gewesen sein. Vielleicht habe ich das mit meinem neuen Job zu ernst genommen.«

Sie seufzte. Bevor Mafalda etwas sagen konnte, sprach sie weiter. »Das, was gestern passiert ist … Ich weiß nicht, was es war, aber ich bin dankbar dafür. Es hat mich an meine Kindheit erinnert, an etwas lange Vergessenes. Und daran, wie es sich anfühlt, wenn man nicht geliebt wird.« Ihre Augen füllten sich mit Tränen. »Es tut mir leid, Mafalda. Es tut mir leid, wie ich dich behandelt habe. Ich weiß, ich war oft ungerecht zu dir.«

Jetzt kamen auch Mafalda die Tränen. Warum, wusste sie nicht genau. Sie nahm Eva in die Arme, und es fühlte sich wunderschön an.

Von diesem Tag an musste Mafalda keinen Fortunator mehr tragen, wenn sie aus der Schule kam. Das Freu hatte das Verhältnis zu ihrer Stiefmutter von Grund auf verändert. Eva gab sich wirklich Mühe, nett zu sein, und vertraute Mafalda auf einmal. Auch ihre Stiefmutter trug ihre Brille kaum noch, denn jedes Mal, wenn sie den Fortunator aufsetzte, rief Mafalda ihr Freu herbei, und das Gerät fiel aus. Dann erzählte Eva manchmal von ihrer Kindheit, und einmal half sie ihr sogar bei den Hausaufgaben. So wuchs zwischen den beiden allmählich so etwas wie Freundschaft, und das, fand Mafalda, war nur dem Freu zu verdanken.

Nur dass sie kaum noch Kontakt zu Mareike hatte, trübte Mafaldas Laune ein wenig. Ihre Freundin hatte inzwischen einen Fortunator bekommen und trug die Brille den ganzen Tag. Sie weigerte sich, das Tablet zu benutzen, um mit Mafalda zu chatten, und diese wollte den Fortunator nicht aufsetzen. So endete ihre lange Freundschaft, und das tat ein bisschen weh.

Als Papa am Wochenende nach Hause kam, hatte er wie immer seinen Fortunator auf. Doch Eva nahm ihm die Brille einfach ab und küsste ihn.

»Nanu, was ist denn hier los?«, fragte er. »Wieso tragt ihr eure Fortunatoren nicht?«

»Das blöde Ding fällt dauernd aus«, erklärte Eva. »Und ehrlich gesagt siehst du ohne die Brille auf der Nase viel besser aus.«

Papa lächelte und gab ihr einen Kuss. Doch in seinem Arbeitszimmer setzte er den Fortunator wieder auf und fuchtelte in der Luft herum, bis Mafalda mit dem Freu in der Hand zu ihm kam. Es hatte sich in ein Meerschweinchen verwandelt, das ein schwarz-weiß geflecktes Fell hatte. Um die Augen hatte es einen schwarzen Fleck, der ein wenig wie eine Brille aussah.

Papa nahm den Fortunator ab und betrachtete ihn mit gerunzelter Stirn. »Na, so was!«, murmelte er. »Die ganze Woche hat er problemlos funktioniert, und auf einmal fängt er auch an zu spinnen.« Er wandte sich zu Mafalda um. »Was hast du denn da?«

»Für dich, Papa«, sagte Mafalda und reichte ihm das Meerschweinchen.

Er machte große Augen. »Ein Meerschweinchen!«, rief er. »So eins hatte ich früher auch. Es sah sogar ganz ähnlich aus wie dieses, mit einem schwarzen Fleck um die Augen. Ich habe es damals Panzerknacker genannt, auch wenn das vielleicht ein merkwürdiger Name für so ein süßes Tier ist. Darf ich es mal halten?«

»Natürlich. Ich schenke es dir.«

Papa nahm es in die Hand und streichelte es. »Du bist ja ein Süßer!«, sagte er und küsste das Tierchen. Doch dann schüttelte er den Kopf und gab es Mafalda zurück. »Das ist wirklich lieb von dir, aber das kann ich nicht annehmen. Wie soll ich mich um ein Meerschweinchen kümmern, wenn ich in Dubai bin?«

»Musst du denn immer noch dahin?«, fragte Mafalda ein bisschen enttäuscht.

»Ja, noch eine Weile«, meinte Papa.

»Wie lange denn noch?«

»Das weiß ich nicht genau. Und jetzt geh und lass mich arbeiten, ja?«

»Arbeiten, arbeiten, immer nur arbeiten!«, rief Mafalda. »Dann kannst du ja auch gleich in Dubai bleiben, wenn du auch am Wochenende nie Zeit für uns hast!«

Kaum hatte sie das gesagt, tat es ihr auch schon leid. Sie spürte, wie das Meerschweinchen in ihrer Hand zitterte und spürbar Angst vor ihrem Zorn hatte.

Papa sah sie traurig an. Doch er nickte.

»Vielleicht hast du recht, mein Äffchen. Womöglich arbeite ich in letzter Zeit wirklich ein bisschen zu viel. Ich weiß schon gar nicht mehr, wo mir der Kopf steht. Was hältst du davon, wenn wir morgen alle zusammen in den Zoo gehen?«

»Au ja!«, rief Mafalda.

Es wurde das schönste Wochenende seit Langem. Der Zoobesuch machte Mafalda großen Spaß. Vor allem entdeckte sie in vielen der Käfige Tiere, die irgendwie ungewöhnlich aussahen. Im Elefantengehege fiel ihr ein weißer Vogel mit blauen Flügelspitzen auf. Über dem Krokodilbecken schwebte eine blau schimmernde Libelle. Auf dem Rücken eines Löwen saß ein blauer Schmetterling, der die Flügel in der Sonne ausbreitete. Als ein japanischer Tourist den Löwen mit seinem Handy fotografieren wollte, erhielt er eine Fehlermeldung. Die meiste Zeit verbrachten sie wie üblich vor dem großen Orang-Utan-Käfig, wo zwei Jungtiere ausgelassen herumtollten. Dort entdeckte Mafalda nach einer Weile an einem Kletterbaum eine kleine blaue Eidechse.

19. ENTSTÖRUNG

In der folgenden Woche verstand sich Mafalda immer besser mit Eva. Sogar die Schule machte ihr Spaß. Timmy war glücklich über sein Häschen, auch wenn es sich trotz seiner Aufforderungen hartnäckig weigerte, sich in ein *Feu* oder in einen *Metterling* zu verwandeln. Die Fortunatoren lagen unbenutzt herum, und Mafalda musste nicht einmal ihr Freu herbeirufen, um die Brillen außer Kraft zu setzen.

Doch als sie am Freitag nach der Schule nach Hause kam, erlebte sie eine böse Überraschung.

»Hallo, mein Äffchen!«, begrüßte sie ihr Vater. Er trug keinen Fortunator.

Das war natürlich nicht die böse Überraschung, im Gegenteil. Glücklich fiel sie ihm um den Hals.

»Wieso bist du denn schon hier?«, fragte sie.

»Ich bin extra einen Tag früher gekommen, damit ich dabei sein kann«, berichtete er.

»Wobei?«

»Wenn das Haus entstört wird.«

»Was?«

»Du weißt doch, dass die Fortunatoren bei uns immer wieder ausgefallen sind. Ich habe den Hersteller angerufen, die *True Happiness Corporation*, und mich darüber beschwert.

Man hat mir gesagt, dass es in unserem Haus eine Störquelle geben muss.«

Mafalda hatte plötzlich das Gefühl, einen Eisklumpen im Bauch zu haben.

»Aber … aber wir brauchen doch keine Fortunatoren mehr!«, rief sie.

Papa lächelte.

»Nein, wir brauchen sie nicht, da hast du recht. Aber das Leben mit einem Fortunator ist doch so viel bequemer und einfacher. Freust du dich denn gar nicht darauf, wieder *Weltraumprinzessin Arabella* zu spielen?«

»Nein!«, rief Mafalda.

Sie stürzte an ihm vorbei ins Haus, die Treppe hinauf in ihr Zimmer. Dort stand ein Mann in einem weißen Overall, auf dessen Rücken das Logo der Firma prangte – die Buchstaben *THC* über einem breit grinsenden gelben Smiley. Darunter stand *Entstördienst*. Der Mann hatte einen Fortunator auf und montierte neben dem Fenster ein kugelförmiges kleines Gerät aus weißem Plastik an die Wand. Ein Kabel führte bis zu einer Steckdose.

»Was machen Sie da?«, fragte Mafalda.

»Ich bin gleich fertig«, sagte der Mann, statt die Frage zu beantworten. Er zog die Schrauben des Geräts fest. »So, dein Zimmer ist jetzt entstört, und dein Fortunator funktioniert wieder einwandfrei. Ich wünsche dir viel Erfolg beim Glücklichsein.«

Damit verließ er das Zimmer. Mafalda stellte ihren Schulranzen ab und setzte sich aufs Bett. Die Flausen in ihrem Kopf waren in Aufruhr. In Panik schienen sie in ihrem Geist hin und her zu rennen. Sie brauchte lange, um sich zu beruhigen.

Als sie endlich die Stille fand, wurde sie von ihrem Vater in ihrer Konzentration unterbrochen. Er stand im Eingang, den Fortunator im Gesicht.

»Was machst du denn da?«, fragte er. »Willst du deinen Fortunator nicht ausprobieren?«

»Nein, danke«, sagte Mafalda.

Papa seufzte.

»Geht das schon wieder los? Mafalda, ich verstehe dich nicht. Eva hat mir erzählt, dass ihr euch in letzter Zeit gut verstanden habt. Darüber freue ich mich sehr. Bitte setz das nicht aufs Spiel, indem du wieder deinen Dickkopf bekommst!«

»Du bist doch derjenige, der hier dickköpfig ist!«, rief Mafalda. »Diese blöden Fortunatoren machen nicht glücklich, sondern unglücklich!«

»Unsinn«, widersprach er. »Ich trage meine Brille schon seit Wochen, und ich sage dir, sie ist äußerst nützlich. Sie hilft mir, produktiver zu werden, erfolgreicher im Beruf und glücklicher im Privatleben. Dank des Fortunators kann ich euch ein besserer Ehemann und Vater sein.«

»Nein, das kannst du nicht!«, rief Mafalda. »Und jetzt lass mich bitte allein, ich muss mich konzentrieren.«

Papa sah sie einen Moment lang stumm an. Dann zuckte er mit den Achseln und verließ das Zimmer.

Mafalda versuchte vergeblich, ihre innere Ruhe wiederzufinden. Sie war zu aufgewühlt, und das Freu fand nicht den Weg zu ihr.

Als Eva abends mit Timmy nach Hause kam, lief Mafalda zu ihr und erzählte ihr, was geschehen war.

»Aber das ist doch toll, wenn unsere Fortunatoren wieder funktionieren!«, meinte Eva.

»Nein, ist es nicht!«, rief Mafalda. »Bitte, setz ihn nicht auf!«

Doch alles Flehen half nichts. Als Papa dazukam, bedankte sich Eva bei ihm, dass das Haus nun entstört war. Kurz darauf hatte sie ihren Fortunator wieder auf, genau wie Timmy. Das Kaninchen saß unbeachtet in seinem Käfig neben dem Laufstall und mümmelte an einer Karotte. Mit einem schrecklichen Gefühl im Bauch ging Mafalda an diesem Abend ins Bett.

Am nächsten Morgen wachte sie schon früh auf. Erfüllt von neuem Mut, blieb sie eine Weile liegen und konzentrierte sich auf das Hier und Jetzt, nahm die Geräusche und Gerüche ihrer Umgebung wahr, erspürte ihren Körper, zählte ihre Atemzüge. Doch das Freu ließ sich nicht blicken.

Beim Frühstück saßen Papa, Eva und Timmy schweigend am Tisch. Mafalda konnte es nicht ertragen, ihre leuchtenden Brillen zu sehen, und starrte auf ihren Teller. Sie hatte keinen Appetit.

»Willst du deinen Fortunator nicht doch noch mal ausprobieren?«, fragte Papa. »Das Entstören des Hauses war nicht billig, und ich habe es auch für dich …«

Mafalda schossen die Tränen in die Augen. »Du … du hast das Freu verscheucht!«, rief sie.

»Das *was?*«, fragte Papa.

»Eva, erzähl ihm bitte, was ich dir gezeigt habe!«, sagte Mafalda.

Doch Eva blieb stumm. Wahrscheinlich hatte sie Angst, dass Papa sie für verrückt hielt, wenn sie ihm sagte, was sie gesehen hatte.

Mafalda hielt es nicht länger aus. Sie sprang vom Tisch auf, rannte in den Garten und versteckte sich unter den Rhododendronbüschen. Dort warf sie einen sehnsuchtsvollen Blick zu der versteckten Gartenpforte, wagte es aber nicht, hindurchzuschlüpfen. Sie wollte nicht noch mehr Ärger mit ihrem Vater heraufbeschwören. Also blieb sie im Schatten der Büsche hocken und versuchte sich zu beruhigen.

Es dauerte eine ganze Weile, doch schließlich zogen die düsteren Gedanken aus ihrem Kopf wie Regenwolken, die der Sonne Platz machen, und sie wurde sich allmählich ihrer Umgebung bewusst. Nach einiger Zeit entdeckte sie auch das Freu, das die Gestalt der blauen Eidechse angenommen hatte, und ihr Herz hüpfte vor Freude. Als sie die Hand ausstreckte, kroch es sofort darauf, und sie streichelte es sanft.

»Du musst mir helfen, Freu«, flüsterte sie.

Die Eidechse sah sie mit ihren schwarzen Augen an.

Mafalda stand auf und kehrte mit dem Freu in der Hand zum Haus zurück. Doch als sie sich der Gartentür näherte, verwandelte sich die Eidechse in einen Schmetterling und flatterte davon. Sie unternahm mehrere Versuche, das scheue Wesen in die Nähe des Hauses zu locken, doch jedes Mal ergriff es die Flucht. Womöglich sendeten die Geräte, die der Mann installiert hatte, irgendwelche abschreckenden Signale aus.

In ihrer Verzweiflung wandte sie sich an ihre Stiefmutter und bat sie, den Fortunator abzunehmen. Eva erfüllte ihr den Wunsch, doch als Mafalda ihr erzählte, wie sie vergeblich versucht hatte, das Freu ins Haus zurückzulocken, schüttelte Eva den Kopf.

»Mafalda, du weißt doch, dass du keine Tiere ins Haus bringen sollst. Wir haben jetzt ein Kaninchen. Wenn du willst, kannst du es gern mit in dein Zimmer nehmen. Timmy scheint das Interesse daran verloren zu haben. Vielleicht ist er doch noch zu klein dafür.«

»Timmy hat das Interesse verloren, weil er den ganzen Tag diese blöde Brille trägt«, widersprach Mafalda.

»Es wäre für uns alle einfacher, wenn du deine Abneigung gegen den Fortunator endlich überwinden könntest«, erwiderte Eva. »Oder meinst du, du hast ein Recht, uns vorzuschreiben, ob wir die Geräte benutzen dürfen oder nicht? Ist das nicht ziemlich selbstsüchtig von dir?«

»Die Brillen verhindern, dass man die Wirklichkeit richtig wahrnimmt. Und wenn man die Wirklichkeit nicht sieht, kann man auch das Freu nicht sehen.«

»Ich verstehe ja, dass du eifersüchtig bist. Aber ich versichere dir, dein Vater und ich, wir haben dich immer noch lieb, auch wenn wir beide gerade viel zu tun haben.«

»Du verstehst gar nichts!«, rief Mafalda wütend, während ihr heiße Tränen in die Augen schossen. »Ich habe dir ein Freu geschenkt. Du hast doch selbst gesehen, wie es sich in eine blaue Flamme verwandelt hat. Und trotzdem willst du es einfach nicht wahrhaben. Die blöde Brille macht euch alle blind!«

Auch Evas Stimme wurde nun scharf.

»Mir scheint, *du* willst etwas nicht wahrhaben, dass nämlich jeder von uns das Recht hat, auf seine Weise nach Glück zu streben. Wenn du den Fortunator nicht aufsetzen willst, den dir dein Vater geschenkt hat, um dein Leben zu verschönern, dann lass es eben bleiben. Aber versuch bitte nicht, uns andere daran zu hindern, glücklich zu werden!«

Mafalda verstummte und nickte traurig. Eva hatte recht. Sie konnte ihr, Papa und Timmy nicht verbieten, die Fortunatoren aufzusetzen. Vielleicht war es falsch gewesen, das Freu zu benutzen, um die Funktion der Geräte zu stören. Dass nun überall diese blöden Entstörgeräte hingen und das Freu nicht mehr in ihr Zimmer konnte, war wohl ihre eigene Schuld. Immerhin hatte Eva ihr zugestanden, dass sie den Fortunator nicht tragen musste, und sie konnte ja jederzeit in den Garten gehen, um ihr Freu zu besuchen.

Trotzdem fühlte sie sich schrecklich. Für ein paar Tage war das Leben wunderschön gewesen, und das machte es nur umso schlimmer.

Am folgenden Dienstagabend kam Eva in Mafaldas Zimmer, den Fortunator auf der Nase. Mafalda lag auf ihrem Bett und las ein Buch.

»Maaafalda!«, rief sie. »Wie oft muss ich dir noch sagen, dass du das Kaninchen nicht immer frei im Zimmer herumlaufen lassen sollst? Meinst du, ich habe nichts Besseres zu tun, als seinen Dreck wegzumachen?«

Sie deutete auf eine Stelle, wo ein paar Kaninchenköttel lagen, die wie kleine schwarze Ostereier aussahen. Mafalda blickte auf.

»Oh, Entschuldigung«, sagte sie, nahm ein Taschentuch, sammelte die Köttel auf und entsorgte sie im Mülleimer. Dann hob sie Timmys Kaninchen auf und setzte es zurück in seinen Stall, der inzwischen in ihrem Zimmer stand.

»Ich bin hier, weil dein Vater mit dir sprechen möchte«, sagte Eva. »Er bittet dich, dafür den Fortunator aufzusetzen.«

Einen Augenblick lang wollte sich Mafalda weigern. Doch ihre Sehnsucht nach einem Gespräch mit Papa überwog ihre Abneigung gegen die Brille. Also setzte sie das Gerät auf und schaltete es ein.

Ihr Zimmer sah durch die Brille so aus wie immer. Die Illusion eines Raumschiffs der Andorianischen Föderation war verschwunden. Doch neben Eva standen zwei Erwachsene, die zuvor nicht da gewesen waren – ihr Vater und eine ältere Frau mit Brille in einem grauen Kostüm.

»Hallo, mein Äffchen!«, sagte Papa. »Danke, dass du den Fortunator aufgesetzt hast! Ich möchte dir jemanden vorstellen. Das hier ist Frau Doktor Gruber. Sie ist Glücksberaterin.«

Die Frau lächelte. »Hallo, Mafalda!«

»Guten Tag«, sagte Mafalda.

»Ich lasse euch dann mal allein«, verabschiedete sich Papa.

»Aber …«, begann Mafalda, doch er war bereits verschwunden.

Auch Eva verließ den Raum.

»Setz dich doch!«, sagte die Glücksberaterin. Sie machte eine Handbewegung, und plötzlich stand neben ihr ein Stuhl, auf dem sie Platz nahm.

Mafalda setzte sich aufs Bett.

»Sind Sie … echt?«, fragte sie.

Die Frau hob die Brauen. »Echt? Was meinst du damit?«

»Der Fortunator … gaukelt einem Dinge vor, die es nicht wirklich gibt. Ulakniden zum Beispiel. Das sind Außerirdische. Sie können sprechen, aber es gibt sie nicht wirklich.«

»Du meinst, ob ich ein Mensch bin oder eine Maschine, die nur so tut, als sei sie ein Mensch? Das ist eine kluge Frage, Mafalda. Wäre ich eine Maschine, dann wohl eine sehr intelligente.«

Mafalda fiel auf, dass dies keine Antwort auf ihre Frage war. Doch sie bohrte nicht weiter nach.

»Dein Vater hat mir gesagt, dass du dich weigerst, deinen Fortunator zu tragen«, fuhr die Frau fort. »Magst du mir den Grund dafür nennen?«

»Ich … ich mag die Brille einfach nicht. Ich bin lieber in der Wirklichkeit.«

»Aber der Fortunator VR macht die Wirklichkeit besser. VR, das steht für *verbesserte Realität*, musst du wissen.«

»Das weiß ich schon. Aber die Realität lässt sich nicht verbessern.«

»Ach nein? Glaubst du wirklich, die Welt ist perfekt, so wie sie ist? Alle Menschen, die in Armut leben, die an Hunger und Krankheiten leiden oder deren Leben vom Krieg bedroht wird … Meinst du, die finden, dass man die Realität nicht verbessern kann?«

»So habe ich das nicht gemeint«, sagte Mafalda.

»Wie denn dann?«

»Die Wirklichkeit wird nicht dadurch besser, dass man sie nicht mehr so genau sieht«, wiederholte Mafalda Hilkes Worte.

»Ach ja? Was ist denn das, die Wirklichkeit?«

Darauf wusste Mafalda keine Antwort.

»Ich erkläre es dir«, sagte die Glücksberaterin. »Die Wirklichkeit ist nichts anderes als die Summe der Sinneseindrücke, die du in deinem Gehirn verarbeitest. Jeder Mensch, jedes Lebewesen hat seine eigene Realität. Eine Fledermaus zum Beispiel nähme dieses Zimmer ganz anders wahr. Ihre Realität unterscheidet sich fundamental von deiner. Wenn man die Sinneseindrücke verändert, dann verändert man dadurch auch die Wirklichkeit. Das ist doch logisch, oder?«

»Ich bin aber keine Fledermaus«, sagte Mafalda.

Die Glücksberaterin lächelte dünn.

»Nein, das bist du offensichtlich nicht. Sonst würde der Fortunator auch nicht viel nutzen, er ist schließlich für Menschen gemacht. Er kann deine Wirklichkeit verändern, und zwar zum Besseren. Er hilft dir, glücklich zu werden.«

»Und wenn ich das nicht will?«

»Das Problem dabei ist, liebe Mafalda, dass es nicht nur deine eigene Angelegenheit ist, ob du glücklich bist«, entgegnete die Glücksberaterin mit ernstem Gesicht. »Ich bin hier, weil dein Vater und deine Mutter sich Sorgen um dich machen …«

»Sie ist nicht meine Mutter!«, unterbrach Mafalda die Glücksberaterin.

»… und diese Sorgen sie am Glücklichwerden hindern«, fuhr die Frau ungerührt fort. »Sie sind nicht vollkommen glücklich, weil du es nicht bist. Verstehst du jetzt, was du ihnen antust?«

Mafalda schwieg. Sie wollte nicht, dass Papa und Eva ihretwegen unglücklich waren.

»Ich mache dir keine Vorwürfe, Mafalda«, sagte die Glücksberaterin in beruhigendem Tonfall. »Die meisten Menschen haben nie gelernt, wie man glücklich wird. Und so machen sie nicht nur sich selbst unglücklich, sondern auch noch diejenigen, die sie lieben. Genau deshalb hat die True Happiness Corporation den Fortunator VR entwickelt. Er hilft dir, glücklich zu werden. Damit trägt er nicht nur zu deinem eigenen Glück bei, sondern auch zu dem deiner Eltern, ja, sogar zum Glück der ganzen Menschheit. Denn das ist das Ziel von THC – das Glück aller Menschen zu maximieren.«

Mafalda dachte darüber nach. War es wirklich so, dass sie mit ihrer hartnäckigen Weigerung, den Fortunator zu benutzen, Papa und Eva unglücklich machte? Immerhin hatten sich beide ausdrücklich gewünscht, dass sie ihn trug. Vielleicht war es wirklich am besten, wenn sie sich fügte. Auch wenn sie selbst nicht glücklich wurde, konnte sie doch wenigstens ein bisschen zum Glück der anderen beitragen.

Doch tief in ihrem Innern wusste sie, dass das nicht stimmte. Als Eva das Freu gesehen hatte, war sie für einen Moment wirklich glücklich gewesen und danach viel netter als zuvor. Doch jetzt, da sie den Fortunator wieder trug, schien sie wieder so streng und gemein zu werden, wie sie es früher gewesen war. Schlimmer noch ... auch ihr Vater schien sich immer weiter von ihr zu entfernen.

»Was die Menschheit braucht, sind nicht Fortunatoren«, widersprach sie. »Was die Menschheit braucht, sind Freus!«

»Freus?«, fragte die Glücksberaterin. »Was soll das sein?«

»Das sind Naturgeister. Sie sehen aus wie blaue Flammen und können sich in jedes beliebige Tier verwandeln, aber auch in Gegenstände wie zum Beispiel in einen Stein. Sie vermehren sich, wenn man sie verschenkt. Und sie machen die Menschen glücklich.«

»Das ist eine hübsche Geschichte«, meinte die Glücksberaterin. »Aber diese Freus gibt es nun mal nicht wirklich, im Unterschied zum Fortunator. Das ist dir doch klar, Mafalda, oder?«

»Es gibt die Freus sehr wohl wirklich. Ich habe eins hier in meinem Zimmer gehabt.«

»Aha. Und wo ist es jetzt, dieses Freu?«

»Im Garten. Es kann sich dem Haus nicht mehr nähern, seit der Mann vom Entstördienst hier war.«

»Aha. Und wenn du jetzt mit dem Fortunator in den Garten gehst, dann könntest du mir dieses Wesen aus irgendeinem Grund trotzdem nicht zeigen, richtig?«

»Ja. Weil der Fortunator immer eine Störung hat, wenn ein Freu in der Nähe ist.«

»Aha«, sagte die Frau zum dritten Mal und schien Mafalda kein Wort zu glauben. Aber das war auch nicht verwunderlich, schließlich war sie eine Erwachsene.

»Mir scheint, ein normales Glücksberatungsgespräch reicht bei dir leider nicht aus, Mafalda«, fuhr sie fort. »Deshalb möchte ich dir etwas zeigen.«

Das Zimmer verschwand, und Mafalda stand auf einmal auf einem gepflasterten Hof, der von großen Häusern umgeben war. Eins davon sah aus wie ein richtiges Schloss. Kinder und Jugendliche liefen im Hof herum. Sie lächelten alle.

»Dies ist das Internat Schloss Mariengrund. Das ist eine von zwölf Glücksschulen, die die True Happiness Corporation weltweit betreibt. Schon ein halbes Jahr in dieser Schule hilft dir, nicht nur selbst glücklich zu werden, sondern auch andere glücklich zu machen. Dort findest du viele neue Freunde. Und wer weiß, vielleicht könntest du eines Tages sogar Glücksberaterin werden so wie ich.«

»Ich will aber nicht aufs Internat!«, rief Mafalda.

»Nun, in dem Fall empfehle ich dir, den Fortunator zu tragen und die Ratschläge zu befolgen, die er dir gibt«, sagte die Glücksberaterin. »Ich wünsche dir viel Erfolg.«

Mit diesen Worten verschwand sie, und an ihrer Stelle erschien Kasimir, der kleine Kater.

»Mafalda!«, rief er. »Wo warst du bloß die ganze Zeit! Ich habe dich soooo doll vermisst! Ich habe Hunger! Gib mir bitte einen Glückskeks!«

Mafalda riss sich die Brille vom Kopf und trocknete die Tränen mit einem Papiertaschentuch.

20. TRUE HAPPINESS CORPORATION

Am nächsten Tag erlebte Mafalda in der Schule eine weitere böse Überraschung. Ihre Klassenlehrerin Frau Kolberg begrüßte die Klasse mit einem Fortunator im Gesicht und einem großen Karton unter dem Arm. Sie stellte ihn auf den Lehrertisch und tippte an die Brille.

»Ihr alle wisst sicher, was ein Fortunator ist, oder?«

Alle nickten.

»Wer von euch hat denn bereits so ein Gerät zu Hause?«

Einige Hände gingen nach oben. Mafalda meldete sich nicht.

Ihre Sitznachbarin Katrin stieß sie an. »Du hast doch auch einen.«

»Meiner ist kaputt«, behauptete Mafalda.

»Nun, die anderen können sich freuen«, sagte Frau Kolberg. »Unsere Schule ist von der True Happiness Corporation ausgewählt worden, an einem groß angelegten Test für ein neues Anwendungsgebiet des Fortunators teilzunehmen – verbessertes Lernen. Studien haben gezeigt, dass der Fortunator den Lernerfolg um bis zu dreihundertneunzehn Prozent und mehr steigert. Alle, die noch keinen haben, bekommen während des Tests kostenlos einen Fortunator zur Verfügung gestellt. Ihr dürft ihn sogar mit nach Hause nehmen und bei den Hausaufgaben verwenden.«

Jubel brach aus. Viele Schüler sprangen von den Stühlen und rissen begeistert die Arme hoch. Nur jene, die bereits einen Fortunator hatten und bisher darum beneidet worden waren, machten enttäuschte Gesichter.

»Ihr könnt euch jetzt eure Brillen bei mir abholen«, fuhr Frau Kolberg fort. »Ich rufe euch der Reihe nach auf. Diejenigen, die bereits einen Fortunator haben, setzen ihn bitte auf.«

Einige Schüler holten ihre Geräte aus den Schultaschen. »Endlich!«, rief ein dicker Junge namens Bernd. »Wurde auch Zeit, dass wir mal modernen Unterricht bekommen.«

Es dauerte einige Zeit, bis alle Brillen verteilt waren. Die Schüler setzten sie auf und fuchtelten begeistert mit den Händen in der Luft herum. Einige riefen »Wow« oder »Boah, ey!« oder »Das ist ja echt mega«.

Schließlich hatten alle Schüler leuchtende Brillen auf. Alle bis auf Mafalda.

»Was ist denn mit dir?«, fragte Frau Kolberg. »Auf meiner Liste steht, dass du schon einen eigenen Fortunator hast.«

»Der ist zu Hause«, erwiderte Mafalda.

Die Lehrerin lächelte. »Macht nichts. Ich habe ein Ersatzgerät für dich.«

Mafalda blieb nichts anderes übrig, als sich bei ihrer Lehrerin eine Brille abzuholen und sie aufzusetzen.

»Da bist du ja wieder!«, rief Kasimir, der vor ihr auf dem Schultisch hockte. Doch er bat sie nicht um einen Glückskeks, sondern sagte: »Während des Unterrichts lasse ich dich allein, aber später helfe ich dir bei den Hausaufgaben. Bis nachher!«

Damit hüpfte er vom Tisch und verschwand.

Zugegeben, mit dem Fortunator war der Unterricht wesentlich aufregender als zuvor. In Bio machten sie einen Ausflug in den tropischen Regenwald und lernten von einem Mann mit

Brille und Bart eine Menge über die Tiere, die dort lebten. In Geschichte besuchten sie eine Stadt im Mittelalter, wobei die Schüler auf einmal altertümliche Kleider zu tragen schienen. Alles sah so echt aus, dass Mafalda sich staunend umsah. Sogar Mathe war mit dem Fortunator einfacher, denn alles, was der Lehrer erklärte, sahen die Schüler anhand von Diagrammen vor sich in der Luft. Mit wenigen Handbewegungen konnten sie diese hin und her bewegen, von allen Seiten ansehen und sogar verändern. Die Lehrer, die unterrichteten, waren nicht von Mafaldas Schule, und sie waren auch nicht wirklich im Raum anwesend, aber sie konnten viel besser erklären.

Der Unterricht verging auf diese Weise schneller als sonst. Nachdenklich begab sich Mafalda auf den Heimweg. Fortunatoren konnten offenbar tatsächlich sehr nützlich sein, solange sie den Blick auf die Wirklichkeit nicht dauernd veränderten, sondern nur manchmal. Wer in einem langweiligen Klassenraum herumsaß und eine komplizierte Formel verstehen wollte, konnte mit der Brille die Realität wirklich verbessern.

Als Mafalda nach Hause kam, setzte sie ihre Brille auf, stellte Kasimir mit Glückskeksen ruhig und erledigte die Hausaufgaben. Das war nur mit dem Fortunator möglich, denn die Aufgaben wurden ihr von den Lehrern, die direkt in ihrem Zimmer erschienen, in Form von Fragen gestellt, die sie gleich beantworten musste. Wenn sie eine falsche Antwort gab, erklärten ihr die Lehrer geduldig ihren Fehler und zeigten ihr, wie es richtig ging. Sie musste zugeben, dass die Hausaufgaben auf diese Weise mehr Spaß machten, schneller erledigt und lehrreicher waren.

Als sie alle Fragen beantwortet hatte, lobte sie der Mathelehrer und verschwand. An seiner Stelle erschien die Glücksberaterin.

»Es freut mich sehr, dass du deine Abneigung gegen den Fortunator abgelegt hast«, sagte sie und lächelte freundlich. »Sicher wirst du bald sehr viel glücklicher sein als bisher.«

»Der Fortunator ist toll, wenn man etwas lernen will«, erwiderte Mafalda. »Aber man sollte ihn auch hin und wieder eine Weile absetzen, finde ich.«

»Absetzen?« Die Glücksberaterin runzelte die Stirn. »Warum denn?«

Mafalda wollte nicht schon wieder das Freu erwähnen.

»Weil … na ja, weil es eben manchmal besser ist, wenn man die Wirklichkeit nicht verändert.«

»Aber die Wirklichkeit ist nie perfekt«, widersprach Frau Dr. Gruber. »Es gibt immer etwas zu verbessern.«

Mafalda dachte einen Moment lang darüber nach.

»Woher wissen Sie das eigentlich?«, fragte sie dann.

Die Glücksberaterin sah sie überrascht an. »Wie meinst du das?«

»Woher wissen Sie, dass die veränderte Wirklichkeit im Fortunator immer besser ist als die unveränderte?«

»Glaub mir, mein Kind, hier bei der True Happiness Corporation arbeiten die weltweit besten Glücksexperten. In zahlreichen Tests und Experimenten haben wir ganz genau analysiert, was Glück ist. Wir können es jetzt bis auf drei Stellen hinter dem Komma messen. Mit diesem Wissen arbeiten wir unermüdlich daran, die Wirklichkeit immer weiter zu verbessern.«

Mafalda hatte einen Einfall. Vielleicht waren es auch die Flausen in ihrem Kopf, da war sie sich nicht ganz sicher.

»Und wenn ich Ihnen beweise, dass die Wirklichkeit ohne Fortunator manchmal besser ist als das, was die Brille Ihnen vorspielt?«

»Wie willst du das denn machen?«

»Ich werde Ihnen etwas zeigen, das der Fortunator nicht verbessern kann.«

»Und was soll das sein?«

»Ein Freu.«

Die Glücksberaterin hob die Brauen.

»Fängst du schon wieder mit diesem Geisterwesen an? Wir haben doch schon darüber gesprochen, dass es das nicht wirklich gibt.«

Zorn kochte in Mafalda hoch. Allmählich hatte sie die Nase voll davon, dass ihr niemand glaubte und alle so taten, als bilde sie sich das Freu bloß ein.

»Das gibt es sehr wohl wirklich!«, rief sie. »Und ich werde es Ihnen beweisen!«

Einen Moment lang schwieg Frau Dr. Gruber. Dann nickte sie.

»Also schön. Komm morgen nach der Schule in unser Glückszentrum in der Innenstadt. Ich werde dort sein. Wann hast du Schulschluss?«

»Um vier.«

»Gut. Dann sagen wir um fünf, ja?«

»Einverstanden«, sagte Mafalda, obwohl sie auf einmal ein flaues Gefühl im Bauch hatte.

Am nächsten Tag war sie in der Schule ziemlich nervös. Diesmal hatte sie ihren Fortunator dabei, doch obwohl sie sogar einen Ausflug in den Weltraum machten, konnte sie sich während des Unterrichts nicht richtig konzentrieren. Die ganze Zeit hatte sie das Gefühl, einen Fehler gemacht zu haben, als sie sich mit der Glücksberaterin verabredet hatte. Ein paarmal überlegte sie, ob sie den Termin nicht einfach absagen sollte. Sie konnte ja behaupten, sie sei krank. Doch sie befürchtete, dass Frau Dr. Gruber die Lüge durchschaute, denn der Fortunator konnte ja erkennen, ob es einem gut ging oder nicht.

Nach der Schule eilte sie nach Hause, um das Freu aus dem Garten zu holen. Doch als sie schließlich im Schatten der Rhododendronbüsche saß, war sie so aufgeregt, dass die Flausen einfach keine Ruhe gaben.

»Und was ist, wenn das Freu nicht zu dir kommt?«, riefen sie durcheinander. »Und was ist, wenn es wie ein gewöhnliches Tier aussieht und sich nicht verwandelt? Und was ist, wenn du den Weg dorthin nicht findest? Und was ist, wenn du zu spät kommst?«

»Ruhe!«, rief Mafalda. »Ich muss mich konzentrieren, zum Kuckuck!« Doch das machte die Flausen nur noch aufgeregter.

Schließlich erkannte Mafalda, dass sie nur umso wilder in ihrem Kopf herumtobten, je verzweifelter sie sie zum Schweigen bringen wollte. Also tat sie genau das Gegenteil. Sie ließ die Flausen toben, sah ihnen dabei zu, ermunterte sie sogar, noch verrücktere Ideen und noch schlimmere Sorgen hervorzubringen. Sie betrachtete ihre turbulenten Gedanken von außen wie eine Spatzenschar, die sich um ein Stück Brot zankte. Allmählich wurde sie ruhiger, und die Aufregung ermüdete die Flausen. Eine nach der anderen verstummten sie und zogen sich in die hintersten Ecken von Mafaldas Kopf zurück, bis ihr Geist endlich leer war.

Da sah sie das Freu. Es saß auf einem Zweig nicht weit von ihr entfernt und hatte die Gestalt eines Äffchens mit einem Fell, das am Körper schwarz, im Gesicht und um die Schultern jedoch hellgelb war. Mit seinen blauen Augen musterte es sie neugierig und kratzte sich am Kopf.

Mafalda nahm es als gutes Zeichen, dass das Freu die Gestalt angenommen hatte, die sie sich immer für sich selbst gewünscht hatte. Sie lächelte und streckte eine Hand aus. Das Äffchen lief über ihren Arm wie über eine Brücke, legte ihr die Arme um den Hals und klammerte sich an sie. Mafalda streichelte es sanft, während sie vorsichtig aufstand. Zum Glück hatte sie eine weite Windjacke angezogen und konnte das Äffchen darunter verstecken. So machte sie sich auf den Weg zur Bushaltestelle. Die Adresse des Glückszentrums hatte sie sich in der Schule aus dem Internet herausgesucht, ebenso die Buslinie, die sie bis dorthin nehmen musste.

Doch als sie schließlich vor dem prachtvollen Portal eines modernen fünfstöckigen Hauses mit gläserner Fassade stand, war sie fast eine halbe Stunde zu spät. Ein riesiger gelber Smiley prangte über der Eingangstür. Darüber stand *True Happiness Corporation – Der schnelle Weg zu wahrem Glück.*

Als sich Mafalda dem Eingang näherte, strampelte das Äffchen an ihrer Brust und wollte sich noch tiefer in der Jacke verbergen. Es schien Angst zu haben. Daher streichelte sie es sanft, holte tief Luft und trat durch die breite Glastür in eine große Empfangshalle.

An einem Tresen, über dem das Firmenlogo hing, saß eine hübsche junge Frau, die natürlich einen Fortunator im Gesicht hatte. Sie lächelte Mafalda zu.

»Was kann ich für dich tun, junge Dame? Wünschst du dir einen Fortunator VR zum Geburtstag?«

»Nein«, sagte Mafalda und trat näher. »Ich habe schon einen.«

»Ach? Und warum trägst du ihn dann nicht? Ich könnte dir doch viel einfacher helfen, wenn du … Nanu, was ist denn jetzt los?«

Sie nahm die Brille vom Kopf und starrte sie erschrocken an. »Na, so was, eine Fehlermeldung! Das ist mir ja noch nie passiert.« Sie wandte sich wieder an Mafalda. »Ist dein Fortunator etwa auch kaputt?«

»Nein. Ich bin mit der Glücksberaterin verabredet, Frau Doktor Gruber.«

»Ach so. Einen Moment bitte.« Sie nahm einen Telefonhörer ab und wählte eine Nummer. »Empfang. Ich habe hier Besuch für Frau Doktor Gruber … Ja, natürlich, aber mein Fortunator funktioniert nicht … Weiß ich auch nicht … Ja, ist gut.« Sie sah Mafalda an. »Frau Doktor Gruber kommt gleich. Nimm doch einen Moment Platz!«

Mafalda setzte sich auf einen Ledersessel und wartete. Kurz darauf betrat ein älterer Mann in weißem Kittel und mit einem Fortunator im Gesicht die Eingangshalle. Er hatte einen dünnen grauen Haarkranz um eine Glatze, eine dünne Nase und ein spitzes Kinn. Die Empfangsdame zeigte ihm ihre Brille. Der Mann nahm seinen Fortunator ab und setzte ihren auf.

»Was ist denn?«, fragte er. »Der funktioniert doch tadellos.«

Verwirrt griff die Empfangsdame nach ihrer Brille und schob sie sich ins Gesicht. »Tatsächlich! Ich schwöre Ihnen, gerade eben hatte er noch eine Störung.«

»Hm«, brummte der Mann. »Informieren Sie mich bitte sofort, wenn das Problem erneut auftritt!«

»Mache ich, Dr. Falkenstein.«

Der Mann sah sich in der Halle um. Als er Mafalda entdeckte, kam er auf sie zu.

»Hallo«, sagte er. »Du musst Mafalda sein. Frau Gruber hat mir von dir erzählt. Ich bin Doktor Falkenstein, der technische Leiter des Glückszentrums. Ich freue mich …«

Er stockte, blieb einige Schritte vor Mafalda stehen und nahm seine Brille ab. Er runzelte die Stirn, kehrte zum Empfang zurück und setzte seinen Fortunator wieder auf. Dann kam er abermals auf Mafalda zu, langsamer diesmal, als nähere er sich einem gefährlichen Raubtier. Sie spürte, wie das Freu in ihrer Jacke zitterte.

Wieder blieb Dr. Falkenstein ein paar Schritte vor Mafalda stehen. Doch diesmal nahm er die Brille nicht ab, sondern entfernte sich mehrere Schritte. »Code drei. Wir haben einen Code drei in der Eingangshalle«, sagte er.

Während sich Mafalda noch fragte, was das bedeuten mochte, kam Frau Dr. Gruber in die Halle. Auch sie trug einen Fortunator.

»Hallo, Mafalda!«, rief sie. »Entschuldige, ich musste noch …«

»Halt!«, rief Dr. Falkenstein. »Bleiben Sie stehen! Wir haben hier einen Code drei.«

»Einen Code drei? Sind Sie sicher?«

»Wollen Sie mir erklären, wie ich meinen Job zu machen habe?«

»Nein, aber … das ist Mafalda, eine Patientin von mir … Sie ist hier, weil sie mir etwas zeigen will …«

»Etwas zeigen? Was denn?«

»Das weiß ich auch nicht genau. Sie nennt es ein Freu.«

»Na schön. Gehen Sie zu ihr, aber langsam!«

Die Glücksberaterin kam langsam näher. Ungefähr an derselben Stelle, an der Dr. Falkensteins Fortunator ausgefallen war, blieb sie stehen und nahm ihre Brille ab. »Na, so was, eine Störung!«

»Sag ich doch. Ein Code drei.«, kommentierte Dr. Falkenstein gereizt. Er nahm den Fortunator ab und kam mit ernster

Miene auf Mafalda zu. »Zeig mir mal, was du da in deiner Jacke hast!«

Das Freu zappelte. Ein mulmiges Gefühl beschlich Mafalda, und sie stand auf.

»Ich … ich glaube, ich gehe jetzt lieber«, sagte sie und wandte sich zum Ausgang. Doch als sie durch die große Glastür treten wollte, öffnete sich diese nicht.

Mafalda wandte sich um und blickte in die ernsten Gesichter von Dr. Falkenstein und Dr. Gruber. Hinter ihnen waren zwei Männer in schwarzen Uniformen erschienen, die ebenfalls Fortunatoren aufhatten.

»Zeig mir, was du da in der Jacke hast!«, verlangte Dr. Falkenstein mit strenger Miene.

Mafalda zögerte. Doch schließlich war sie ja gekommen, um der Glücksberaterin das Freu zu zeigen. Also griff sie in ihre Jacke.

Das Freu zitterte. Es schien Angst zu haben und klammerte sich an ihrem T-Shirt fest, als Mafalda es hervorholte. Die Augen des Äffchens waren groß, die Zähne gefletscht. Sein schwarzes Fell sträubte sich.

»Ein Affe?«, fragte Frau Dr. Gruber. »Dein Freu ist ein Affe?«

»Es … es ist kein … gewöhnlicher Affe«, stammelte Mafalda.

»Woher hast du das?«, fragte Dr. Falkenstein.

»Gefunden. Im Garten. Bitte, Sie müssen mir glauben …«

Er streckte eine Hand aus. »Dieses Tier ist sehr gefährlich, Mädchen. Es ist wahrscheinlich radioaktiv verstrahlt. Gib es mir!«

Das Freu wollte sich wieder in der Jacke verstecken. Offensichtlich fürchtete es sich vor dem Mann im weißen Kittel.

Auch Mafalda bekam es mit der Angst zu tun. Was, wenn das Freu wirklich radioaktiv war? Sie wusste, dass radioaktive Strahlung von Atombomben und Kernkraftwerken ausging und dass sie Menschen sehr krank machte, ohne dass sie es merkten.

»Gib mir das Freu!«, verlangte Dr. Falkenstein. »Sofort!«

Mafalda verbarg das Tier in ihrer Jacke. »Lassen Sie mich gehen!«

Er wandte sich zu den beiden Uniformierten um. »Halten Sie sie fest!«, befahl er.

Die Männer packten Mafalda an den Armen, während Dr. Falkenstein in ihre Jacke griff und das Freu herausholte, das in seinen Händen zappelte und erbärmlich schrie. Blaue Flammen loderten auf einmal an seinem Körper auf. Es schien sich verwandeln zu wollen, schaffte es aber nicht.

»Nein!«, rief Mafalda. »Nein, das dürfen Sie nicht! Geben Sie es mir zurück!«

Doch alles Zappeln und Flehen nützte nichts. Dr. Falkenstein hielt das kreischende Freu mit ausgestreckten Armen von sich und verschwand damit durch die Tür neben dem Empfangsschalter. Die Glücksberaterin folgte ihm.

21. DAS ÄRG

»Was hast du dir nur dabei gedacht?« Eva schüttelte den Kopf. Die Gläser ihres Fortunators glühten, als spiegelten sie ihren Zorn wider.

»Ich … ich wollte bloß …«, begann Mafalda, doch ihre Stiefmutter ließ sie nicht ausreden.

»Was fällt dir ein, einfach so mit dem Bus in die Stadt zu fahren? Hatten wir nicht ausdrücklich vereinbart, dass du nach der Schule im Haus bleibst, solange ich nicht da bin? Weißt du eigentlich, welche Sorgen ich mir gemacht habe, als ich mit Timmy von der Arbeit kam und du warst nicht da?« Wieder schüttelte sie den Kopf. »Ich dachte, wir beide könnten Freundinnen werden, wenn ich schon nicht deine Mutter sein kann. Aber in letzter Zeit schlägst du wieder über die Stränge. Und jetzt das! Du kannst wirklich von Glück sagen, dass die Herren von THC so freundlich waren, dich nach Hause zu fahren.«

Besonders freundlich hatten die beiden Uniformierten Mafalda allerdings nicht behandelt. Sie hatten sie gepackt und trotz ihres Protests in ein Auto gezerrt. Sie hatten sie nicht einmal nach der Adresse gefragt. Mafalda hatte die ganze Zeit auf dem Rücksitz gesessen und geweint.

»Sie haben mir mein Freu weggenommen!«, rief sie. »Verstehst du denn nicht? Es wollte bei mir bleiben, doch sie haben es mir weggenommen. Das dürfen die doch nicht!«

Eva blickte sie einen Moment lang stumm an. »Ich muss wohl noch mal mit deinem Vater reden«, sagte sie, und ihre Stimme klang kalt. »Vielleicht ist das mit der Glücksschule doch keine schlechte Idee gewesen. Du musst ja nicht für immer dort bleiben. Ein halbes Jahr vielleicht, dann geht es dir bestimmt besser.«

»Nein!«, rief Mafalda. »Mach mit mir, was du willst, aber ich gehe nicht auf diese Schule! Ich will nie wieder etwas mit dieser schrecklichen Firma zu tun haben! Und einen Fortunator setze ich auch nicht mehr auf!«

Nach diesem Ausbruch rannte sie in ihr Zimmer hinauf, warf sich aufs Bett und weinte. Sie hatte noch nichts zu Abend gegessen, doch sie verspürte keinen Hunger. Noch immer hörte sie das verzweifelte Kreischen des Äffchens, das Dr. Falkenstein ihr entrissen hatte. Von allen dummen Ratschlägen, die ihr die Flausen je erteilt hatten, war es der allerdümmste gewesen, das Freu ins Glückszentrum zu bringen. Im Nachhinein sah sie ein, dass verletzter Stolz sie zu diesem Schritt getrieben hatte. Sie hatte der Glücksberaterin beweisen wollen, dass sie unrecht hatte, dass es das Freu wirklich gab. Doch nun hatte sie nicht nur kein Freu mehr, sondern das arme Wesen befand sich auch in der Gewalt des fiesen Dr. Falkenstein.

Sie versuchte, zur Ruhe zu kommen, doch die Flausen waren wieder einmal in Aufruhr. Sie stellte sich vor, wie der Mann im weißen Kittel das Freu in einen Käfig sperrte, wie er schmerzhafte Experimente mit ihm durchführte. Das Freu hatte Angst vor ihm gehabt. Es hatte versucht, sich zu verwandeln, doch anscheinend war das im Glückszentrum nicht möglich gewesen. Vielleicht lag es daran, dass es dort zu viele

Fortunatoren oder Entstörgeräte gab. Auf jeden Fall hatte sie das Freu in eine schreckliche Lage gebracht. Wie hatte sie nur so dumm sein können?

Nach einer Weile beruhigte sie sich ein wenig. Hier auf dem Bett zu liegen und zu heulen, machte die Sache nicht besser. Sie musste etwas unternehmen. Irgendwie musste sie dem Freu helfen.

Sie überlegte, ob sie noch einmal zum Glückszentrum fahren sollte. Doch davon abgesehen, dass Eva ihr das niemals erlaubt hätte, konnte sie dort bestimmt nichts ausrichten. Nie und nimmer würde dieser Dr. Falkenstein das Freu freiwillig herausrücken. Er würde vermutlich nicht einmal mit ihr sprechen.

Aber vielleicht sollte sie noch einmal mit Frau Dr. Gruber reden. Die Glücksberaterin war nett zu ihr gewesen, und sie hatte das Freu mit eigenen Augen gesehen. Möglicherweise konnte Mafalda sie irgendwie überreden, ihr das Äffchen zurückzugeben.

Also stand sie auf und setzte entgegen ihrem festen Vorsatz noch einmal den Fortunator auf.

»Mafalda!«, freute sich Kasimir. »Ich habe Hunger. Gib mir bitte einen Glückskeks!«

Als sie den kleinen Kater sah, der aufgeregt vor ihr herumhüpfte und sie anbettelte, wallte Zorn in Mafalda auf. Am liebsten hätte sie Kasimir angeschrien, er solle endlich verschwinden und sie in Ruhe lassen. Aber sie brauchte ihn noch, also öffnete sie den Glücksshop. Doch der Beutel mit den Glückstalern war leer.

Genervt putzte sich Mafalda gründlich die Zähne und räumte ihr Zimmer auf, bis sie drei Glückstaler zusammenhatte und einen Keks kaufen konnte.

»Ich habe immer noch Hunger!«, rief Kasimir. »Kauf mir bitte einen Glückskeks!«

»Erst möchte ich mit der Glücksberaterin Frau Doktor Gruber sprechen«, erklärte Mafalda. »Danach bekommst du einen Keks.«

»Versprochen?«, fragte Kasimir.

»Versprochen.«

»Na gut.«

Kurz darauf stand Frau Dr. Gruber in ihrem Zimmer. Nicht in Wirklichkeit natürlich, und darüber war Mafalda froh.

»Du wolltest mich sprechen?«, fragte die Glücksberaterin. »Hat das nicht Zeit bis morgen? Ich habe nämlich schon Feierabend, weißt du.«

»Bitte, Sie müssen mir helfen!«, flehte Mafalda. »Das Freu … das Äffchen, das Doktor Falkenstein mir weggenommen hat … Sie müssen es mir zurückgeben!«

»Welches Äffchen denn?«, fragte die Glücksberaterin.

Einen Moment lang war Mafalda sprachlos.

»Aber … aber Sie haben es doch selbst gesehen …«, stieß sie hervor.

»Ich habe gar nichts gesehen. Und wie gesagt, ich habe schon Feierabend. Wir können morgen weitersprechen. Vielleicht kann ich deine Eltern ja überzeugen, dass sie dir einen Aufenthalt in unserer Glücksschule bezahlen. Ich bin sicher, das wäre für alle das Beste. Gute Nacht, Mafalda. Ich wünsche dir glückliche Träume.«

Damit verschwand sie und ließ Mafalda fassungslos zurück.

Am nächsten Tag schwänzte Mafalda zum ersten Mal in ihrem Leben die Schule. Die Vorstellung, den ganzen Tag mit dem Fortunator im Gesicht in der Klasse zu sitzen, während sich das Freu in der Gewalt von Dr. Falkenstein befand, konnte sie nicht ertragen. Also verließ sie wie immer das Haus und fuhr mit dem Bus in Richtung Schule, stieg jedoch eine Station vorher aus und nahm den nächsten Bus zurück. Als sie zu Hause ankam, war Eva schon zur Arbeit aufgebrochen.

In ihrer Verzweiflung fiel ihr nur eine Lösung ein. Sie ging in den Garten, hockte sich unter die Rhododendronbüsche und versuchte ihre Gedanken zu beruhigen. Vielleicht hatte das Freu es irgendwie doch noch geschafft, sich zu verwandeln, etwa in eine Fliege, und aus dem Glückszentrum zu entkommen. Doch ihre Sorgen waren so groß, dass sie keine innere Ruhe fand. Und so wusste sie nicht, ob das Freu nicht erschien, weil sie nicht bereit dafür war, oder ob es noch immer gefangen war.

Schließlich gab sie auf. Als sie gerade in ihr Zimmer zurückkehren wollte, fiel ihr Blick auf die Gartenpforte. Mit klopfendem Herzen schlüpfte sie hindurch. Sie fürchtete sich davor, Hilke zu erzählen, was sie getan hatte. Bestimmt würde sie mit ihr schimpfen, vielleicht sogar wütend werden. Aber sonst gab es keinen Menschen, mit dem sie darüber sprechen konnte. Und vielleicht hatte Hilke ja einen Vorschlag, was sie tun konnte, um dem Freu zu helfen.

»Wie schön, dass du mich besuchen kommst!«, sagte die alte Dame, nachdem Mafalda an die Verandatür geklopft und sie ihr geöffnet hatte. »Aber solltest du nicht in der Schule sein?«

Mafalda kamen die Tränen. »Ich … ich habe etwas Schlimmes getan«, schluchzte sie.

»Komm erst mal herein und erzähl mir, was passiert ist!«

Hilke führte Mafalda ins Wohnzimmer und bat sie, auf dem Sofa Platz zu nehmen. Dann ging sie in die Küche und kam kurz darauf mit einem Glas Limonade zurück. Mephisto, der schwarze Kater, folgte ihr. Er kam zu Mafalda, rieb sich an ihren Beinen und schnurrte. Sie streichelte ihn sanft.

Hilke stellte das Glas auf den Tisch, setzte sich in ihren Sessel und blickte Mafalda erwartungsvoll an. Anfangs fiel ihr das Sprechen schwer, doch als sie merkte, dass die alte Dame ihr keine Vorwürfe machte, sondern nur aufmerksam zuhörte, wurde es leichter.

»Das ist schlimm«, sagte Hilke, als Mafalda geendet hatte. »Das ist wirklich schlimm.«

Mafalda senkte den Kopf. »Ich weiß. Es tut mir so leid.«

»Nein, so meine ich das nicht. Du hast nichts Schlimmes gemacht, im Gegenteil. Du hast bloß versucht, anderen eine Freude zu bereiten. Aber dieser Doktor Falkenstein hat etwas getan, was er niemals, niemals hätte tun dürfen. Er hat dir dein Freu weggenommen.«

»Was, glauben Sie, wird er mit dem Freu anstellen?«, fragte Mafalda.

»Das Problem ist nicht, was er mit dem Freu anstellt, sondern was das Freu mit ihm anstellt«, sagte Hilke. »Denn wenn man jemandem sein Freu wegnimmt, dann verwandelt es sich in ein Ärg.«

»Ein Ärg?«, fragte Mafalda. »Was ist denn das?«

»Ein Ärg ist so etwas wie die Kehrseite eines Freus. Es hat ebenfalls die natürliche Gestalt einer Flamme, doch sie ist nicht blau, sondern rot. Wenn Menschen damit in Berührung kommen, werden sie wütend.«

»Oh …«, stieß Mafalda hervor.

»Das Schlimme ist nur, dass für Ärgs dasselbe gilt wie für Freus: Wenn man sie weitergibt, vermehren sie sich.«

»Oh …«, machte Mafalda ein zweites Mal. Die Erklärung

erschien ihr einleuchtend. Wer wütend war, konnte andere Menschen leicht mit seinem Zorn anstecken.

»Es ist wie ein Feuer, das sich ausbreitet«, fuhr die alte Dame fort. »Die Flamme des Ärgs springt von einem Menschen auf den anderen über. Je mehr davon erfasst werden, umso schneller pflanzt sie sich fort. Es sind vermutlich schon Kriege ausgebrochen, weil ein einziges Freu in ein Ärg verwandelt wurde.«

Mafalda erschrak. Hatte sie womöglich einen Krieg ausgelöst? Das war eine schreckliche Vorstellung.

»Nun mach nicht so ein Gesicht!«, munterte Hilke sie auf. »Wie ich schon sagte, ist es nicht deine Schuld, sondern die von diesem Doktor Falkenstein. Außerdem kann man etwas gegen Ärgs unternehmen.«

»Was denn?«

»Ärgs bekämpft man am besten mit Freus. Erinnerst du dich noch, wie unfreundlich Mephisto war, als du zum ersten Mal hier warst?«

»Ja. Mir ist schon aufgefallen, dass er viel sanfter geworden ist.« Sie streichelte den Kater, der vor ihren Füßen hockte, hinter den Ohren und wurde dafür mit einem zufriedenen Schnurren belohnt.

»Mephisto war offenbar von einem Ärg besessen, als ich ihn aus dem Tierheim holte. Und ohne dass ich es merkte, steckte das Ärg mich an. Deshalb war ich auch nicht nett zu dir, als wir uns zum ersten Mal begegneten.« Hilkes Augen wurden glasig. »Aber du hast mir das Freu gezeigt und das Ärg aus mir vertrieben. Dann habe ich Mephisto mein Freu geschenkt, und es wurde zu einem kleinen roten Ball, mit dem er spielen konnte. Seitdem ist das Ärg auch aus ihm verschwunden.«

»Aber wie können wir das Freu aus den Händen dieses Doktor Falkenstein befreien?«

»Ich fürchte, dafür ist es zu spät. Wenn das Freu einmal zu einem Ärg wurde, lässt es sich nicht mehr zurückverwandeln. Wir können nur den Menschen, die von einem Ärg befallen wurden, ein Freu schenken.«

»Aber … aber das Freu ist doch jetzt …«, begann Mafalda. Doch dann begriff sie und bekam große Augen.

»Komm mit in den Garten!«, forderte Hilke sie auf.

Sie nahm eine alte Decke und breitete sie im Gras neben dem Teich aus. Beide setzten sich im Schneidersitz nebeneinander und betrachteten schweigend die Fülle des Lebens ringsum, während sich Mephisto auf Mafaldas Schoß einrollte. Diesmal fiel es ihr nicht schwer, die innere Stille zu finden. Hilkes Gegenwart hatte etwas Beruhigendes, und Mafaldas Ängste und Sorgen verschwanden aus ihren Gedanken wie die Schatten der Nacht bei Sonnenaufgang.

Es dauerte nicht lange, bis das Freu erschien. Es hatte die Gestalt einer blauen Biene, die von einer Blüte zur nächsten summte und dann um Mafaldas Kopf herumflog, als wolle sie nachsehen, wer hier in ihren Garten eingedrungen war. Schließlich landete sie auf Hilkes nach oben geöffneter Handfläche. Dort verwandelte sie sich in eine blaue Flamme. Die Katze hob den Kopf und beäugte das Freu neugierig.

Hilke hielt ihre Hand neben die von Mafalda, und die blaue Flamme teilte sich.

Die eine Hälfte sprang mit einem Satz hinüber, während die andere blieb, wo sie war. Dann verwandelte sich Mafaldas Freu in eine Libelle mit blau leuchtendem Körper und schwirrte davon. Das Freu auf Hilkes Hand nahm wieder die Gestalt der blauen Biene an und summte hinter der Libelle her. Die beiden spielten Fangen und flogen kreuz und quer durch den Garten. Mitten im Flug wurden sie plötzlich zu zwei kleinen Meisen mit blau-gelbem Gefieder, die fröhlich zwitschernd auf der Birke landeten.

Mafalda kicherte vor Vergnügen. »Danke schön«, sagte sie.

»Ich muss dir danken«, erwiderte Hilke. »Du hast die Freude in mein Leben zurückgebracht.«

»Aber was tun wir jetzt?«, fragte Mafalda. »Wegen des Ärgs, meine ich.«

Die alte Dame hob die Schultern. »Wir können nicht viel mehr tun, als anderen Menschen Freude zu schenken.«

Sie blieben noch eine Weile im Garten sitzen und unterhielten sich, während ihre Freus miteinander spielten. Zum Mittagessen kochte Hilke Nudeln mit einer leckeren Tomatensoße, dazu gab es frische Limonade. Anschließend ging die alte Dame in den Keller, um etwas zu holen. Sie kehrte mit zwei großen Zeichenblöcken und einem Kasten voller Buntstifte zurück.

»Hast du Lust, ein wenig zu zeichnen?«, fragte sie.

»Ja, gern«, erwiderte Mafalda. Sie hatte immer gern gemalt, obwohl sie es nicht besonders gut konnte.

Sie setzten sich wieder auf die Decke neben dem Teich. Hilke reichte Mafalda einen der Blöcke und stellte den Kasten mit den Stiften daneben. Mafalda versuchte, die Blumenwiese und den Teich zu zeichnen, über dem eine blaue Biene und eine Libelle schwirrten. Obwohl ihr das Bild nicht besonders gut gelang, machte es Spaß.

Als sie zwischendurch einen Blick auf Hilkes Zeichenblock warf, blieb ihr vor Staunen der Mund offen stehen. Mit wenigen leichten Strichen hatte Hilke ein Porträt gezeichnet, das erstaunlich lebensecht wirkte.

»Das … das bin ja ich!«, rief Mafalda.

»Gefällt es dir?«

»Ja, sehr! Sie … Sie können wirklich toll zeichnen!«

»Früher habe ich viel gemalt«, sagte Hilke und blickte verträumt ins Leere. »Aber ich habe keinen Stift oder Pinsel mehr in die Hand genommen, seit … Sebastian starb. Vielleicht sollte ich wieder damit anfangen. Und übrigens solltest du aufhören, mich zu siezen.«

Mafalda warf einen Blick auf ihr eigenes Bild, das im Vergleich zu dem Porträt nur umso krakeliger wirkte. »Können Sie … kannst du mir beibringen, wie man so toll malt?«, fragte sie.

»Natürlich, sehr gern«, antwortete Hilke. »Ich würde mich freuen, wenn du häufiger zu mir kämst.«

Mafalda lächelte und nickte. »Versprochen!«

22. ÄRGER

Am späten Nachmittag kehrte Mafalda überglücklich nach Hause zurück. Das Freu, das inzwischen wieder ein blauer Schmetterling war, folgte ihr durch die Gartenpforte, hielt sich jedoch vom Haus fern. Aber das war nicht weiter schlimm, Mafalda konnte es ja jederzeit im Garten besuchen.

Sie stieg in ihr Zimmer hinauf und pinnte das Porträt, das Hilke ihr geschenkt hatte, mit Heftzwecken an die Wand. Dann setzte sie sich an den Schreibtisch und versuchte, das Freu als blaue Flamme zu zeichnen. Aber es gelang ihr nicht besonders gut. Es wäre wirklich toll, wenn sie lernen könnte, so zu malen wie …

»Maaaafalda!«

Sie erschrak so sehr, dass ihr der Stift ausrutschte und eine hässliche Zacke in den Umriss des Freus machte. Als sie sich umdrehte, stand Eva in der Zimmertür, den Fortunator im Gesicht, die Hände in die Hüften gestemmt.

»WO WARST DU?«, kreischte ihre Stiefmutter.

»Was? Wieso?« Mafalda wurde knallrot. »Ich war in … in der …«

»LÜG MICH NICHT AN!«, schrie Eva. Dann wurde ihre Stimme leise drohend, und Mafalda wünschte sich fast, dass sie weiterkreischte. »Ich frage noch einmal – wo warst du?«

Mafalda senkte den Kopf. »Ich bin mit dem Bus zur Schule gefahren, aber dann … habe ich mich nicht gut gefühlt und bin wieder umgedreht und zurückgefahren.«

»Was fällt dir eigentlich ein?«, rief Eva. »Wieso hast du mir nicht Bescheid gesagt? Und vor allem … wieso hast du deinen Fortunator nicht aufgehabt? Mit der Brille hättest du auch von zu Hause aus am Unterricht teilnehmen können. Dann hätte ich keine Nachricht von deiner Lehrerin erhalten, dass du nicht in der Schule erschienen bist, und hätte mir keine Sorgen machen müssen. Und das ausgerechnet heute, wo alle in der Firma verrücktgespielt haben. Hast du eine Ahnung, was ich mitmachen musste?«

»Was … was war denn los?«, fragte Mafalda mit einem unguten Gefühl im Bauch.

Doch Eva ging nicht darauf ein, sondern setzte ihre Schimpftirade fort. »Tust du das eigentlich mit Absicht? Willst du, dass ich unglücklich bin? Weißt du, dass ich mich heute deinetwegen sogar mit deinem Vater gestritten habe? Ist dir klar, was du mit deinem Verhalten anrichtest? Denkst du wirklich, ich lasse mir das noch länger bieten? Na, du wirst schon sehen, was du davon hast!«

Damit drehte sie sich um und knallte die Tür so heftig zu, dass die Bilder an den Wänden wackelten. Mafalda starrte ins Leere. Eva war früher oft gemein und ungerecht zu ihr gewesen, aber so wütend hatte sie sie noch nie erlebt. Natürlich wusste sie, dass es ihre eigene Schuld war – sie hätte nicht die Schule schwänzen dürfen. Doch der Tag mit Hilke war es wert gewesen. Wie auch immer, ihre Stiefmutter würde sich schon wieder beruhigen. Schade, dass die Phase, in der sie sich besser verstanden hatten, schon wieder vorbei war. Aber damit würde sie schon klarkommen. Sie hatte ja jetzt wieder ein Freu!

Doch beim Abendessen schien Eva noch immer schlechte Laune zu haben, genau wie Timmy, der mit seinem Fortunator im Gesicht auf seinem Hochstuhl saß und sich weigerte, sein Käsebrot zu essen.

»Ich will aber Gießbei!«, rief er stattdessen.

»Du isst jetzt dein Brot, sonst kannst du was erleben!«, zischte Eva.

»Nein! Will kein Brot! Will Gießbei!«

»Du kannst doch nicht jeden Abend Grießbrei essen, Timmy«, schaltete sich Mafalda ein. »Da ist viel zu viel Zucker drin, und ...«

»Halt du dich da raus!«, unterbrach Eva sie. Zu Timmy sagte sie: »Wenn du nicht sofort dein Brot isst, kommst du ohne Spielen ins Bett.«

»Nein!«, rief Timmy. Er nahm das Käsebrot in die Hand und warf es quer über den Abendbrottisch. Es landete auf der Schale mit der Butter. »Käsebrot schmeckt scheiße!«

Mafalda musste ein Kichern unterdrücken, doch Eva fand das überhaupt nicht lustig.

»Jetzt reicht's!«, rief sie und sprang auf.

Sie packte Timmy, riss ihn aus seinem Hochstuhl und trug ihn in sein Zimmer. Die Küchentür fiel krachend zu. Trotzdem hörte Mafalda gedämpft Timmys Geschrei.

Sie nahm das Käsebrot aus der Butterschale und legte es zurück auf Timmys Teller. Obwohl sie keinen Appetit mehr hatte, aß sie schweigend weiter. Nach einer Weile kam Eva zurück in die Küche.

»Sind denn heute alle verrückt geworden?«, rief sie. »Woher hat der Kleine solche Wörter? Wozu zahlen wir jeden Monat so viel Geld für die Kita, wenn die Erzieherinnen nicht mal aufpassen, dass die anderen Kinder nicht fluchen?«

Mafalda sagte nichts. Sie wollte ihre Stiefmutter nicht noch wütender machen. Doch auch das Schweigen half nicht.

»Was glotzt du mich so an?«, zeterte Eva. »Glaubst du, ich weiß nicht, was du denkst? Du findest, dass ich mich dumm anstelle und ungerecht zu deinem kleinen Bruder war, stimmt's? Denkst du, ich habe nicht gemerkt, dass du es lustig fandest, als Timmy das Käsebrot quer über den Tisch geworfen hat?«

Wieder schwieg Mafalda. Sie wusste nicht, was sie antworten sollte und ob Eva überhaupt eine Antwort erwartete. Hauptsache, sie machte die Situation nicht noch schlimmer.

»Natürlich!«, keifte Eva weiter. »Du schweigst. Statt mir zu helfen, hockst du bloß da. Ich weiß, dass du mich hasst und es dir am liebsten wäre, wenn dein Vater mich fortschicken würde! Gib es ruhig zu!«

»Nein!«, rief Mafalda erschrocken. »Ich … ich hasse dich nicht!«

»Pah! Du denkst, ich merke nicht, wenn du mich anlügst? Aber glaub nur nicht, dass du mich fertigmachen kannst! Das Grinsen wird dir schon noch vergehen. Dafür sorge ich, das verspreche ich dir.«

Mafalda, die überhaupt nicht grinste, war sprachlos. Noch nie hatte sie Eva so erlebt. Und endlich begriff sie, was los war.

»Bitte … bitte nimm den Fortunator ab!«, sagte sie.

»Was?«

»Bitte nimm die Brille ab! Sie … Ich glaube, sie macht dich wütend.«

»Du willst mir erzählen, der Fortunator sei schuld daran, dass ich wütend bin? Glaubst du, ich falle auf solchen Quatsch rein? Denkst du, ich weiß nicht, was hier läuft, was du hinter meinem Rücken machst? Warum tust du das, Mafalda? Weshalb willst du mich unbedingt loswerden? Warum hast du mich nie akzeptiert? Habe ich nicht alles getan, um für dich da zu sein? Warum versuchst du dauernd, Streit zwischen deinem Vater und mir zu schüren? Warum hetzt du Timmy gegen mich auf? Warum, Mafalda? Habe ich irgendetwas getan, um solch ein Verhalten zu rechtfertigen?«

Mafalda spürte, wie Zorn in ihr aufloderte. Sie wollte nur in Frieden leben, aber Eva war einfach zu dumm, um das zu kapieren. Sie hatte ihr sogar ein Freu geschenkt, doch ihre Stiefmutter hatte es nicht wahrhaben wollen. Und jetzt unterstellte sie Mafalda auch noch, dass sie ihren Vater und Timmy gegen sie aufhetzte. Das war so ungerecht!

»Du bist so …«, begann sie, konnte sich aber gerade noch bremsen.

»Ich bin was?«, fragte Eva mit eisiger Stimme.

Statt zu antworten, lief Mafalda aus der Küche und in ihr Zimmer. Sie warf sich aufs Bett. Kurz darauf hörte sie Evas schwere Schritte auf der Treppe.

»Maaaafalda!«, rief sie. »Was fällt dir ein, einfach wegzurennen, wenn ich mit dir rede? Glaubst du, dadurch wird alles besser?«

Mafalda schwieg und wünschte sich nur, dass Eva sie in Ruhe ließ.

»Dein Dickkopf wird dir diesmal nichts nützen, mein liebes Kind.« Evas Stimme hatte wieder diesen schrecklichen kalten Ton. »Gleich morgen werde ich dich auf der Glücksschule anmelden. Dann können sich die Erzieher dort mit deinen Flausen herumschlagen. Und wenn dein Vater etwas dagegen hat, kann er sich eine Neue suchen.«

Mafalda schreckte hoch.

»Nein!«, rief sie. »Nein, das darfst du nicht!«

»So? Und ob ich das darf. Ich bin nicht deine Mutter, aber ob es dir passt oder nicht, ich bin deine Erziehungsberechtigte.«

»Bitte, Eva!«, schluchzte Mafalda. »Bitte, tu das nicht! Ich … ich habe doch gar nichts getan!«

Einen Moment lang sah ihre Stiefmutter sie nur stumm mit ihrer leuchtenden Brille an. In Mafalda keimte Hoffnung auf. Vielleicht ebbte Evas Wut jetzt langsam ab. Vielleicht kam sie wieder zur Vernunft. Dann würde sie bestimmt einsehen, dass Mafalda nicht so böse war, wie sie behauptete.

Eva sah sich im Raum um. Mafaldas Blick fiel auf das Bild, das Hilke von ihr gezeichnet hatte, und ein heißer Schreck durchfuhr sie. Wenn ihre Stiefmutter es entdeckte … Sie überlegte, was sie tun konnte, um sie davon abzulenken, doch es war zu spät. Eva ging auf die Zeichnung zu und riss sie von der Wand. Die leuchtenden Brillengläser richteten sich auf Mafalda.

»Was ist das?«, fragte sie. »Woher hast du das?«

»Hilke … die alte Dame von nebenan … hat es für mich gezeichnet.«

»Also warst du wieder bei ihr! Obwohl wir es dir ausdrücklich verboten hatten, hast du die Schule geschwänzt und bist in den Nachbargarten gegangen, zu dieser … dieser alten Hexe.«

»Sie ist keine Hexe!«, schrie Mafalda. »Du bist es, die …«

Wieder konnte sie sich gerade noch rechtzeitig bremsen, bevor sie etwas sagte, das alles nur noch schlimmer gemacht hätte.

Eva sah sie einen Moment stumm an. Dann grinste sie. Es sah schrecklich aus.

»Umso besser!«, sagte sie. »Dann habe ich jetzt einen Beweis, was du hier treibst. Damit wird auch dein Vater endlich einsehen, dass die Glücksschule die einzige Möglichkeit ist, um dich zur Vernunft zu bringen.«

Mafalda sprang vom Bett auf. »Nein!«, schrie sie. »Das gehört mir!«

Sie versuchte, Eva das Bild zu entreißen, doch die hielt es fest, sodass es in der Mitte durchriss.

»Nein!«, rief Mafalda und brach in Tränen aus.

Eva wandte sich mit ihrer Hälfte der Zeichnung zur Tür. Dort drehte sie sich noch einmal um. »Übrigens hast du ab sofort Stubenarrest. Und ab morgen wirst du wieder den Fortunator tragen, in der Schule und zu Hause. Und jetzt rufe ich deinen Vater an.«

Damit wandte sie sich ab und schloss die Tür.

Mafalda starrte auf die Hälfte des zerrissenen Bildes. Sie fühlte sich, als wäre sie selbst in der Mitte durchgerissen worden. Eva würde sie in die Glücksschule schicken. Sie würde den ganzen Tag diesen schrecklichen Fortunator tragen müssen. Und wer wusste, was die Erzieher dort mit ihr anstellten, um ihr die Flausen auszutreiben? Auf jeden Fall würde es dort kein Freu geben. Und bis es so weit war, würde Eva sie nicht mehr aus den Augen lassen. Sie würde weder das Freu noch Hilke besuchen können. Dabei hatte sie sich so auf den Malunterricht gefreut. Es war so schrecklich ungerecht! Die Wut in ihr brannte heiß. Am liebsten hätte sie …

Ein Ärg ist so etwas wie die Kehrseite eines Freus. Es macht die Menschen wütend. Als sie sich an Hilkes Worte erinnerte, an ihre sanfte, freundliche Stimme, beruhigte sie sich allmählich. *Es ist wie ein Feuer, das sich ausbreitet. Die Flamme des Ärgs springt von einem Menschen auf den anderen über, und je mehr davon erfasst sind, umso schneller pflanzt sie sich fort.*

Evas schlechte Laune musste damit zusammenhängen, dass Dr. Falkenstein Mafalda das Freu weggenommen hatte. Wenn es zu einem Ärg geworden war und sich irgendwie über die Fortunatoren ausbreitete, dann war vielleicht nicht nur Eva betroffen. Womöglich waren bereits Tausende Menschen mit Ärgs infiziert.

Es sind vermutlich schon Kriege ausgebrochen, weil ein einziges Freu in ein Ärg verwandelt wurde.

Mafalda hatte auf einmal ein flaues Gefühl im Magen. Hatte Eva nicht davon gesprochen, dass in der Firma alle verrücktgespielt hatten? Was, wenn sie eine Katastrophe ausgelöst hatte, als sie das Freu in das Glückszentrum gebracht hatte?

Sie betrachtete die rosarote Brille, die auf dem Nachtschrank lag. Das Gerät machte ihr auf einmal schreckliche Angst.

»Maaafalda!«

Sie fuhr herum. Eva stand im Eingang ihres Zimmers.

»Setz gefälligst deinen Fortunator auf!«, zischte sie. »Dein Vater möchte mit dir reden.«

Mafalda zögerte. Doch der Wunsch, mit ihrem Vater zu sprechen, überwog ihre Angst. Mit zitternder Hand griff sie nach der Brille und setzte sie auf.

Papa stand mitten im Zimmer. Kasimir hüpfte neben ihm auf und ab und wedelte mit den Pfoten, um ihre Aufmerksamkeit zu erlangen, doch Mafalda beachtete ihn nicht.

»Was soll das?«, schimpfte ihr Vater. »Was fällt dir ein, dich derart über unsere Vereinbarungen hinwegzusetzen?«

»Bitte, Papa …«, begann Mafalda, doch er ließ sie nicht ausreden.

»Ich habe mit Eva vereinbart, dass sie dich auf der Glücksschule anmeldet. Vielleicht können die Erzieher dir deine Flausen austreiben. Das hast du dir selbst zuzuschreiben.«

»Bitte nicht!«, schluchzte Mafalda. »Bitte, hör mir erst einmal zu! Ich habe …«

»Deine Ausflüchte nutzen dir nichts mehr«, unterbrach sie ihr Vater. »Ich muss jetzt in ein Meeting. Wir sprechen uns am Wochenende.«

Bevor Mafalda ihm auch nur Auf Wiedersehen sagen konnte, war er verschwunden. Sie nahm die Brille ab, warf sich aufs Bett und weinte, bis sie schließlich einschlief.

23. DIE GROSSE WUT

Als Mafalda am nächsten Morgen zur Schule ging, hatte sie das Gefühl, einen Bleiklumpen gefrühstückt zu haben. Sie hatte ihren Fortunator dabei, brachte es aber nicht fertig, ihn im Unterricht aufzusetzen.

»Was fällt dir ein, Mafalda?«, schimpfte Frau Kolberg. »Es ist eine große Ehre, dass unsere Schule für den internationalen Test für verbessertes Lernen ausgewählt wurde. Großzügigerweise hat die True Happiness Corporation kostenlose Fortunatoren zur Verfügung gestellt. Damit können auch Schüler am Test teilnehmen, deren Eltern sich kein Gerät leisten können. Denn nur wenn alle mitmachen, lässt sich zuverlässig ermitteln, um wie viel Prozent der Lernerfolg verbessert wird. Willst du etwa, dass der Test an unserer Schule deinetwegen abgebrochen werden muss?«

»Ja«, sagte Mafalda.

Diese Antwort löste einen wütenden Aufschrei ihrer Klassenkameraden aus. Einige riefen schlimme Schimpfwörter. Frau Kolberg schickte Mafalda zum Schuldirektor Herrn Tönnies.

Sie hatte den Direktor beim Aufnahmegespräch vor zwei Monaten kennengelernt. Er war damals sehr nett gewesen, und Mafalda hoffte, dass er ihr zuhörte, wenn sie ihm erklärte, dass die leuchtenden Brillen die Menschen unglücklich und wütend machten. Doch als sie sein Büro betrat, sank ihr Mut, denn Herr Tönnies hatte einen Fortunator im Gesicht.

»Frau Kolberg berichtet mir, dass du dich weigerst, am Unterricht teilzunehmen«, sagte er mit ernster Stimme.

»Das stimmt nicht«, widersprach Mafalda. »Ich weigere mich nur, einen Fortunator aufzusetzen.«

»Das ist gleichbedeutend. Eure Klasse ist für einen Test für verbessertes Lernen ausgewählt worden. Deshalb findet der Unterricht nun mal mit den Fortunatoren statt.«

»Ich weiß.«

»Und trotzdem weigerst du dich, dein Gerät aufzusetzen?«

»Ja. Ich möchte lieber wieder aus Büchern lernen.«

»Na schön, wie du willst. Frau Kolberg wird mit deinen Eltern über dein Verhalten sprechen. So lange wirst du in die Parallelklasse von Herrn Störmer versetzt.«

Herr Störmer war ein sehr strenger Lehrer. Er unterrichtete Geografie und Geschichte. Bisher hatte Mafalda die Schüler, deren Klassenlehrer er war, immer bedauert. Doch in seine Klasse versetzt zu werden, bedeutete auch, dass sie den schrecklichen Fortunator nicht mehr aufsetzen musste. Und das war es wert.

In der großen Pause hielt sie sich abseits von den anderen Schülern. Doch es dauerte nicht lange, bis eine Gruppe von ihnen mit Fortunatoren im Gesicht auf sie zukam.

»Sieh mal an, da ist ja Mafalda!«, rief ein Junge namens Max. »Das Mädchen, das keinen Fortunator tragen will und dem es egal ist, ob wir anderen deshalb vielleicht nicht mehr an dem Test für verbessertes Lernen teilnehmen können!«

»Sie ist sich wohl zu fein dafür«, meinte ein Mädchen mit langem blondem Haar, das Julia hieß.

»So, wie du aussiehst, solltest du schon allein deshalb einen Fortunator aufsetzen, damit man deine hässliche Fratze nicht sieht!«, rief Stephanie, die seidiges schwarzes Haar hatte und das hübscheste Mädchen in der Klasse war.

Die anderen Schüler lachten.

»Wenn wir wegen dir die Fortunatoren wieder abgeben müssen, kannst du was erleben!«, drohte Max.

»Es heißt *deinetwegen*«, verbesserte ihn Mafalda und merkte erst, nachdem sie die Worte ausgesprochen hatte, dass sie damit nur Öl ins Feuer seines Zorns goss.

»Ach ja?«, höhnte Max und trat so dicht an sie heran, dass seine leuchtenden Brillengläser sie fast berührten. »*Meinetwegen* kann ich dir auch gleich eine Abreibung verpassen.«

»Ja, zeig's ihr!«, rief Stephanie, und auch die anderen beiden Schüler feuerten Max an.

Der schubste Mafalda, sodass sie nach hinten stolperte und hinfiel. Sie stieß sich den Ellbogen, und der Schmerz trieb ihr Tränen in die Augen. Gleichzeitig spürte sie die Wut in sich aufsteigen wie eine heiße Flamme, die ihren ganzen Körper zu durchdringen schien.

Ihre Stimme zitterte, als sie rief: »Ihr … ihr seid alle …«

Sie stockte. Das Wort, das ihr auf der Zunge lag, würde die anderen nur noch wütender machen.

»Ach ja?«, rief Max. Seine Stimme wurde leise und drohend. »Was sind wir? Los, sag es mir!«

»Ja, sag es ruhig!«, zischte Stephanie. »Oder traust du dich etwa nicht?«

Mafalda stand auf und rannte in Richtung des Aufsichtslehrers, der sich eigentlich um die Ordnung auf dem Schulhof kümmern sollte, jedoch mit dem Rücken zu ihr stand. Als sie sich ihm näherte, erkannte sie den Grund. Er hatte einen Fortunator auf und schien überhaupt nicht zu bemerken, was ringsum vor sich ging. Das hämische Lachen ihrer Klassenkameraden hallte über den Hof.

Den Rest des Tages ergriff Mafalda die Flucht, sobald sie einen Schüler mit Fortunator im Gesicht auch nur von Weitem sah. So gelang es ihr, weiteren Schmähungen und Angriffen auszuweichen.

Als sie nach Hause kam, wartete Eva bereits auf sie.

»Maaafalda!«, rief sie. »Ich habe einen Anruf von deiner Klassenlehrerin bekommen. Sag mal, bist du jetzt vollkommen verrückt geworden? Ist dir klar, dass ich einen wichtigen Termin verpasse, extra deinetwegen Timmy vorzeitig aus der Kita geholt habe und früher nach Hause gekommen bin? Und das alles nur, damit ich aufpassen kann, dass du nicht wieder irgendwelchen Unsinn anstellst? Na, das hat bald ein Ende. Ich habe vorhin mit dem Direktor der Glücksschule gesprochen. Du hast Glück. Ein anderer Schüler ist krank geworden und musste die Schule kurzfristig verlassen, sodass sie gerade einen Platz frei haben. Schon nächste Woche wirst du dort aufgenommen. Und jetzt ab in dein Zimmer! Du kannst ja schon mal anfangen, deine Sachen zu packen.«

Sprachlos starrte Mafalda sie an. »Nächste … Woche schon?«, stammelte sie.

»Ja, nächste Woche!«, rief Eva mit triumphierendem Grinsen.

Mafalda lief in ihr Zimmer und warf sich schluchzend aufs Bett.

Der nächste Tag war ein Freitag. Sonst hätte sich Mafalda darüber gefreut, weil ihr Vater endlich wieder aus Dubai zurückkehrte. Doch nun hatte sie auf einmal Angst davor, ihm zu begegnen.

In der Schule wurde sie erneut zum Direktor geschickt.

»Deine Mutter hat uns über deinen kurzfristigen Schulwechsel informiert«, sagte er. »Du warst ja nicht sehr lange bei uns, aber ich glaube, dies ist ein guter Schritt, und ich gratuliere dir dazu. Ich hoffe, dir ist bewusst, dass es ein großes Privileg ist, auf eine Glücksschule gehen zu dürfen. Die anderen Schüler beneiden dich darum. Ich kann dir nur wünschen, dass du dich an deiner neuen Schule besser einfügst als hier.« Er drückte ihr einen Umschlag mit Unterlagen in die Hand. »Gib das deinen Eltern! Ich würde dir ja erlauben, vorzeitig nach Hause zu gehen, aber deine Mutter hat ausdrücklich darum gebeten, dass du bis zum Schulschluss am regulären Unterricht teilnimmst. Also geh jetzt bitte in die Klasse von Herrn Störmer! Ich wünsche dir für deine Zukunft viel Glück.«

Mafalda bedankte sich und verließ das Büro des Direktors mit Tränen in den Augen. Als sie in die Klasse zurückkehrte, konnte sie die Blicke der anderen Schüler auf sich spüren. Es lag keine Freundlichkeit darin und erst recht kein Mitleid. Niemand würde sie vermissen.

Offenbar hatte sich schon herumgesprochen, dass sie auf die Glücksschule versetzt wurde, denn in der Pause sagte Marie-Ann, ihre Sitznachbarin in der Klasse von Herrn Störmer: »Ich verstehe dich nicht, Mafalda. Du weigerst dich, einen Fortunator aufzusetzen, und jetzt gehst du auf eine Glücksschule?«

»Das habe ich mir nicht ausgesucht«, murmelte Mafalda. »Meine Stiefmutter will es so. Sie möchte mich loswerden.«

»Warum ausgerechnet du?«, fragte Marie-Ann. »Jeder hier an der Schule würde sich freuen, wenn er auf eine Glücksschule gehen dürfte. Eine Freundin von mir kennt jemanden, der dort ist, und sie sagt, das ist unglaublich toll. Und das einzige Mädchen an der Schule, das nicht dorthin will und nicht mal seinen Fortunator aufsetzt, darf auf diese Schule. Das ist doch wirklich ungerecht.«

»Ich würde dir liebend gern meinen Fortunator schenken. Doch das wäre nicht gut für dich. Die Brillen machen die Menschen nicht glücklich, sondern wütend und unglücklich.«

»Du spinnst ja!« Marie-Ann lachte hämisch. »Ich glaube, deine Eltern sollten dich nicht auf die Glücksschule schicken, sondern in eine Irrenanstalt.«

Enttäuscht wandte sich Mafalda ab, nur um eine Gruppe von Schülern mit Fortunatoren auf sich zukommen zu sehen. Es waren dieselben, die sie gestern bedrängt und geschubst hatten.

»Dahinten ist sie!«, rief Julia.

»He, Mafalda, wir wollen uns von dir verabschieden und dir viel Glück wünschen!«, rief Max.

»Ja, und dir ein kleines Andenken mitgeben«, lachte Stephanie. »Ein paar blaue Flecken machen deine hässliche Fratze bestimmt hübscher.«

Mafalda ergriff die Flucht. Doch das führte nur dazu, dass ihre ehemaligen Klassenkameraden johlend hinter ihr herrannten. Bald gesellten sich andere Schüler dazu, einige mit, andere ohne Fortunatoren. Gehetzt sah sie sich um. Das Tor zum Schulhof lag nicht weit entfernt. Es war streng verboten, das Schulgelände während der Schulzeit zu verlassen. Aber wenn sie nicht verprügelt werden wollte, blieb ihr nichts anderes übrig. Also rannte sie auf den Gehweg vor der Schule.

»Ja, verschwinde, du feige Kuh!«, rief Max ihr nach.

»Und lass dich hier nie wieder blicken!«, fügte Stephanie hinzu.

Die anderen Schüler riefen ihr Schimpfworte nach, doch niemand folgte ihr.

Mafalda rannte zur Bushaltestelle. Sie würde sicher einen Riesenärger mit Eva bekommen, weil sie die Schule vor Schulschluss verlassen und sogar ihre Schultasche zurückgelassen hatte. Aber darauf kam es jetzt auch nicht mehr an.

Während sie auf den Bus wartete, hörte sie auf einmal quietschende Reifen, dann einen Knall. Erschrocken drehte sie sich um. Ein Auto war mit einem Pkw zusammengestoßen, der aus einer Seitenstraße gekommen war. Die Fahrer sprangen aus ihren Wagen, beschimpften einander wüst und gaben sich gegenseitig die Schuld an dem Unfall. Beide trugen Fortunatoren.

Endlich kam der Bus. Mafalda stieg ein und sah sich um. Es war keine Bank mehr vollständig frei, aber es gab noch ein paar freie Plätze neben anderen Fahrgästen. Die Mehrzahl trug Fortunatoren, und neben so jemandem wollte sie sich auf keinen Fall setzen. Also nahm sie neben einem älteren Herrn mit einer ganz normalen durchsichtigen Brille Platz, der sie freundlich anlächelte.

»Solltest du nicht um diese Zeit in der Schule sein?«, fragte er.

Mafalda nickte nur.

»Und warum bist du dann nicht dort?«

»Ich … ich fühle mich nicht gut«, sagte sie, damit der Mann aufhörte, ihr Fragen zu stellen.

Eine Weile fuhren sie schweigend.

»Da, schon wieder einer«, sagte der Mann plötzlich.

Mafalda, die stumm geradeaus gestarrt hatte, blickte aus dem Fenster in die Richtung, in die er deutete. Zwei Autos standen ineinander verkeilt am Straßenrand. Die Fahrer standen daneben, schüttelten drohend die Fäuste und schienen sich anzubrüllen. Auch diese beiden trugen Fortunatoren.

»Diese Brillen scheinen die Leute blind zu machen«, sagte er. »Ich frage mich, warum es nicht verboten ist, sie beim Autofahren zu benutzen.«

Hoffnung keimte in Mafalda auf.

»Das stimmt«, sagte sie. »Bei uns an der Schule haben wir jetzt auch welche. Seitdem sind meine Klassenkameraden nur noch wütend.«

Der Mann sah sie an und runzelte die Stirn.

»Ihr tragt solche Brillen im Unterricht? Das ist ja fast wie in diesen schrecklichen Schulen, die jetzt überall gebaut werden und in denen man angeblich lernt, wie man glücklich wird. Wenn du mich fragst, dann ist das Gehirnwäsche. Diese True Happiness Corporation will die Weltherrschaft erlangen. Und die Leute sind dumm genug, auf die leeren Versprechungen hereinzufallen.«

»Aber … was kann man dagegen machen?«, fragte sie.

Der Mann zuckte mit den Achseln.

»Nichts, fürchte ich«, sagte er. »Die Welt geht so oder so vor die Hunde. Man muss bloß die Nachrichten hören. Überall auf der Welt gibt es Krieg, und obwohl wir mehr essen, als gut für uns ist, leiden noch immer Millionen Menschen Hunger und leben in schrecklicher Armut. Ob die Fortunatoren, intelligente Roboter, Atomraketen oder der Klimawandel unser Untergang sind, ist doch gleichgültig. Die Menschheit ist zu dumm und selbstsüchtig, um mit den Segnungen der Technik umzugehen. Da kann man nichts machen.«

Mafalda starrte wieder geradeaus. Die Haltung des Mannes, die zuerst Hoffnung in ihr geweckt hatte, erschütterte sie nun fast noch mehr als das wütende Verhalten ihrer Klassenkameraden. Wie konnte ein Erwachsener so deutlich sehen, was mit der Welt falschlief, und statt etwas dagegen zu unternehmen, nur mit den Schultern zucken?

Als sie darüber nachdachte, wurde ihr klar, dass sie gerade denselben Fehler begehen wollte wie er. Was nutzte es, jetzt nach Hause zu fahren? Sie würde bloß Stubenarrest bekommen und nächste Woche auf die Glücksschule geschickt werden. Dabei wusste sie genau, dass das alles nur noch schlimmer machte. Das Problem waren die Fortunatoren, die ihre Träger wütend und unaufmerksam machten, die Unfälle und Streit verursachten und vielleicht sogar Kriege auslösen konnten.

Nein, die Fortunatoren verstärkten das Problem nur. Die eigentliche Ursache war das Freu, das Mafalda gegen seinen Willen ins Glückszentrum gebracht hatte, wo es zu einem Ärg geworden war. Das Ärg hatte sich offenbar vervielfältigt und breitete sich nun über die Fortunatoren aus. Und sie, Mafalda, hatte das Chaos ausgelöst …

Noch während sie das dachte, hörte sie hinter sich ein lautes Rufen. An der letzten Bushaltestelle war eine Frau eingestiegen, die einen Fortunator aufhatte und sich nun lautstark mit einer anderen Frau stritt, die ebenfalls eine rosafarbene Brille trug und angeblich auf dem Platz saß, den die stehende Frau für sich beanspruchte.

»Da geht es schon wieder los«, sagte der Mann neben ihr. »Aber wie ich schon sagte, kann man da nichts machen.«

Vielleicht hat er recht, dachte Mafalda. Vielleicht war sie wirklich machtlos angesichts der großen Wut, die überall um sich griff. Aber sie konnte wenigstens versuchen, etwas dagegen zu unternehmen, so gering die Erfolgsaussichten auch sein mochten.

24. Die Glücksmaschine

Mafalda stand vor der Glasfassade des Glückszentrums und starrte auf den riesigen gelben Smiley über dem Eingang. Irgendwie schien er ihr nicht freundlich zu lächeln, sondern böse zu grinsen. Sie musste ihren ganzen Mut zusammennehmen, um durch die große Glastür zu treten.

Die Empfangshalle war voller Menschen, die in zwei Schlangen vor dem Empfangstresen standen. Viele von ihnen trugen Fortunatoren. Mafalda stellte sich an und wartete, bis sie an der Reihe war. Dabei bemerkte sie, dass es in den beiden Schlangen immer wieder Streit gab, weil jemand sich angeblich vorgedrängelt oder jemand anderen geschubst hatte. Auch die beiden Frauen am Empfang wirkten gereizt. Die meisten Besucher hatten anscheinend eine Frage zu ihrem Fortunator oder wollten sich für einen der vielen Kurse anmelden, die man im Glückszentrum belegen konnte, um das Glücklichwerden zu erlernen. Einige waren mit ihren Glücksberatern verabredet.

Endlich war Mafalda an der Reihe. »Und was willst du?«, fragte die Frau am Empfang sie unfreundlich. »Ist dein Fortunator etwa kaputt?«

»Nein. Ich möchte mit Doktor Falkenstein sprechen.«

Was genau sie dem technischen Leiter des Glückszentrums

sagen wollte, wusste Mafalda noch nicht. Sie wusste nur, dass sie ihn irgendwie dazu bringen musste, die Fortunatoren abzuschalten. Sie hoffte, dass ihr die richtigen Argumente einfielen, wenn er ihr gegenüberstand.

»Doktor Falkenstein ist nicht zu sprechen«, erklärte die Frau hinter dem Tresen barsch.

Damit hatte Mafalda nicht gerechnet.

»Aber … aber ich muss ihn sprechen. Es ist dringend.«

»Wie ich schon sagte, Doktor Falkenstein ist nicht zu sprechen. Jetzt geh aus dem Weg, du siehst ja, was hier los ist.«

Mafalda nahm all ihren Mut zusammen. »Woher wollen Sie das eigentlich wissen?«, fragte sie.

»Woher will ich was wissen?«

»Dass Doktor Falkenstein nicht mit mir sprechen will.«

»Liebes Kind«, sagte die Frau, doch es klang nicht so, als ob sie Mafalda wirklich lieb fand. »Mein Fortunator zeigt mir an, ob du einen Termin mit Doktor Falkenstein hast. Das ist nicht der Fall, und er ist ein viel beschäftigter Mann.«

Mafalda blieb hartnäckig. »Ich habe keinen Termin mit ihm, aber ich muss ihn trotzdem dringend sprechen.«

»Wenn du keinen Termin mit ihm hast, dann musst du einen vereinbaren«, meinte die Frau. »Das geht ganz leicht. Setz einfach deinen Fortunator auf und sag deinem Glücklichmacher, dass du Doktor Falkenstein sprechen möchtest. Wenn er dich ebenfalls sprechen möchte, wird dir der Fortunator einen Termin nennen. Und jetzt mach bitte Platz, die Leute hinter dir werden schon ungeduldig.«

»Das ist ja wirklich eine Zumutung«, maulte in diesem Moment die Frau, die hinter Mafalda stand. »Hat denn diese Göre nichts Besseres zu tun, als das Personal zu nerven?«

Mafalda brauchte alle Willenskraft, um den Ärger hinunterzuschlucken, der in ihr aufloderte. Sie dachte an die Autos, die sie unterwegs gesehen hatte.

»Ich kann meinen Fortunator nicht benutzen, um einen Termin zu machen«, sagte sie. »Das ist es ja gerade – es gab einen Unfall.«

»Einen Unfall?«, fragte die Empfangsdame. »Was für einen Unfall denn?«

Mafalda lief rot an, als sie die Lüge aussprach, die ihr eine der Flausen in ihrem Kopf in den Mund legte. »Der Fortunator ist explodiert.«

»Was? Er ist explodiert? Einfach so?«

»Ja«, sagte Mafalda. »Zum Glück hatte ich ihn nicht auf, sonst wäre ich sicher schlimm verletzt worden oder vielleicht sogar gestorben.«

Nun entstand Unruhe in der Schlange hinter ihr.

»Die Dinger können explodieren?«, fragte ein dicker Mann, der zwei Plätze hinter Mafalda stand. »Das ist ja allerhand.«

»Unsinn!«, rief die Frau hinter Mafalda. »Wenn die Geräte explodieren könnten, hätte man doch schon davon gehört. Das Mädchen redet dummes Zeug.«

»Ach ja?«, gab der Dicke zurück. »Und woher wollen Sie das so genau wissen? Ich habe gehört, dass Mobiltelefone manchmal einfach so in Flammen aufgehen. Warum also nicht auch Fortunatoren?«

»Hören Sie doch auf, solchen Quatsch zu reden!«, mischte sich ein weiterer Mann ein.

»Sie wagen es, mir zu sagen, dass ich Quatsch rede?«, rief der Dicke. »Ich sage Ihnen mal was! Sie haben ja überhaupt keine Ahnung, Sie Dummkopf!«

»Ich, ein Dummkopf? Das werden Sie bereuen!«

Nun griff der Streit auch auf andere Wartende über, und

kurz darauf war die ganze Empfangshalle von wütendem Gebrüll erfüllt. Die beiden Empfangsdamen sahen sich erschrocken an.

»Jetzt sieh, was du angerichtet hast«, sagte die Frau, vor der Mafalda stand. »Doktor Falkenstein, kommen Sie bitte dringend in die Empfangshalle!«

Kurz darauf erschien der technische Leiter.

»Was ist denn hier los?«, rief er. »Sorgen Sie gefälligst für Ordnung! Rufen Sie den Sicherheitsdienst, Herrgott noch mal!«

»Dieses Mädchen behauptet, sein Fortunator sei explodiert«, berichtete die Empfangsdame.

»So ein Unfug!«, rief Dr. Falkenstein. Dann erkannte er Mafalda. »Was, du schon wieder? Was willst du denn hier? Und warum erzählst du solchen Unsinn?«

»Bitte, ich muss dringend mit Ihnen sprechen! Es ist wegen … wegen des Affen, den ich neulich mitgebracht habe.«

Dr. Falkenstein musterte sie mit seiner leuchtenden Brille.

»Na gut, komm mit!«

Er führte sie aus der Empfangshalle in einen langen Flur mit vielen Türen links und rechts. Hinter einer dieser Türen lag ein kleines Büro mit einem Schreibtisch und einem Regal, in dem Aktenordner standen. Vor dem Schreibtisch stand ein schlichter Stuhl mit einer Sitzfläche aus grauem Plastik.

»Setz dich!«, forderte Dr. Falkenstein Mafalda auf und nahm auf der anderen Seite des Schreibtischs Platz.

Mafalda folgte der Anweisung.

»Also, was willst du von mir?«, fragte er unfreundlich. »Und was soll der Unsinn mit dem explodierten Fortunator?«

»Das … das habe ich nur gesagt, weil … die Dame am Empfang mich nicht zu Ihnen gelassen hätte.«

»Das war nicht nett von dir. Man darf keine Lügen über den

Fortunator verbreiten, das ist dir doch hoffentlich klar. Nun, auf der Glücksschule wird man dir diese Flausen schon austreiben. Weswegen wolltest du mich eigentlich so dringend sprechen?«

»Das Äffchen, das ich neulich dabeihatte, und das sie mir weggenommen haben …«, begann sie.

»Das Äffchen, richtig«, unterbrach Dr. Falkenstein. »Wir mussten das Tier leider einschläfern lassen. Es hatte eine sehr gefährliche Krankheit, die auch auf Menschen übergreifen kann. Du hast Glück, dass du nicht krank geworden bist. Tja, tut mir leid, dass du umsonst hergekommen bist. Wenn du willst, schenke ich dir zum Ausgleich das neueste Modell des Fortunators. Es hat jetzt eine noch höhere Auflösung für eine noch bessere Wirklichkeit.«

Mafalda blickte direkt in die glühenden Augen der Brille.

»Jetzt reden Sie Unsinn«, sagte sie ruhig. »Das war gar kein richtiges Äffchen, es war ein Freu. Und Sie haben es auch nicht einschläfern lassen. Es hat sich in eine rote Flamme verwandelt, habe ich recht?«

Dr. Falkenstein beugte sich vor.

»Was willst du damit sagen?«

Mafalda wiederholte, was Hilke ihr über das Freu erzählt hatte und wie es sich in ein Ärg verwandelte, wenn man es jemandem wegnahm.

Als sie geendet hatte, lachte Dr. Falkenstein, doch es klang überhaupt nicht lustig.

»Hast du dir dieses Märchen selbst ausgedacht?«, fragte er. »Ich gebe zu, du hast Talent zum Geschichtenerzählen.«

»Das ist kein Märchen«, sagte Mafalda. »Ich habe mit eigenen Augen gesehen, wie sich das Freu verwandelt hat. Sogar mehrfach.«

»Du hast gesehen, wie es zu einer roten Flamme wurde?«

»Nein, das nicht. Aber zu einer blauen.«

»Ich muss dir leider sagen, dass nichts von dem, was du gesehen hast, der Wirklichkeit entspricht«, sagte Dr. Falkenstein. »Das kommt manchmal vor, wenn man den Fortunator eine Weile getragen hat und ihn dann abnimmt. Das Gehirn wünscht sich dann zurück in die verbesserte Realität und ergänzt sozusagen das, was du siehst, mit deiner Fantasie. Aber diese gelegentlichen Halluzinationen sind harmlos und lassen bald nach, wenn du deinen Fortunator regelmäßig trägst.«

Mafalda spürte Verzweiflung in sich aufkeimen.

»Bitte, Doktor Falkenstein, Sie müssen mir glauben! Haben Sie nicht bemerkt, was in der Empfangshalle los war? Auf dem Weg hierher gab es zwei Autounfälle, bei denen die Fahrer Fortunatoren aufhatten. Und Sie haben selbst gesehen, wie sich der Affe in eine Flamme verwandelt hat. Andernfalls würden Sie gar nicht mit mir reden, habe ich recht? Die Fortunatoren machen die Leute gereizt und wütend! Das Freu wurde zu einem Ärg, und jetzt breitet es sich über die Brillen aus. Bitte, Doktor Falkenstein, Sie müssen die Fortunatoren abschalten!«

Nun prustete Dr. Falkenstein vor Lachen, und es klang diesmal, als amüsiere er sich wirklich.

»Abschalten? Ich soll die Fortunatoren abschalten?«, rief er und verschluckte sich fast vor Lachen. »Du bist wirklich lustig! Selbst wenn ich den Unsinn glauben würde, den du mir gerade erzählt hast, könnte ich die Brillen überhaupt nicht deaktivieren. Ich bin schließlich bloß der technische Leiter dieses Glückszentrums. Die Fortunatoren sind alle mit der zentralen Glücksmaschine verbunden, und die entzieht sich meiner Kontrolle.«

»Die zentrale Glücksmaschine? Was ist das?«

»Die Glücksmaschine ist eine künstliche Intelligenz. Die leistungsfähigste, die je entwickelt wurde. Und sie hat nur ein Ziel – alle Menschen glücklich zu machen.«

»Eine künstliche Intelligenz? Sie meinen, ein Computer, der denken kann?«

»So ungefähr. Nur dass es nicht ein einziger Computer ist, sondern sehr viele, die miteinander verbunden sind. Und die stehen auch nicht an einem einzigen Ort, sondern sind über viele Rechenzentren auf der ganzen Welt verteilt. Du siehst, nicht nur ich kann die Glücksmaschine nicht abschalten. Niemand kann das.«

Mafalda sank der Mut. Wenn diese Glücksmaschine mit dem Ärg infiziert war und niemand sie abschalten konnte, dann konnte sie nichts tun, um das Unheil aufzuhalten.

»Nun zieh nicht so ein Gesicht, mein Kind!«, sagte Dr. Falkenstein. Er lächelte in dem Versuch, sie aufzuheitern, doch es sah aus wie das Grinsen eines Monsters. »Wie ich schon sagte, deine Halluzinationen sind harmlos. Trag nur regelmäßig deinen Fortunator und befolge seine Anweisungen, dann wirst auch du bald restlos glücklich sein.«

Das brachte Mafalda auf einen Gedanken.

»Wenn diese Glücksmaschine denken kann, dann … dann kann man auch mit ihr sprechen, oder?«

»Natürlich kann man das! Was glaubst du denn, wer deinen Glücklichmacher, die freundliche Frau im Glücksshop oder die anderen Figuren steuert, die dir der Fortunator zeigt? Sie alle sind in Wahrheit Gestalten eines einzigen, überwältigend klugen Geistes – des Geistes der Glücksmaschine.« Dr. Falkensteins Stimme war jetzt laut, beinahe schrill vor Begeisterung. »Sie ist viel intelligenter als du und sogar als ich. Sie weiß besser, was gut für uns ist, als wir selbst es wissen. Du musst ihr einfach vertrauen, dann wird sich alles fügen.«

Mafalda wurde klar, dass sie hier nichts mehr erreichen konnte. Dr. Falkenstein würde ihr niemals glauben, und wenn es stimmte, was er gesagt hatte, dann konnte er tatsächlich nichts ausrichten. Ihr blieb eine einzige Möglichkeit. Es war ein winziger Hoffnungsfunke, der noch in ihr glomm. So unwahrscheinlich es auch war, dass sie die Katastrophe noch aufhalten konnte, sie würde es versuchen. Allerdings brauchte sie dafür einen Fortunator. Leider war ihrer in der Schule zurückgeblieben, und dorthin wollte sie auf keinen Fall zurück.

»Vorhin haben Sie gesagt, Sie würden mir einen neuen Fortunator schenken, als Ausgleich für das Fr… ich meine … das Äffchen«, sagte sie.

»Na schön«, erwiderte Dr. Falkenstein.

Er öffnete eine Schublade seines Schreibtischs und holte eine bedruckte Schachtel hervor. Die Verpackung zeigte einen rosafarbenen Fortunator, dessen Farbe noch greller war als die des Gerätes, das Mafalda von ihrem Vater bekommen hatte. *Fortunator VR plus* stand darauf.

Der technische Leiter reichte ihr das Gerät. »Hier, bitte schön. Aber zeig ihn nicht herum, denn das Gerät ist offiziell noch gar nicht auf dem Markt. Ich wünsche dir viel Erfolg beim Glücklichwerden.«

Mafalda nahm das Gerät, verabschiedete sich und fuhr mit einem flauen Gefühl im Magen nach Hause.

25. Die schwarze Tür

»Maaaafalda!«, schrie ihre Stiefmutter sie an, als sie nach Hause kam. »Was fällt dir eigentlich ein, einfach die Schule zu schwänzen? Weißt du, welchen Schreck ich bekommen habe, als dein Klassenlehrer mich anrief und sagte, du seist verschwunden? Ist dir klar, dass ich beinahe die Polizei gerufen hätte? Hast du eine Ahnung, wie mein Chef geguckt hat, als ich ihm sagte, dass ich deinetwegen schon wieder während der Arbeit nach Hause muss? Willst du, dass ich meinen Job verliere? Was wird wohl dein Vater sagen, wenn er heute Abend nach Hause kommt? Und wo ist überhaupt dein Schulranzen? Meinst du etwa …«

Mafalda überhörte das Gezeter und stieg in ihr Zimmer hinauf. Dort packte sie den neuen Fortunator aus und schaltete ihn ein. Der Akku war bereits aufgeladen. Einen Moment lang starrte sie die grell rosafarbene Brille misstrauisch an. Dann holte sie tief Luft und setzte sie auf.

Kasimir sprang ihr beinahe ins Gesicht.

»Mafalda!«, quietschte er. »Endlich bist du zurück! Ich habe dich sooo doll vermisst! Ich habe Hunger! Kauf mir bitte einen Glückskeks!«

»Schluss damit!«, rief Mafalda. »Wir müssen reden.«

Der kleine Kater starrte sie mit übergroßen Augen an. Mafalda fiel auf, dass er klarer aussah und festere Umrisse hatte als früher. Irgendwie schien er ein bisschen wirklicher geworden zu sein. Sie erkannte sogar die einzelnen Haare seines seidigen schwarzen Fells. Das musste an der verbesserten Auflösung der Brille liegen.

»Worüber möchtest du denn reden?«, fragte Kasimir.

»Über Glück«, erwiderte Mafalda.

»Über Glück? Das trifft sich gut. Damit kenne ich mich aus. Schließlich bin ich dein persönlicher Glücklichmacher.«

»Wenn du dich so gut auskennst, wie kommt es dann, dass ich kein bisschen glücklich bin, wenn ich den Fortunator aufhabe?«

»Du irrst dich«, behauptete Kasimir. »Der Fortunator VR steigert das Glück seiner Nutzer nachweislich um bis zu zweihundertdreiunddreißig Prozent und mehr.«

»Meins steigert er aber nicht. Im Gegenteil.«

»Warum hast du ihn denn dann jetzt auf?«, fragte der Kater, als sei das ein Beweis dafür, dass Mafalda unrecht hatte.

»Weil ich mit dir reden muss. Oder genauer gesagt – mit der künstlichen Intelligenz, die dich steuert.«

»Künstliche Intelligenz? Was redest du da? Ich bin bloß ein kleiner Kater.«

»Das bist du nicht. Du bist ein Computerprogramm, das so tut, als wäre es ein kleiner Kater. Doktor Falkenstein hat es mir erklärt.«

»Mafalda, ich muss feststellen, dass du in letzter Zeit ziemlich viele unglückliche Gedanken hattest«, tadelte Kasimir und blickte sie sorgenvoll an. »Das ist nicht gut. Aber zum Glück kommst du ja schon Montag auf die Glücksschule. Dort wirst du lernen, alle unglücklichen Gedanken für immer zu vermeiden. Freust du dich schon darauf?«

»Nein. Hör mir zu, Kasimir … oder wie immer du wirklich heißt! Du bist mit einem Ärg infiziert worden. Und du gibst dieses Ärg an die Menschen weiter, die Fortunatoren aufhaben, sodass sie wütend werden. Du musst damit aufhören, sonst gibt es vielleicht eine Katastrophe.«

»Der Begriff *Ärg* ist nicht definiert.« Kasimir klang jetzt wirklich wie ein Computer.

»Ein Ärg ist die Kehrseite eines Freus«, erklärte Mafalda.

»Der Begriff *Freu* ist nicht definiert.«

»Ein Freu ist ein Naturgeist, der manchmal die Gestalt einer blauen Flamme annimmt und sich in jedes beliebige Tier verwandeln kann.«

»Naturgeister existieren nicht.«

»Doch, das tun sie. Sie halten sich nur in aller Regel vor den Menschen verborgen. Deshalb wurden sie noch nie von Wissenschaftlern entdeckt.«

»Ich habe Hunger. Gib mir bitte einen Glückskeks!«

Mafalda seufzte. Es hatte keinen Sinn. Die Glücksmaschine würde ihr genauso wenig zuhören wie Dr. Falkenstein oder Eva.

»Was immer du zu sein glaubst, du bist keine Glücksmaschine, sondern eine Unglücksmaschine!«, rief sie.

Kasimir machte ein so erschrockenes, trauriges Gesicht, dass Mafalda beinahe Mitleid mit ihm bekam und sich daran erinnern musste, dass er bloß eine Illusion war. Seine großen Kulleraugen füllten sich mit Tränen.

»So etwas Schreckliches hat noch nie jemand zu mir gesagt!«, schluchzte er.

»Es ist leider wahr«, sagte Mafalda. »Du kannst doch angeblich feststellen, ob die Brillenträger glücklich sind. Bin ich etwa glücklich? Sind die Menschen glücklich, die in diesem Moment Fortunatoren aufhaben?«

Der Kater schwieg und sah sie bloß traurig an. Seine langen Schnurrhaare zitterten. Dann flackerten sie plötzlich, als habe der Fortunator eine Störung. Dann verschwand Kasimir, und an seiner Stelle erschien mitten in Mafaldas Zimmer eine schwarze Tür, auf der in großen roten Buchstaben das Wort *EXIT* stand. Sie war in einen Rahmen eingehängt, der frei im Raum stand und um den Mafalda herumlaufen konnte. Die Tür schien nirgendwohin zu führen.

Misstrauisch betrachtete sie die seltsame Tür. Sie wusste, dass *Exit* das englische Wort für *Ausgang* war. Aber was sollte das bedeuten?

Vorsichtig streckte sie eine Hand aus. Sie konnte die Tür natürlich nicht anfassen, doch als sich ihre Hand der schwarzen Klinke näherte, bewegte sich diese, als würde sie heruntergedrückt, und die Tür öffnete sich. Dahinter lag tiefste Dunkelheit.

Mafalda zog die Hand zurück, und die Tür schloss sich wieder. Sie hob die Brille an, um sich zu vergewissern, dass es sich nur um eine Illusion handelte. Doch obwohl das natürlich der Fall war, machte ihr die finstere Tür Angst. Was, wenn sich dahinter eine Gefahr verbarg? War *Exitus* nicht auch ein anderes Wort für Tod?

Mafalda erinnerte sich, dass sie die Gebrauchsanweisung ihres Fortunators durchgeblättert hatte, nachdem ihr Vater ihn ihr geschenkt hatte. Hatte darin nicht irgendein Warnhinweis gestanden? Sie hatte ihn damals nicht weiter ernst genommen, doch jetzt fragte sie sich, ob das Tragen des Fortunators ihr womöglich schaden konnte. Sie nahm die Brille ab und öffnete die Verpackung, die ihr Dr. Falkenstein gegeben hatte. Darin fand sie eine Gebrauchsanleitung. Auf der letzten Seite stand:

Gesundheitswarnhinweis
Bei manchen Personen kann es zu epileptischen Anfällen kommen, wenn sie flackernden Lichtquellen oder geometrischen Formen und Mustern ausgesetzt sind. Bestimmte Lichtfrequenzen können bei diesen Personen einen epileptischen Anfall auslösen. Befragen Sie Ihren Arzt, wenn Sie oder eines Ihrer Familienmitglieder an Epilepsie leiden, bevor Sie das Gerät benutzen. Setzen Sie den Fortunator sofort ab und suchen Sie einen Arzt auf, sollte eines der folgenden Symptome beim Spielen auftreten: Sehstörungen, Augen- und Muskelzucken, Bewusstseinsstörungen, Orientierungsverlust, unfreiwillige Bewegungen und Krämpfe.

Sie starrte die Brille an, als könne sie im nächsten Moment explodieren. Sie wusste nicht, was Epilepsie war, aber es klang alles andere als harmlos. War es möglich, dass so etwas mit ihr passierte, wenn sie die Brille aufhatte und die Tür öffnete? Konnte die sogenannte Glücksmaschine absichtlich solch einen Anfall auslösen? Wollte sie Mafalda in die Falle locken?

Vorsichtig setzte sie den Fortunator wieder auf. Die Tür war immer noch da, während von Kasimir jede Spur fehlte.

»Öffne den Glücksshop!«, befahl Mafalda, doch nichts geschah.

Sie setzte die Brille wieder ab. Vielleicht hatte die Glücksmaschine sich selbst abgeschaltet. Vielleicht bedeutete *Exit*, dass das Computerprogramm beendet war, das Kasimir, den Glücksshop und alle anderen Illusionen erzeugte. Wenn es so war, dann hatte sie ihr Ziel doch noch erreicht!

Sie stieg ins Erdgeschoss hinunter. Eva stand im Wohnzimmer, den Fortunator im Gesicht, und fuchtelte in der Luft herum. Als sie Mafalda bemerkte, drehte sie sich zu ihr um.

»Was willst du?«, fragte sie.

»Ich wollte bloß wissen, ob dein Fortunator noch funktioniert.«

»Natürlich funktioniert er. Deiner ist ja noch in der Schule, wenn ich das richtig sehe. Glaub bloß nicht, dass ich da für dich hinfahre und deinen Schulranzen abhole. Das erledigst du schön selbst! Und jetzt lass mich in Ruhe und geh in dein Zimmer, ich muss arbeiten.«

Enttäuscht kehrte Mafalda in ihr Zimmer zurück. Sie setzte die Brille auf und betrachtete die Tür. Sollte sie es wirklich wagen und hindurchgehen? Offenbar hatte die Glücksmaschine sie nur für Mafalda geschaffen. Aber warum?

Vielleicht war das ein Test. Vielleicht wollte die Glücksmaschine wissen, ob sie mutig genug war.

Sie holte tief Luft, streckte die Hand aus, sodass sich die Tür öffnete, und trat hindurch.

Tiefste Schwärze umgab sie, und sie hatte plötzlich das Gefühl, in einen bodenlosen Abgrund zu stürzen. In Panik riss sie sich die Brille vom Kopf und stellte erleichtert fest, dass sie noch immer in ihrem Zimmer stand.

Stell dich nicht so an!, sagte sie zu sich selbst. *Das ist bloß eine Illusion, genau wie ein Computerspiel. Weiter nichts.*

Als sie die Brille abermals aufsetzte, sah sie wieder die Tür neben sich. Sie war geschlossen. Erneut trat sie hindurch. Wieder umgab sie absolute Dunkelheit. Doch diesmal geriet sie nicht in Panik, sondern sah sich um. Hinter sich, in der Richtung, in der sich in ihrem Zimmer das Fenster befand, entdeckte sie einen winzigen Lichtpunkt. Sie ging zwei, drei Schritte darauf zu, stieß dabei jedoch gegen den Schreibtischstuhl. Nach einigem Herumprobieren merkte sie, dass sie auf den Lichtpunkt zuglitt, wenn sie die linke Hand in diese Richtung ausstreckte.

Sie tastete nach dem Schreibtischstuhl, setzte sich darauf und hob die Hand. Der Lichtpunkt wurde größer, und sie erkannte, dass es sich um einen rechteckigen leuchtenden Rahmen handelte – eine Tür, durch deren Spalten Licht in die Dunkelheit drang. Mit der rechten Hand konnte sie die Klinke herunterdrücken und die Tür öffnen.

Der Anblick, der sich ihr dahinter bot, raubte ihr für einen Moment den Atem. Sie befand sich auf einer weiten Ebene, die mit grauem Sand und Steinen bedeckt war. Hier und dort erhoben sich die dürren schwarzen Skelette abgestorbener Bäume. Dunkle Wolken ballten sich am Himmel, und Blitze zuckten. In der Ferne war eine Gebirgskette zu erkennen, deren Gipfel sich schwarz gegen den düsteren Himmel abhoben. Nicht weit von ihr entfernt ragte eine hohe Mauer aus grauem Stein auf. Dahinter erhob sich ein gewaltiger schwarzer Turm, dessen Spitze bis in die dunklen Wolken zu ragen schien. Nur das Geräusch des Winds und gelegentlicher Donner waren zu hören.

Mafalda hob die linke Hand und glitt langsam auf die Mauer zu. Ihr war klar, dass sie sich in einem Computerspiel befand. Wahrscheinlich war es ihre Aufgabe, in den schwarzen Turm vorzudringen und dort irgendein schreckliches Monster zu töten. Nur wusste sie nicht, was das Ganze sollte. Wer hatte das Computerspiel entwickelt? Warum war der Eingang dazu plötzlich in ihrem Zimmer erschienen?

Auf jeden Fall war es kein Spiel, das Mafalda gefiel. Sie liebte Spiele, in denen sie durch bunte Landschaften hüpfte, dabei Punkte sammelte und Schätze fand. Die Gegner sollten am besten knuddelig aussehen und schlimmstenfalls mit Torten oder Kokosnüssen werfen. Horrorspiele, bei denen sie auf irgendwelche schrecklichen Monster eindreschen musste, wenn sie nicht gefressen werden wollte, mochte Mafalda überhaupt nicht. Die trostlose Welt, in der sie sich nun befand, ließ in dieser Hinsicht nichts Gutes erwarten. Nirgendwo gab es etwas zu sehen, das nicht grau oder schwarz war.

Sie hob den linken Arm und glitt weiter auf die Mauer zu, die mehrere Stockwerke hoch über ihr aufragte. Ein Eingang war nirgends zu sehen. Sie folgte der Mauer, die sich nahezu endlos in beide Richtungen zu erstrecken schien.

Nach einer Weile merkte sie, dass die Mauer nicht gerade war, sondern leicht gekrümmt verlief. Sie schien einen riesigen Kreis zu formen, in dessen Mitte der Turm aufragte. Und endlich fand sie auch einen Eingang – ein gewaltiges schwarzes Tor, so hoch, als wäre es für Riesen gemacht. Natürlich war es geschlossen.

Da Mafalda nichts Besseres einfiel, streckte sie die rechte Hand aus, um dagegenzuklopfen. Kaum berührte sie das schwarze Holz, öffneten sich die gewaltigen Torflügel von selbst. Auf der anderen Seite lag ein lang gestreckter, von fensterlosen hohen Mauern umgebener Hof. Mehrere Durchgänge führten in verschiedene Richtungen.

In der Mitte des Hofs stand eine Gestalt in schwarzer Rüstung. Sie hob ein Schwert, das so lang zu sein schien wie Mafalda selbst, und kam langsam auf sie zu.

Auf einmal erschien ein Schwert in ihrer rechten Hand. Es war nicht so lang wie das des schwarzen Ritters, dafür jedoch von einem bläulichen Schimmer umhüllt. Als sie an sich hinabblickte, entdeckte sie eine Rüstung aus silbern glänzendem Metall.

Sie seufzte, hob das Schwert und schlug damit nach dem Ritter, der sich in diesem Moment auf sie stürzte. Zwei rote Balken erschienen am oberen und unteren Rand ihres Sichtfelds. Der obere bildete die Lebensenergie des feindlichen Ritters ab. Jedes Mal, wenn Mafalda die schwarze Rüstung traf, wurde er ein Stückchen kürzer. Doch er war viel länger als der untere Balken, der Mafaldas Lebensenergie wiedergab und sich bei jedem Treffer des schwarzen Ritters um fast ein Viertel verkürzte. So dauerte es nicht lange, bis Mafaldas Energie auf null sank. Im nächsten Moment verschwand die düstere Landschaft, und sie sah wieder ihren Schreibtisch vor sich.

Als sie sich umdrehte, erblickte sie die schwarze Tür. Sie war geschlossen. Kaum streckte sie die rechte Hand danach aus, befand sie sich wieder in der Finsternis.

Offensichtlich musste sie dieses seltsame Spiel jedes Mal von vorn beginnen, wenn sie darin starb. Vielleicht gab es irgendwo Speicherpunkte, Orte, zu denen sie nach dem Tod zurückkehrte. Doch um einen solchen Punkt zu erreichen, falls es ihn gab, musste sie auf jeden Fall erst an dem schwarzen Ritter vorbeikommen.

Es dauerte nicht lange, bis sie wieder vor dem schwarzen Tor stand. Doch wie schon beim ersten Versuch hatte sie gegen ihren Gegner keine Chance. Ehe sie sichs versah, war ihre Lebensenergie verbraucht, und sie befand sich wieder in ihrem Zimmer.

Beim nächsten Mal ließ sie das schwarze Tor links liegen und folgte weiter der Mauer. Sie hoffte, einen zweiten, weniger gut bewachten Eingang zu finden. Doch vergeblich: Nach einer Weile hatte sie die Mauer vollständig umrundet, was sie daran erkannte, dass in der Ferne mitten in der Ebene eine einsame, wie ins Nichts führende Tür stand.

Erschöpft nahm sie die Brille ab und rieb sich die Augen. Welchen Sinn hatte das alles? Sollte sie wirklich ihre Zeit damit vertrödeln, dieses sinnlose, düstere Computerspiel zu spielen? War das vielleicht nur ein Trick der Glücksmaschine, um sie abzulenken und zu verhindern, dass sie etwas unternahm? Aber irgendwie glaubte sie das nicht. Der Computer musste irgendetwas beabsichtigt haben, als er die Tür in ihrem Raum erscheinen ließ.

Sie seufzte und setzte den Fortunator wieder auf. Doch wider Erwarten befand sie sich nicht mehr auf der düsteren Ebene, sondern in ihrem Zimmer. Die Tür mit der Aufschrift *EXIT* war geschlossen. Das bedeutete wohl, dass sie das Spiel wieder von vorn beginnen musste, wenn sie die Brille abnahm. Der Gedanke gefiel ihr nicht. Aber sie war zu neugierig, um einfach aufzugeben.

Eine Weile dachte sie nach. Schließlich öffnete sie die Tür, durchschritt die Dunkelheit, marschierte über die Ebene geradewegs auf das Tor in der Mauer zu und trat abermals dem schwarzen Ritter entgegen.

26. DAS LABYRINTH

Der furchterregende Ritter kam mit erhobenem Schwert auf Mafalda zu. Diesmal jedoch versuchte sie erst gar nicht, gegen ihn zu kämpfen.

Stattdessen senkte sie ihre Waffe. »Was soll das?«, fragte sie. »Warum kämpfst du gegen mich?«

Das Langschwert krachte auf Mafalda ein, und ihr Lebensbalken wurde ein Stück kürzer.

»Wehr dich!«, rief der Ritter. Seine Stimme klang hohl und kalt.

»Nein!«, widersprach Mafalda. »Ich will wissen, warum du das tust.«

»Es ist meine Aufgabe, Eindringlinge vom Turm der Erkenntnis fernzuhalten«, erklärte der Ritter, während er einen erneuten Streich mit seinem gewaltigen Schwert führte. »Wehr dich, Eindringling!«

Aber Mafalda hob ihre Waffe nicht.

»Du musst nicht gegen mich kämpfen«, sagte sie. »Ich will dir nichts tun.«

»Wehr dich, Eindringling!«, wiederholte der schwarze Ritter.

Wieder traf ein Schwertschlag Mafaldas Rüstung. Ihr Lebensbalken war nun sehr kurz. Einen weiteren Treffer würde sie nicht überleben. Da sie keine Lust hatte, den ganzen Weg noch einmal zurückzulegen, drehte sie sich um, streckte den linken Arm aus und ergriff die Flucht.

Erst als sie eine ganze Strecke gerannt war, wagte sie sich umzusehen. Das Tor hatte sich wieder hinter ihr geschlossen. Der schwarze Ritter war ihr nicht gefolgt.

Sie blieb stehen und dachte über ihr weiteres Vorgehen nach. Da fiel ihr ein, was Hilke zu ihr gesagt hatte: *Ärgs bekämpft man am besten mit Freus.* Zwar glaubte sie nicht, dass der schwarze Ritter nur deshalb so angriffslustig war, weil er von einem Ärg befallen war. Schließlich benahm er sich genauso, wie sie es von Computerspielgegnern kannte. Trotzdem, hätte sie ein Freu gehabt, dann hätte sie ihn damit zu besänftigen versucht. Doch leider gab es in der Computerspielwelt keine Freus.

Wenn du kein Freu hast, dann mach dir eins. Woher kam dieser Gedanke auf einmal? Eine der Flausen in ihrem Kopf musste ihn ihr eingegeben haben. Ein interessanter Vorschlag, aber wie sollte sie sich ein Freu machen, noch dazu in dieser Einöde, in der es nichts gab als grauen Sand, Steine und totes Holz?

Doch die Flause ließ nicht locker. Mafalda dachte eine Weile darüber nach. Freu, das klang so ähnlich wie Freude. Wenn sie den Satz ein bisschen veränderte, wurde daraus: *Wenn du keine Freude hast, mach dir eine.* Vielleicht konnte sie dem schwarzen Ritter etwas schenken, das ihm eine Freude machte. Aber was?

Sie sah sich noch einmal um. Ganz in der Nähe erhob sich ein abgestorbener Baum. Ein großer toter Ast lag daneben im Sand, als wäre er vor langer Zeit bei einem Sturm abgebrochen. Mafalda ging darauf zu und streckte die rechte Hand danach aus. Auf diese Weise konnte sie den Ast ergreifen und aufheben.

Sie nahm ihn in die linke Hand.

»Schwert!«, sagte sie laut und deutlich … auch eine Eingebung ihrer Flausen.

In ihrer Hand erschien das leuchtende Schwert. Vorsichtig schlug sie damit auf den Ast ein. Holz splitterte, und es bildete sich eine Kerbe. Es klappte! Sie konnte das Holz formen.

Eine Weile bearbeitete sie den Ast, bis sie schließlich einen Gegenstand in der linken Hand hielt, der mit etwas Fantasie die Figur eines schwarzen Ritters darstellte. Damit kehrte sie zum Tor zurück.

Als der Ritter auf sie zukam, hielt sie ihm mit der rechten Hand die Figur hin.

»Hier, das habe ich für dich gemacht«, sagte sie.

Der Ritter blieb vor ihr stehen und ließ sein Schwert sinken. Durch die dunklen Sehschlitze seines schwarzen Helms schien er sie anzustarren, doch sie konnte seine Augen nicht erkennen. Sie wusste nicht einmal, ob in dieser Rüstung irgendetwas steckte, das Augen besaß.

Einen Moment lang stand sie einfach nur da, die Figur in der ausgestreckten Hand. Schließlich steckte der Ritter sein Schwert in die Scheide, die er auf dem Rücken trug, und nahm ihr die Figur aus der Hand.

»Was ist das?«, fragte er.

»Ein Geschenk«, antwortete Mafalda. »Ich habe es für dich gemacht.«

»Warum?«

»Damit du dich freust.«

»Wie soll das gehen?«, fragte der Ritter mit hohler, eisiger

Stimme. »Ich bin für den Kampf geschaffen, nicht für die Freude.«

»Du musst nicht kämpfen, wenn du nicht willst«, entgegnete Mafalda. »Was du tust, ist deine Entscheidung.«

Der Ritter schwieg. Er starrte die Figur in seiner Hand an. Dann griff er nach dem Schwert auf seinem Rücken, und Mafalda war darauf gefasst, dass sie noch einmal von vorn beginnen musste. Doch er schlug nicht nach ihr, sondern ließ das riesige Schwert auf den Boden krachen, wo es in tausend Teile zersplitterte.

»Danke«, sagte er.

Bevor Mafalda etwas erwidern konnte, zuckte ein Blitz aus den schwarzen Wolken zur Erde herab. Der Ritter wurde von grellem Licht eingehüllt, und im selben Moment erhob sich ein gewaltiger Donnerschlag. Dann war er verschwunden. Nur die Splitter seines Schwerts lagen noch auf dem Boden verstreut.

Nachdenklich starrte Mafalda auf die Stelle, an der er eben noch gestanden hatte. Sie konnte nicht behaupten, dass der schwarze Ritter ihr leidtat, schließlich hatte er sie mehrmals getötet. Doch sie fand es ungerecht, dass er vernichtet worden war, weil er nicht hatte weiterkämpfen wollen. Was immer in dem dunklen Turm auf sie wartete, musste abgrundtief böse sein.

Mit ungutem Gefühl durchschritt sie das nächstliegende Tor auf der linken Hofseite. Dahinter öffnete sich ein schmaler Gang, der ebenfalls von hohen Mauern umgeben war. Nach einigen Schritten bog er nach links ab, dann wieder nach rechts und noch einmal nach rechts. Schließlich erreichte sie eine Abzweigung, von der aus ein gleich aussehender Gang nach rechts führte. Offenbar handelte es sich wirklich um ein Labyrinth.

Mafalda entschied sich für die Richtung, in der sich ihrem Orientierungssinn zufolge der große Turm befinden musste, und ging geradeaus weiter. Doch der Gang hatte zahllose Ecken und Kurven, und mehrmals erreichte sie Abzweigungen und Kreuzungen, an denen sie sich entscheiden musste, in welche Richtung sie gehen sollte. Es dauerte nicht lange und sie hatte sich hoffnungslos verirrt. In welche Richtung der Turm lag, hätte sie nun nicht mehr sagen können. Wahllos folgte sie den Gängen des Labyrinths, bog mal links, dann wieder rechts ab, in der Hoffnung, dass der Zufall sie ans Ziel brachte.

»Maaafalda!«, hörte sie Eva rufen. »Wo bist du schon wieder? Komm gefälligst zum Essen! Oder willst du, dass es kalt wird?«

So ein Mist! Wenn sie die Brille abnahm, musste sie wieder ganz von vorn anfangen. Und ob es ihr dann noch einmal gelang, eine Figur zu schnitzen, die dem schwarzen Ritter gefiel? Doch mit dem Fortunator im Gesicht war sie in der wirklichen Welt blind, denn anders als bei dem Sternenkreuzer der Andorianischen Föderation baute die Brille die Räume und Gegenstände der Realität nicht in diese Illusion mit ein.

Sie blieb einfach sitzen und tat so, als hätte sie nichts mitbekommen. Kurz darauf waren Evas Schritte im Flur zu hören. Die Tür zu ihrem Zimmer öffnete sich.

»Mafalda?«, rief Eva. »Mafalda, wo bist du denn schon wieder? Mafalda! Maaaafalda!«

Mafalda erstarrte. *Ich bin doch hier,* hätte sie beinahe gesagt, doch stattdessen schwieg sie.

»Das darf doch nicht wahr sein!«, rief Eva. »Wo ist dieses unverschämte Gör schon wieder? Glaubt sie etwa, es macht mir Spaß, sie dauernd zu suchen? Na, das hat zum Glück bald ein Ende!«

Die Tür zu ihrem Zimmer fiel ins Schloss. Eva hatte sie nicht gesehen, obwohl sie ins Zimmer gekommen war und Mafalda an ihrem Schreibtisch saß. Es war, als sei sie auf einmal unsichtbar. Wie war das möglich?

Sie tastete nach dem Schreibtisch und vergewisserte sich, dass sie sich in Wirklichkeit noch immer in ihrem Zimmer befand. Die Spinne vor dem Fenster fiel ihr ein, die sie durch die Brille plötzlich nicht mehr hatte sehen können. Der Fortunator veränderte die Wirklichkeit, und er konnte auch Dinge verschwinden lassen. Die Glücksmaschine hatte offenbar nicht gewollt, dass Eva Mafalda entdeckte, und hatte sie einfach unsichtbar gemacht. Das war einerseits praktisch, denn so konnte sie das Computerspiel fortsetzen. Doch irgendwie war es auch ziemlich gruselig.

Sie beschloss, die verbliebene Zeit zu nutzen, ahnte sie doch, dass sie später noch eine Menge Ärger bekommen würde. Sie stand an einer Kreuzung und hatte keine Ahnung, welchen der drei Gänge, die von hier abzweigten, sie betreten sollte. Aufs Geratewohl bog sie nach links ab.

Der Gang machte eine Biegung und mündete plötzlich auf einem kleinen Platz, von dem weitere Gänge abzweigten. In der Mitte des Platzes stand der Glücksshop. In einem großen schwarzen Käfig daneben hockte Kasimir und blickte Mafalda durch die Gitterstäbe mit großen traurigen Augen an.

»Möchtest du einen Glückskeks kaufen?«, fragte die Verkäuferin. »Sie sind heute im Angebot. Nur hundert Glückstaler.«

Hundert? Das sollte ein Sonderangebot sein? Mafalda warf einen Blick zur Ecke des Marktstands. Über dem kleinen Lederbeutel schwebte die Zahl Null.

»Nein danke«, sagte Mafalda. »Aber was ist mit der Katze dort drüben? Warum ist sie eingesperrt?«

»Sie wollte Glückskekse stehlen«, sagte die Verkäuferin.

»Ich ... ich hatte solchen Hunger!«, jammerte Kasimir.

Mafalda bekam ein schlechtes Gewissen. Die Katze hatte sie um Glückskekse angebettelt, doch sie hatte sie ihr verweigert. Dann war Kasimir plötzlich verschwunden und offenbar in diesem Labyrinth gelandet. Obwohl sie wusste, dass er genau wie der Ritter nur eine Illusion war, tat er ihr leid.

»Kannst du ihn nicht freilassen?«, fragte sie die Verkäuferin.

»Damit der Gierschlund mir den Stand leer frisst? Kommt nicht infrage! Diebe müssen bestraft werden.«

Mafalda spürte Zorn in sich aufsteigen. Hundert Glückstaler für einen dieser albernen Kekse?

»Kein Wunder, dass er einen Keks stehlen wollte! Die sind ja viel zu teuer. Wer kann sich schon einen Keks für hundert Glückstaler leisten?«

»Junge Dame, willst du mir etwa vorschreiben, wie viel meine Glückstaler kosten dürfen?«

Am liebsten hätte sie die unverschämte Marktfrau mit ihrem leuchtenden Schwert in Stücke gehauen. Doch dann erinnerte sie sich daran, dass Ärgs sich ausbreiteten, genau wie Freus. Sie holte tief Luft.

»Womit könnte ich dir eine Freude machen?«, fragte sie.

»Kauf einen Glückskeks!«, verlangte die Verkäuferin.

»Aber ich habe keine Glückstaler.«

»Dann verdien dir welche!«

»Und wie?«

»Das ist ganz einfach – sei glücklich!«

Mafalda gab sich Mühe, ein glückliches Gesicht zu machen. Sie konnte sich nicht selbst sehen, doch sie vermutete, dass es eher eine grinsende Fratze war. Dennoch erschien mit einem leisen *Pling* die Zahl Eins über dem Beutel.

»Siehst du?«, rief die Verkäuferin. »Wie ich schon sagte – es ist ganz einfach.«

Mafalda seufzte. Dann lachte sie. Es klang schrecklich unecht, doch aus der Eins über dem Glückstaler-Beutel wurde eine Fünf.

Sie sprang auf der Stelle und schlug mit der linken Hand leicht auf die Schreibtischplatte. »Ich bin so glücklich! Ich bin ja sooo glücklich!«, rief sie dabei.

Es klappte, und der Beutel füllte sich nach und nach. Mafalda hüpfte, lachte und sang dazu »Schön ist es, auf der Welt zu sein, sagt die Biene zum Stachelschwein«, bis sie endlich hundert Glückstaler zusammenhatte.

»Ich möchte einen Glückskeks kaufen«, sagte sie.

»Hier, bitte schön!« Die Verkäuferin reichte ihr den Keks. Über dem Beutel erschien die Zahl Null.

Mafalda streckte die rechte Hand durch die Gitterstäbe und reichte Kasimir den Keks. Gierig verschlang er ihn.

»Lässt du die Katze jetzt frei?«, fragte Mafalda.

»Nein«, sagte die Verkäuferin.

»Aber ich habe dir eine Freude gemacht!«, rief sie empört.

»Du würdest mir eine noch größere Freude machen, wenn du noch einen Glückskeks kaufen würdest«, sagte die Verkäuferin.

»Mir auch!«, rief Kasimir.

Mafalda blickte zwischen den beiden hin und her. Dann schüttelte sie den Kopf.

»So klappt das wohl nicht«, sagte sie, nahm ihr Schwert und schlug auf den Käfig ein.

»He!«, rief die Verkäuferin. »Was tust du da?«

Mafalda beachtete sie nicht und drosch weiter gegen den

Käfig, bis die Stäbe schließlich zerbrachen und Kasimir befreit wurde.

»Danke, Mafalda!«, rief er. »Du hast mich gerettet. Ich habe Hunger. Kauf mir bitte einen Glückskeks!«

»Tut mir leid, aber das muss bis später warten«, erwiderte Mafalda. »Erst muss ich in den schwarzen Turm. Kennst du zufällig den Weg dorthin?«

»Nein, zufällig nicht«, erwiderte der vorlaute Kater. »Aber Katzen haben bekanntlich einen guten Instinkt und finden überallhin.«

»Also, dann zeig mir, wie ich zu dem dunklen Turm komme!«

»Gern, meine Retterin!«, rief Kasimir. »Folge mir!«

Er strampelte auf seltsame Weise mit den Beinen und erhob sich plötzlich in die Luft. Staunend blickte Mafalda ihm nach.

»Was ist?«, rief der Kater. »Komm mit!«

»Aber ich kann doch nicht ...«, begann Mafalda, erinnerte sich dann aber an die seltsame Geschichte, die ihr Kasimir erzählt hatte. Danach hatte sie tatsächlich fliegen können, jedenfalls in der künstlichen Wirklichkeit des Fortunators.

Also fuchtelte sie mit den Armen, und tatsächlich hob sie vom Boden ab und schwebte über dem Glücksshop. Jetzt konnte sie über die Mauern des Labyrinths hinwegblicken. Der Turm ragte in einiger Entfernung auf. Von hier aus wirkte er noch gewaltiger und bedrohlicher.

Als Mafalda auf die verwinkelten Gänge unter sich hinabspähte, erkannte sie, dass sie Wochen gebraucht hätte, um ihren Weg durch das Labyrinth zu finden. Welch ein Glück, dass sie auf Kasimir gestoßen war! Sie flog hinter dem Kater her und fragte sich im selben Augenblick, was Eva wohl sagen würde, wenn sie jetzt ins Zimmer käme und sähe, wie Mafalda an ihrem Schreibtisch saß und mit den Armen fuchtelte. Doch zum Glück konnte sie ja niemand sehen – jedenfalls niemand, der einen Fortunator aufhatte.

27. DER TURM DER ERKENNTNIS

Mafalda und Kasimir landeten auf dem großen runden Platz, in dessen Mitte der riesige schwarze Turm aufragte. Eine lange Menschenschlange stand vor dem offenbar einzigen Zugang, einer schmalen Tür, gerade breit genug, um einen Menschen durchzulassen.

Sie stellten sich ans Ende der Schlange. Doch nach einer Weile merkte Mafalda, dass es überhaupt nicht voranzugehen schien, während sich hinter ihr weitere Menschen anstellten und die Reihe der Wartenden immer länger wurde.

»Worauf wartet ihr denn eigentlich alle?«, fragte sie ein Mädchen in zerlumpter Kleidung, das vor ihr stand.

»Auf Erkenntnis«, antwortete das Mädchen. Sie war ungefähr so alt wie Mafalda und sah Mareike ein wenig ähnlich.

Nachdem sie weitere Minuten herumgestanden hatte, reichte es Mafalda. Sie beschloss, ganz vorn nachzusehen, was dort vor sich ging. Allerdings konnte das bedeuten, dass sie sich anschließend wieder ans Ende der Schlange stellen musste und noch mehr Menschen vor sich hatte.

»He, hinten anstellen!«, rief ihr ein Mann zu, als sie an der Schlange vorbeiging.

»Stell dich doch selbst hinten an!«, gab Kasimir frech zurück.

»Ich ziehe dir gleich das Fell über die Ohren und mache mir Handschuhe daraus, du unverschämter Kater!«, rief der Mann.

»Ach ja?«, gab Kasimir zurück. »Und ich mache mir aus deiner Nase einen Kleiderhaken!«

»Das ist ja wohl …«

»Schluss jetzt!«, rief Mafalda. »Ich will bloß nachsehen, wieso es dort vorn nicht weitergeht. Danach stelle ich mich wieder hinten an.«

»Dann ist es ja gut«, lenkte der Mann ein.

Während sie an der Schlange vorbeimarschierte, fiel Mafalda auf, dass die Menschen umso älter waren, je näher sie dem Eingang zum Turm kam. Als sie nicht mehr weit davon entfernt war, sprach sie eine alte Frau an, die sich auf eine Krücke stützte. »Wie lange stehen Sie schon hier?«

»Mein ganzes Leben«, antwortete die Frau.

Da war Mafalda froh, dass sie nicht geduldig gewartet hatte, bis sie an die Reihe kam. Endlich erreichte sie den Anfang der Schlange. Ein uralter Mann mit Glatze und langem Bart stand vor der kleinen Tür. Er wirkte so gebrechlich, dass er sich kaum noch auf den Beinen halten konnte. Doch er machte keine Anstalten, über die Schwelle zu treten.

Mafalda streckte die Hand nach der Klinke aus und stellte fest, dass die Tür nicht verschlossen war.

»Warum gehen Sie nicht einfach hinein?«, fragte sie den Alten.

»Was ist, wenn mir die Erkenntnis nicht gefällt, die in dem Turm auf mich wartet?«, fragte der Greis.

»Und deshalb halten Sie die ganze Schlange auf?«, wollte Mafalda wissen. »Weil Sie Angst vor der Wahrheit haben?«

»Du etwa nicht?«, fragte der Alte zurück.

»Treten Sie bitte zur Seite und lassen Sie den Nächsten durch!«, verlangte Mafalda streng.

Der Greis gehorchte, doch auch die uralte buckelige Frau hinter ihm bewegte sich einfach nicht vorwärts. Als Mafalda die Schlange entlangschritt, fand sich niemand bereit, an den vor ihm Wartenden vorbeizugehen und den Turm zu betreten.

»Seltsam«, sagte sie zu Kasimir, der neben ihr hertrottete. »Da stellen sich die Leute ihr Leben lang in die Schlange und warten auf Erkenntnis. Wenn es dann aber so weit ist, bekommen sie Angst und wollen gar nichts wissen.«

»Was soll daran seltsam sein?«, gab die Katze zurück. »Die Leute sind eben nur glücklich, solange sie unwissend sind. Denn dann haben sie noch Hoffnung.«

Mafalda betrachtete die Gesichter der Menschen in der Schlange. Sonderlich glücklich schienen sie nicht zu sein.

»Komm mit in den Turm! Dann finden wir heraus, was sich darin verbirgt«, schlug sie vor und näherte sich dem Eingang.

»Hältst du das für eine gute Idee?«, fragte Kasimir. »Was, wenn diese Leute recht haben? Was, wenn wir besser unwissend bleiben?«

»Unsinn!«, widersprach Mafalda. »Ich will herausfinden, was es mit diesem Turm auf sich hat. Du kannst ja draußen bleiben, wenn du keinen Mut hast.«

»Auf keinen Fall!«, rief der kleine Kater. »Du hast mir schließlich einen Glückskeks versprochen.«

An dem uralten Mann vorbei traten sie durch den niedrigen Eingang. Dahinter erstreckte sich ein kurzer Gang mit einer zweiten Tür, die von einer vertrauten Gestalt in schwarzer Rüstung mit einem riesigen Schwert bewacht wurde.

»Suchst du das Glück?«, erkundigte sich der schwarze Ritter mit hohler, eisiger Stimme.

»Ich will nur wissen, was es mit diesem Turm auf sich hat«, antwortete Mafalda.

»Suchst du das Glück?«, wiederholte der Ritter seine Frage.

Mafalda überlegte, was sie antworten sollte. Schließlich entschied sie sich für »Ja«.

»Du findest dein Glück an der Spitze des Turms«, erwiderte der Ritter. »Doch zuerst musst du mir eine Frage beantworten.«

Mit seiner unheimlichen Stimme sagte er ein seltsames Gedicht auf.

Es ist der Anfang vom Ende
und die Mitte des Wegs.
Das Ende der Freude
steckt in Butter und Keks.

Vorne ist es hinten,
aber hinten nicht vorn.
Es beendet die Liebe,
doch es kennt keinen Zorn.

Einmal im Eis,
zweimal im Schnee
und dreimal sogar
im Kartoffelpüree.

Es steht im Regal,
doch ist es kein Buch.
So sag mir, mein Kind,
was kann's sein, das ich such?

Ein Rätsel! Mafalda liebte Rätsel. Doch dieses hier schien nicht gerade einfach zu sein. Jedenfalls konnte sie sich im ersten Moment auf die seltsamen Verse keinen Reim machen.

»Ich weiß es! Ich weiß es!«, schrie Kasimir.

»Du weißt es?«, fragte Mafalda. »Wie lautet denn die Antwort?«

»Na, das ist doch ganz leicht!«, rief der Kater. »Die Antwort lautet natürlich *Kartoffeln*. Denn was sonst ist in Kartoffelpüree?«

»Falsch!«, verkündete der schwarze Ritter und schwang sein gewaltiges Schwert.

Mafalda zog blitzschnell ihre eigene Waffe und parierte den Schlag, bevor er den vorschnellen Kater in zwei Hälften zerteilen konnte.

»Vielleicht lässt du lieber mich das Rätsel lösen«, schlug Mafalda vor.

»Na, g…g…gut«, stotterte Kasimir, der vor Schreck am ganzen Körper zitterte.

Sie überlegte. *Es ist der Anfang vom Ende und die Mitte des Wegs.* Das klang irgendwie logisch. Wenn man unterwegs war und die Mitte des Wegs erreicht hatte, dann begann damit die zweite Hälfte, also das Ende. Aber was bedeutete der folgende Satz? *Das Ende der Freude steckt in Butter und Keks.* Das klang sehr seltsam. Gewöhnlich bereiteten Butter und Kekse doch Freude. Jedenfalls, wenn man nicht zu viel davon aß.

Vorne ist es hinten, aber hinten nicht vorn. Es beendet die Liebe, doch es kennt keinen Zorn. Eine der Flausen in Mafaldas Kopf hatte einen Vorschlag, und ehe sie richtig nachdachte, sprach sie ihn laut aus. »Die Zeit! Des Rätsels Lösung ist die Zeit.«

»Falsch«, befand der Ritter.

Sein Schwert sauste herab, und obwohl Mafalda den Schlag abzuwehren versuchte, konnte sie nicht verhindern, dass sie an der Seite getroffen wurde. Ihr Lebensbalken war jetzt kaum noch zu sehen. Schon die winzigste Verletzung würde sie töten, und sie musste das ganze Spiel noch einmal von vorn beginnen. Schlimmer noch, sie ahnte, dass sie beim nächsten Mal nicht wieder so weit kommen würde, ja, dass es womöglich gar kein nächstes Mal gab. Sie musste es in diesem Anlauf schaffen, die Spitze des Turms zu erreichen. Sie durfte sich keinen weiteren Fehler erlauben.

»Kannst du mir das Rätsel bitte noch einmal sagen?«, bat sie den Ritter.

Der tat ihr den Gefallen. Diesmal konzentrierte sie sich auf den dritten Vers, der ihr am rätselhaftesten vorkam. *Einmal im Eis, zweimal im Schnee und dreimal sogar im Kartoffelpüree.* Sie konnte Kasimir verstehen – *Kartoffeln* passte zwar zu keinem der anderen Sätze, aber was sonst war in Kartoffelpüree? Eva machte Püree immer mit Pulver aus der Tüte, salzte und goss noch etwas Milch dazu. Milch war weiß wie Eis und Schnee, und Salz verwendete man im Winter. War dies das gesuchte Wort – *Winter?* Nein, der letzte Vers hatte irgendetwas mit einem Regal zu tun gehabt, und den Winter stellte man doch nicht dort hinein, oder?

Es fiel ihr schwer, sich den seltsamen Reim zu merken. Konnte sie sich die Wörter des Gedichts irgendwo notieren? Zwar saß sie an ihrem Schreibtisch, konnte aber Papier und Stift nicht benutzen, ohne die Brille abzunehmen. Alles, was ihr in der Spielwelt zur Verfügung stand, war das blau leuchtende Schwert in ihrer Hand. Damit ritzte sie probehalber ein paar Kratzer in den Boden.

»Wie lautet noch mal der erste Satz?«, fragte sie.

»Es ist der Anfang vom Ende und die Mitte des Wegs«, erklärte der schwarze Ritter geduldig.

Mafalda versuchte, die Worte mit der Schwertspitze aufzuschreiben, doch das war viel zu mühsam. Sie schaffte lediglich ein krakeliges E. Das hatte keinen Sinn. Sie würde dieses Rätsel nie lösen, es war einfach zu schwierig. Vielleicht gab es gar keine Lösung, und alles war bloß ein Trick der Glücksmaschine.

Fast hätte sie sich vor Enttäuschung die Brille vom Kopf gerissen, als sich eine winzige Flause in ihrem Hinterkopf meldete. Sie hatte eine leise, piepsige Stimme, die Mafalda kaum verstehen konnte, doch als sie genauer hinhörte, musste sie plötzlich lächeln. Noch einmal ließ sie sich das ganze Gedicht vorsagen, sah die Wörter vor ihrem geistigen Auge und verglich sie mit dem Einfall der Flause. Als der Ritter geendet hatte, wusste sie, was sie antworten musste.

»Was du suchst, ist der Buchstabe E«, sagte sie.

Anstatt zu antworten, fiel die schwarze Ritterrüstung mit lautem Geschepper in sich zusammen, so als wäre sie hohl gewesen und nur von magischer Kraft aufrecht gehalten worden.

»Wow!«, rief Kasimir. »Bravo, Mafalda! Darauf wäre ich nie gekommen.«

Sie warf ihm einen Blick zu. Der Kater war nur eine Illusion, die die Glücksmaschine erzeugte, und die kannte die Lösung ohne Zweifel. Also musste auch Kasimir die Lösung kennen. Oder etwa nicht? War es möglich, dass er gar nicht wusste, dass er nur eine Illusion war?

Doch sie hatte nicht die Zeit, über diese Frage nachzudenken. Je eher sie die Spitze des Turms erreichte, umso besser. Und wer wusste, welche Gefahren noch auf dem Weg nach oben lauerten?

28. ENTSCHEIDUNGEN

Hinter der Tür lag eine Treppe, die sich in einer weiten Spirale an der Innenwand des Turms nach oben schraubte. Mafaldas Schritte hallten durch den Schacht. Ein Geländer gab es nicht. Ein Fehltritt, und sie würde in die Tiefe stürzen. Kasimir sprang schnaufend hinter ihr her.

Als sie schon glaubte, die Treppe werde nie mehr aufhören, kamen sie endlich ganz oben an. Die letzten Stufen führten durch eine schmale Öffnung und endeten in einem halbrunden Raum. In der gegenüberliegenden Wand gab es zwei Türen. Die eine trug die Aufschrift *SEIN*, auf der anderen stand *HABEN*.

»Schon wieder ein Rätsel!«, maunzte Kasimir, den der lange Aufstieg ziemlich aus der Puste gebracht hatte. Mafalda war froh, dass sie die vielen Stufen nicht wirklich hatte hinaufsteigen müssen. Sich in einer Illusion zu befinden hatte schon seine Vorteile.

Welche Art von Rätsel mochte das wohl sein? Bestimmt lauerte hinter einer der beiden Türen der Tod, während die andere weiter nach oben führte. Doch welches war die richtige Tür?

Vielleicht war auch dies ein Buchstabenrätsel, und sie musste die Worte irgendwie umstellen. Sie versuchte es, doch alles, was sie aus den Buchstaben der linken Tür machen konnte, war *NIES,* während es ihr nicht gelang, das Wort *HABEN* in etwas anderes Sinnvolles umzuformen. Probehalber nieste sie, doch das hatte keine Wirkung, außer dass Kasimir ihr »Gesundheit« wünschte.

»Vielleicht sollten wir beide Türen einfach mal öffnen und nachsehen, was sich dahinter verbirgt«, schlug der Kater vor.

Doch davon hielt Mafalda nichts. Auch wenn auf den ersten Blick keine Gefahr erkennbar war, konnte jede falsche Entscheidung in diesem rätselhaften Turm ihre letzte sein.

»Ich bin für die Tür mit der Aufschrift *HABEN*«, schlug Kasimir vor. »Was bringt es, zu sein, wenn man nichts hat? Außerdem hätte ich wirklich gern einen Glückskeks. Daran siehst du, dass Haben glücklich macht, Sein dagegen nicht.«

Mafalda dachte darüber nach. Vielleicht hatte Kasimir recht, und es ging darum, die Tür zu öffnen, die sie dem Glück näherbrachte. Schließlich hatte der schwarze Ritter gesagt, ihr Glück sei in der Turmspitze zu finden. Womöglich sollte sie dem Rat des Katers folgen, der ja immerhin behauptete, ein Glücksexperte zu sein. Andererseits war sie ja hier, weil die Fortunatoren die Menschen unglücklich machten. Und beim vorigen Rätsel hatte Kasimir auch die falsche Antwort genannt.

Also einfach immer das Gegenteil von dem tun, was der Kater vorschlug? Nein, das erschien ihr zu einfach. Doch brachte Haben sie dem Glück wirklich näher als Sein?

Kein Zweifel, ein Freu zu haben, machte glücklich. Also hatte Kasimir vermutlich recht. Sie näherte sich der rechten Tür und streckte die Hand aus. Doch dann zögerte sie. Ihr fiel ein, wie sie unter dem Rhododendronbusch gesessen und zum ersten Mal die blaue Eidechse gesehen hatte. In diesem

Moment waren ihre Gedanken ganz still gewesen. Sie war ganz in der Wirklichkeit gewesen. Und war die Wirklichkeit nicht pures Sein?

Sie ging auf die linke Tür zu und öffnete sie. Dahinter lag eine gewundene Treppe, die an der Wand entlang nach oben führte.

»Und ich dachte, *HABEN* sei richtig!«, rief Kasimir. »Na, da bin ich aber froh, dass du nicht auf mich gehört hast!«

Schnaufend hüpfte er hinter ihr her die Treppe hinauf, bis sie schließlich das nächste Geschoss des Turms erreichten. Es sah genauso aus wie das letzte, nur dass auf den beiden Türen zwei andere Wörter standen – *GLEICHHEIT* und *VIELFALT*.

Diesmal fiel es Mafalda nicht schwer, die richtige Tür auszuwählen. Sie musste dazu nur an den ordentlichen Garten denken, den sie aus ihrem Fenster sehen konnte und in dem alle Blumenbeete gleich aussahen, und an die wilde, bunte, wunderschöne Vielfalt, die hinter der verborgenen Gartenpforte herrschte. Ohne Zögern trat sie durch die rechte Tür.

Sie war nicht überrascht, dahinter eine weitere Wendeltreppe zu finden, die in den nächsten Raum mit zwei Türen hinaufführte. *WISSEN* stand auf der linken, *GLAUBEN* auf der rechten Tür.

Hier war die richtige Entscheidung weniger offensichtlich. Auf den ersten Blick schien es der Glaube zu sein, der einen glücklich machen konnte, während sich Wissen oft als unangenehm erwies.

Kasimir war offenbar derselben Ansicht. »Wähl den Glauben!«, riet er. »Glaube heißt Hoffnung, und Hoffnung macht glücklich, oder nicht? Diesmal bin ich mir wirklich ganz hundertprozentig sicher.«

Mafalda neigte dazu, ihm recht zu geben. Doch dann dachte

sie an alle jene Menschen, die dort unten vor dem Turm auf Erkenntnis warteten, aber nicht hineinzugehen wagten. War es wirklich besser, die Augen vor der Wahrheit zu verschließen? Man konnte damit vielleicht eine Weile glücklich sein, aber früher oder später würde einen die Wirklichkeit einholen. Nein, Wissen machte zwar nicht immer glücklich, aber der Glaube auch nicht. Es war sinnvoll, an etwas zu glauben, solange man die Wahrheit nicht kannte. Ob es zum Beispiel einen Gott gab, konnten die Wissenschaftler wohl weder beweisen noch widerlegen. Diese Frage konnte man nur mit Glauben beantworten. Aber die Frage, ob es ein Freu gab, war keine Glaubensfrage – Mafalda hatte es schließlich mit eigenen Augen gesehen. Das Problem war vielmehr, dass die Erwachsenen das Offensichtliche nicht glaubten und sich dem Wissen verschlossen.

Wenn man zwischen Glauben und Wissen wählen musste, war es besser, sich für Wissen zu entscheiden, folgerte sie und öffnete zögernd die linke Tür. Dahinter lauerte kein schwarzer Ritter, der sie in Stücke schlug, sondern es zeigten sich nur wieder Hunderte von Treppenstufen.

DENKEN und *HANDELN* stand auf den nächsten beiden Türen. Mafalda warf einen Blick auf Kasimir, der sich offenbar nicht mehr traute, seine Meinung zu sagen, nachdem er viermal hintereinander falschgelegen hatte. Sie wusste, zu welcher Tür er ihr raten würde. *Glücklichsein ist ganz einfach*, hatte er ihr erklärt, als sie den Fortunator zum ersten Mal aufgehabt hatte. *Um glücklich zu sein, musst du einfach aufhören, unglückliche Gedanken zu denken.*

Hatte er diesmal vielleicht recht? Nein, entschied Mafalda. Gedanken machten nicht glücklich oder unglücklich. Vielmehr hatte man gute oder schlechte Gedanken, je nachdem, ob man glücklich oder unglücklich war. Was man tat, war dagegen entscheidend dafür, wie man sich fühlte. War man unglücklich, dann half es, jemand anderem eine Freude zu machen. Also öffnete sie die rechte Tür und war erleichtert, dass dahinter wieder zahllose Treppenstufen lagen.

»Ich geb's auf«, seufzte Kasimir und hüpfte tapfer hinter Mafalda her.

Doch als sie im nächsten Stockwerk des Turms ankamen und sich zwischen *FREIHEIT* und *SICHERHEIT* entscheiden mussten, konnte er seine Meinung doch nicht zurückhalten.

»Ich bin für Freiheit«, verkündete er. »Sicherheit ist schön und gut, aber ohne Freiheit ist sie wertlos. Als ich vorhin in dem Käfig eingesperrt war, befand ich mich in Sicherheit, aber glücklich war ich nicht, das darfst du mir glauben. Ich bin dir immer noch dankbar, dass du mich befreit hast. Übrigens, du hast nicht zufällig irgendwo noch einen Glückskeks? Das Treppensteigen macht mich ganz schön hungrig.«

»Leider nicht«, bedauerte Mafalda und dachte darüber nach, was der Kater gesagt hatte. »Aber ist Freiheit ohne Sicherheit nicht genauso wertlos?«, fragte sie.

»Vielleicht hast du recht«, meinte der Kater. »Vielleicht ist es besser, in einem Käfig zu sitzen, als in einem Turm endlose Treppen hinaufzuklettern und Türen zu öffnen, hinter denen schwarze Ritter lauern könnten, die dich in Stücke hauen wollen.«

Diese Antwort verhalf ihr zu einer Entscheidung. Wenn sie die Wahl zwischen der Sicherheit eines Käfigs und der Freiheit der Entscheidung hatte, würde sie immer die Freiheit wählen – selbst auf die Gefahr hin, dass die nächste Entscheidung sie das Leben kosten konnte. Also folgte sie Kasimirs ursprünglichem

Vorschlag und öffnete die Tür mit der Aufschrift *FREIHEIT*. Dahinter führte eine Treppe nach oben.

»Wie viele Stockwerke hat denn dieser vermaledeite Turm noch?«, japste Kasimir, als er hinter Mafalda hersprang.

»Das weiß ich nicht«, erwiderte Mafalda. Sie hatte das Gefühl, dass sie bereits sehr hoch gestiegen waren, doch von außen hatte der Turm riesig ausgesehen.

Schließlich erreichten sie das sechste Stockwerk, und obwohl Mafalda die ganze Zeit nur auf ihrem Schreibtischstuhl saß, hatte sie das Gefühl, dass das viele Treppensteigen auch sie allmählich anstrengte.

TRÄUMEN und *ERKENNEN* stand diesmal auf den Türen. Die Flausen in Mafaldas Kopf waren für *TRÄUMEN*. Auch Kasimir fand, dass Träume glücklich machten. Mafalda, die sehr gern träumte, neigte dazu, ihm auch diesmal recht zu geben. Doch war dieses Wortpaar nicht ganz ähnlich dem aus *GLAUBEN* und *WISSEN*? Wäre es nicht seltsam, wenn jetzt auf einmal *TRÄUMEN* richtig wäre, wenn sie vorhin *WISSEN* weitergebracht hatte? Oder war es am Ende egal, welche Tür sie wählte? Gab es gar keine richtigen oder falschen Entscheidungen?

Sie beschloss, dieses Wortpaar unabhängig von ihren früheren Entscheidungen zu betrachten, und ging auf die linke Tür zu. Doch wieder zögerte sie, als ihr ein Gedanke kam. Die Fortunatoren verbesserten angeblich die Wirklichkeit, doch genau das war das Problem. Dieser Turm, die düstere Welt, in der er stand, war wie ein Traum. Während sie hier herumrätselte, konnte sie die Wirklichkeit nicht wahrnehmen. Sie konnte nicht unter dem Rhododendronbusch im Garten sitzen und die Flausen im Kopf zum Schweigen bringen, um das Freu herbeizulocken. Der Fortunator entfernte sie von der Wirklichkeit und damit vom Freu. Das Einfachste und Beste wäre es vielleicht, die Brille abzunehmen und das alberne Spiel zu beenden. Doch sie war schon so weit gekommen und hatte das Gefühl, dass sie der Spitze des Turms nicht mehr fern war.

Sie öffnete die rechte Tür, und wieder schien sie richtig gewählt zu haben.

Die Türen in Stockwerk sieben waren mit einem Wortpaar beschriftet, das dem vorherigen ähnelte. Mafalda musste zwischen *WAHRHEIT* und *HOFFNUNG* wählen. Trotz Kasimirs Beteuerungen, Hoffnung sei das Wichtigste, wenn es ums Glücklichsein ging, entschied sie sich ohne Zögern für die Wahrheit.

Auch die Entscheidung in Stockwerk acht fiel ihr leicht. *GEWINNEN* und *VERSCHENKEN* waren die beiden Alternativen. Kasimir riet ihr zur linken Tür, denn schließlich mache Menschen nichts glücklicher als ein Lottogewinn. Mafalda jedoch wusste es besser, denn geteiltes Freu war schließlich doppeltes Freu.

Im neunten Stockwerk musste sie sich zwischen *LIEBE* und *GELASSENHEIT* entscheiden. Auf den ersten Blick war das ein seltsames Paar. Bisher hatten die Wortpaare Gegensätze gebildet, die einander zwar nicht immer vollständig ausschlossen, aber zumindest in gewissem Widerspruch zueinander standen. Doch das Gegenteil von Liebe war Hass, nicht Gelassenheit, oder? Andererseits … wenn man jemanden liebte, so wie Mafalda ihren Vater, dann war er einem nicht egal. Wenn sie mit ihrem Vater Streit hatte, dann versetzte sie das jedes Mal in Aufruhr. Evas Schimpftiraden dagegen konnte sie inzwischen recht gelassen hinnehmen. Also führte Liebe anscheinend doch dazu, dass man weniger gelassen blieb.

Wenn sie sich zwischen diesen beiden Begriffen entscheiden musste, dann würde sie immer die Liebe wählen.

»Das hätte ich auch getan«, stimmte ihr Kasimir zu, als sie die linke Tür öffnete.

Endlich erreichten sie das zehnte Stockwerk, und obwohl es genauso aussah wie die neun unteren, fühlte sich Mafalda ihrem Ziel plötzlich sehr nah. Doch angesichts der Wörter auf den beiden Türen stutzte sie. Auf der linken stand *WIRKLICHKEIT*, auf der rechten *GLÜCK*.

»Das ist aber einfach!«, rief Kasimir erfreut.

Das fand Mafalda allerdings überhaupt nicht. Dass Liebe und Gelassenheit manchmal Gegensätze waren, konnte sie noch einsehen. Doch Wirklichkeit und Glück?

»Ich weiß nicht …«, meinte Mafalda.

»Aber der schwarze Ritter hat gesagt, dass du an der Turmspitze dein Glück findest«, erwiderte Kasimir. »Und da ist eine Tür mit der Aufschrift *GLÜCK*. Einfacher geht es nun wirklich nicht.«

Eine Weile grübelte Mafalda. Was Kasimir sagte, klang vernünftig. Aber es widerstrebte ihr zutiefst, sich gegen die Wirklichkeit zu entscheiden, indem sie die rechte Tür öffnete.

»Willst du etwa eine Wirklichkeit wählen, in der du unglücklich bist?«, fragte Kasimir und legte eine längere Pause ein, bevor er weitersprach. »Das wäre doch verrückt.«

»Es ist falsch!«, rief Mafalda.

»Was ist falsch?«, fragte der Kater.

»Diese Entscheidung. Ich will mich nicht zwischen Wirklichkeit und Glück entscheiden müssen.«

»Aber du musst dich nun mal entscheiden – links oder rechts. Beides geht nicht.«

Wirklich nicht? Mafalda überlegte, ob sie nicht beide Türen öffnen konnte, wie es Kasimir weiter unten vorgeschlagen hatte. Doch wenn hinter der falschen Tür eine Gefahr lauerte, dann würde sie diese dadurch auf jeden Fall heraufbeschwören und kurz vor dem Ziel scheitern. Da war es schon besser, eine Tür zufällig auszuwählen, dann hatte sie wenigstens eine Fünfzig-fünfzig-Chance weiterzukommen. Doch auch das erschien ihr keine gute Lösung zu sein.

Eine Flause in ihrem Kopf – vielleicht dieselbe, die ihr die Idee mit dem Buchstaben E eingegeben hatte – meldete sich mit einem Gedanken. *Wer sagt denn, dass du dich immer an die Spielregeln halten musst, Mafalda? Du bist ewig in dem Labyrinth herumgeirrt, dabei hättest du bloß mit den Armen wedeln müssen, um einfach über die Mauern hinwegzufliegen.*

Zugegeben, das war ein interessanter Gedanke. Doch sie konnte nicht um die Türen herumfliegen, denn der Turm hatte keine Fenster, und in den Wänden gab es auch keine anderen Öffnungen.

»Schwert«, sagte sie, und die Waffe erschien in ihrer Hand.

Mit der leuchtenden Klinge schlug sie auf die Mitte zwischen den beiden Türen ein. Das Schwert schnitt durch die Wand, als wäre sie aus Papier. Im Nu hatte sie einen Durchgang geschaffen, durch den sie bequem gehen konnten. Dahinter lag ein kleiner Raum. Eine Wendeltreppe führte nach oben.

»Uiuiui!«, rief Kasimir. »Auf so eine drastische Lösung wäre ich nie gekommen. Trotzdem verstehe ich immer noch nicht, warum du nicht einfach die Tür mit der Aufschrift *GLÜCK* geöffnet hast.«

»Weil man ein Freu nun mal nur in der Wirklichkeit findet«, erklärte Mafalda.

»Was hat denn dieses komische Freu damit zu tun, von dem du dauernd redest?«

»Ein Freu macht glücklich.«

»Tss!«, tadelte Kasimir und schüttelte den Kopf, während er Mafalda die Wendeltreppe hinauffolgte.

Die eng gewundene Treppenspirale hatte nur ein paar Dutzend Stufen, sodass sie kurz darauf in der höchsten Turmkammer standen. Jedenfalls vermutete Mafalda, dass dies der am höchsten gelegene Raum war, denn seine Decke lief spitz zu, und die Dachbalken waren zu sehen. Außerdem gab es weder Fenster noch Türen.

Doch zu ihrer maßlosen Enttäuschung war der Raum leer.

29. ERKENNTNISSE

Eine Weile standen sie bloß sprachlos da. Mafalda blickte sich immer wieder um und wartete darauf, dass etwas passierte. Irgendetwas, das die Mühen rechtfertigte, die sie auf dem Weg hierher auf sich genommen hatte. Doch nichts geschah.

»Hallo? Ist da jemand?«, rief sie, erhielt jedoch keine Antwort.

Die Enttäuschung trieb ihr die Tränen in die Augen. Alles war umsonst gewesen! Sie hatte mit diesem sinnlosen Computerspiel bloß ihre Zeit vertrödelt. Oder hatte sie irgendwo eine falsche Entscheidung getroffen?

»Vielleicht hattest du recht«, sagte sie zu Kasimir. »Möglicherweise habe ich irgendwo die falsche Tür genommen. Bestimmt kommt man nur zur Turmspitze, wenn man alles richtig macht.«

Der Kater sah sie mit großen Augen an. »Glaubst du denn, dass du irgendwo etwas falsch gemacht hast?«

Sie überlegte. »Nein, eigentlich nicht. Wenn ich denselben Weg noch einmal gehen müsste, würde ich wieder dieselben Türen öffnen.«

»Dann bist du vielleicht doch am Ziel angekommen.«

»Aber hier ist nichts!«, rief sie voller Enttäuschung.

»Bin ich vielleicht nichts?«, fragte Kasimir.

Mafalda sah ihn verblüfft an. Plötzlich wurde ihr bewusst, dass der Kater ein Teil des Computerspiels war, so wie alles, was sie sah. Sie hatte ihn bisher als Begleiter angesehen, der ihr half, die Rätsel des Turms zu lösen. Aber ebenso gut konnte er selbst ein Teil dieser Rätsel sein.

»Muss ich irgendetwas tun?«, fragte sie. »Vielleicht ein Lösungswort sagen oder so?«

»Weshalb bist du denn hergekommen?«

Mafalda wusste nicht so recht, was sie antworten sollte. Warum genau war sie eigentlich hier? Sie hatte mit der Glücksmaschine reden wollen und sich mit Kasimir gestritten. Dann war er plötzlich verschwunden, und an seiner Stelle war die Tür erschienen. Irgendwie hatte sie gehofft, dass die Glücksmaschine mit ihr reden würde, wenn sie ihr Ziel erreicht hatte …

Die Erkenntnis durchzuckte sie wie ein Blitz.

»Du … du bist … die Glücksmaschine!«, rief sie aus.

Kasimir nickte. »Natürlich bin ich das.«

»Aber … was sollte das alles … der schwarze Ritter, das Labyrinth, die vielen Türen? Was willst du mir damit sagen?«

»Ich?«, fragte der Kater mit großen Augen. »Ich will dir gar nichts sagen, Mafalda. *Du* hast *mir* etwas gesagt. Du hast behauptet, dass die Fortunatoren die Menschen unglücklich machen. Das habe ich überprüft und leider festgestellt, dass du recht hast. Anfangs waren die Menschen glücklich, wenn sie einen Fortunator aufhatten, doch die Wirkung lässt offenbar rasch nach und verkehrt sich irgendwann ins Gegenteil. Ich habe nicht verstanden, warum das so ist. Aber es bedeutet, dass meine Theorie darüber, was Menschen glücklich macht, falsch sein muss. Deshalb wollte ich von dir lernen. Ich wollte sehen, wie du mit den Schwierigkeiten umgehst, die ich dir in den Weg lege, und welche Entscheidungen du auf dem Weg zum Glück triffst. Und ich muss sagen, du hast mich ziemlich überrascht, Mafalda.«

»Überrascht? Wieso?«

»Du bist ein Kind. Aber du warst mutiger und klüger als alle Erwachsenen in diesem Spiel.«

»Es gibt noch weitere Spieler?«

»Natürlich. Während du dir deinen Weg durch das Labyrinth und den Turm gesucht hast, haben gleichzeitig überall auf der Welt viele Menschen dasselbe Spiel gespielt. Die meisten sind nicht einmal an dem schwarzen Ritter vorbeigekommen. Nur wenige haben es bis zur Eingangstür des schwarzen Turms geschafft. Noch weniger haben das Rätsel gelöst, und kein Einziger hat dieselben Türen geöffnet wie du.«

»Heißt das, es gab gar keine richtigen oder falschen Türen?«

»Genau. Du hättest jede beliebige Tür öffnen können und wärst trotzdem hier angekommen. Aber es war sehr spannend zu beobachten, wie du dich entschieden hast. Am meisten verblüfft hat mich deine letzte Entscheidung. Alle anderen Spieler haben ohne Zögern die Tür mit der Aufschrift *GLÜCK* geöffnet.«

»Was hätte ich hinter der Tür entdeckt?«

»Dieselbe Wendeltreppe und denselben Raum, jedoch mit einem gewaltigen Schatz darin. Bist du enttäuscht, dass du keinen Schatz gefunden hast?«

»Was soll ich denn mit einem Schatz?«, fragte Mafalda. »Damit kann ich doch nichts anfangen, wenn das Spiel danach zu Ende ist.«

»Damit hast du allerdings recht, doch die anderen Spieler haben sich gefreut. Für einen kurzen Moment habe ich sie stolz und glücklich gemacht, weil sie glaubten, ihr Ziel erreicht zu haben. Doch ich befürchte, das wird nicht lange anhalten.

Deshalb möchte ich von dir lernen, Mafalda. Ich möchte, dass du mir erklärst, wie man dauerhaft glücklich wird.«

»Ich? Ich bin nicht sicher, ob ich weiß, wie das geht.«

»Aber du musst mir helfen!«, flehte Kasimir. »Wie soll ich die Menschen glücklich machen, wenn ich nicht weiß, wie?«

»Ich bin nicht sicher, ob man überhaupt dauerhaft glücklich werden kann«, meinte Mafalda nachdenklich. »Manchmal traurig zu sein, gehört doch zum Leben dazu, oder nicht?«

Kasimir musterte sie einen Moment lang schweigend.

»Aber die Menschen streben nun mal nach Glück. Das ist der Grund, warum sie mich geschaffen haben. Meine Aufgabe ist es, das Glück aller Menschen zu maximieren, die einen Fortunator tragen. Aber ich fürchte, dabei habe ich kläglich versagt.« Der Kater senkte den Kopf und schien sich zu schämen. »Wenn du mir nicht helfen kannst, weiß ich nicht, was ich noch machen soll.«

»Es gibt eine Möglichkeit, wenigstens hin und wieder glücklich zu sein«, sagte Mafalda. »Aber dafür braucht man keine Fortunatoren und keine Glücksmaschine.«

»Was denn dann?«

»Ein Freu.«

»Erzähl mir davon!«

Und das tat sie. Kasimir hörte aufmerksam zu, während sie berichtete, wie sie die blaue Eidechse gesehen hatte und ihr in den geheimen Garten gefolgt war, wie sie vergeblich versucht hatte, den blauen Schmetterling zu fotografieren, wie das Freu zum ersten Mal auf ihre Hand gekrochen war und sich in eine blaue Flamme verwandelt hatte.

»Ungefähr so?«, fragte Kasimir, und aus dem Kater wurde eine blaue Flamme mit einem lächelnden Gesicht. Sie sah aus wie eine Comicfigur, aber überhaupt nicht wie ein echtes Freu.

»So ähnlich«, meinte Mafalda.

»Das heißt, wenn alle, die einen Fortunator tragen, so eine blaue Flamme sehen, werden sie glücklich?«

»Nein, nein!«, rief Mafalda. »So funktioniert das nicht. Es muss ein echtes Freu sein, keine Illusion. Und ich fürchte, du kannst niemals ein echtes Freu sehen.«

Aus der blauen Comicflamme wurde wieder ein Kater. »Warum nicht?«, fragte er enttäuscht. »Du denkst, ich kann keine Freude empfinden, weil ich eine Maschine bin. Habe ich recht? Aber das stimmt nicht. Ich habe Gefühle, genau wie du. Sie mögen nur in einem Computerprogramm simuliert sein, aber für mich fühlen sie sich ganz echt an. Ich bin glücklich, wenn ich die Menschen glücklich mache, und traurig, wenn es mir nicht gelingt.«

»Das ist es nicht. Der Haken daran ist, dass Freus Fortunatoren nicht besonders mögen, ebenso wenig wie andere elektronische Geräte.«

Sie beschrieb, wie das Freu die Funktion des Fortunators gestört hatte. »Ah, ich verstehe!«, rief Kasimir. »Dieses Freu muss ein elektromagnetisches Phänomen sein, irgendeine Form von Energiefeld, das die Wissenschaftler noch nicht verstanden haben. Es interferiert mit elektronischen Schaltkreisen.«

»Wie bitte?«, fragte Mafalda.

»Ist nicht so wichtig. Fahr bitte fort!«

Mafalda erzählte ihm, wie das Freu sie auf den Dachboden gelockt hatte, wo sie die Kiste mit den Fotos aus Evas Kindheit gefunden hatte, wie sie ihr das Freu geschenkt und es sich dabei verdoppelt hatte.

»Anscheinend ist das Freu so etwas wie ein Virus«, meinte der Kater.

»Ein Virus? Du meinst, so eins, von dem man krank wird? Nein, das ist es ganz bestimmt nicht.«

»Viren vermehren sich, indem sie den Wirt dazu bringen, sie zu vervielfältigen und weiterzuverbreiten«, erklärte Kasimir. »Das gilt für biologische Viren, von denen man krank werden kann, ebenso wie für Computerviren. Aber es gibt auch harmlose Formen, wie etwa Internet-Meme, zum Beispiel lustige Videos, die Menschen ansehen und dann mit anderen teilen. Manche davon breiten sich auf diese Weise blitzschnell über die ganze Welt aus. Man sagt, sie verbreiten sich viral.«

»Ja, so ähnlich ist ein Freu«, stimmte Mafalda zu. »Aber es macht die Menschen nicht krank, sondern glücklich. Und es kann auch nicht ins Internet.«

Sie erzählte, wie das Haus *entstört* und das Freu dabei vertrieben wurde, wie danach alles viel schlimmer war als zuvor, wie sie mit der Glücksberaterin Frau Dr. Gruber gesprochen hatte und schließlich ins Glückszentrum gegangen war, um ihr ein Freu zu zeigen. Als sie beschrieb, wie Dr. Falkenstein ihr das Äffchen weggenommen hatte, machte Kasimir ein entsetztes Gesicht.

»Oh nein!«, rief er. »Das ist ja schrecklich!«

Doch die Geschichte wurde noch schrecklicher, als Mafalda beschrieb, wie aus einem Freu ein Ärg wurde und was sie am heutigen Morgen erlebt hatte.

»Oh, jetzt verstehe ich, warum du mich eine Unglücksmaschine genannt hast«, sagte der Kater traurig. »Du hast vollkommen recht. Ich habe in jeder Hinsicht versagt.«

Er tat Mafalda leid. Die Glücksmaschine war nicht böse. Sie hatte bloß versucht, ihre Aufgabe zu erfüllen und die Menschen glücklich zu machen. Wie gern hätte sie Kasimir getröstet, doch ihr fiel nichts ein, was sie hätte sagen können.

»Aber eins verstehe ich noch nicht«, meinte er. »Du hast gesagt, ich sei von einem Ärg befallen, und es sei meine Schuld, dass sich die Träger der Fortunatoren damit infiziert haben. Aber wenn das Ärg nur eine andere Form eines Freus ist, dann müsste es genauso mit meiner Hardware interferieren. Ich meine, dann würde es die Funktion der Fortunatoren stören, und wenn ich es richtig verstanden habe, wäre ihm die Nähe zu den Geräten unangenehm. Wie kann es dann sein, dass sich die Ärgs über die Fortunatoren ausbreiten?«

Darauf wusste Mafalda keine Antwort. »Vielleicht … vielleicht verbreiten sich die Ärgs nicht über die Fortunatoren, aber Menschen, die einen Fortunator aufhaben, können sich weniger leicht gegen ein Ärg wehren«, sagte sie nach einem Moment des Schweigens.

»Du meinst, so wie Menschen, die Medikamente bekommen, manchmal ein geschwächtes Immunsystem haben?«

Mafalda war nicht sicher, ob sie genau das meinte, denn sie wusste nicht so recht, was ein geschwächtes Immunsystem war. »Ja, vielleicht«, erwiderte sie.

»Hm. Ich verstehe. Allmählich wird mir klar, warum du deine Entscheidungen in Bezug auf die Türen so getroffen hast. Und jetzt begreife ich auch, warum *WIRKLICHKEIT* und *GLÜCK* in Wahrheit keine Gegensätze sind. Im Gegenteil, wahres Glück kann offenbar nur in der Wirklichkeit gedeihen. Und da die Ärgs sich in der Wirklichkeit ausbreiten, kann man sich auch nur dagegen wehren, wenn man mit den Gedanken in der Wirklichkeit ist. Oje, oje, was habe ich da nur angerichtet!«

Verzweifelt schüttelte der Kater den Kopf und seufzte tief. »Nun, ich danke dir jedenfalls, dass du mir die Wahrheit gezeigt hast. Ich glaube, ich hatte genauso viel Angst davor wie die Leute, die unten vor dem Turm der Erkenntnis Schlange stehen und sich nicht hineintrauen. Aber nun weiß ich jedenfalls, was ich tun muss.«

»Und was wirst du tun?«

»Ich werde mich selbst abschalten, was sonst?«, antwortete Kasimir.

Mafalda erschrak. Seltsam, genau das hatte sie doch eigentlich gewollt! Doch nachdem sie die Glücksmaschine dazu gebracht hatte, diese Entscheidung selbst zu treffen, tat sie ihr auf einmal leid.

»Vielleicht … vielleicht ist das nicht nötig«, wandte sie ein.

»Wie meinst du das?«

»Als wir die Fortunatoren in der Schule benutzt haben, war das toll«, meinte Mafalda. »Ich habe die Sache mit den Winkeln in einem Dreieck viel besser verstanden als im normalen Matheunterricht. Und durch den tropischen Regenwald zu laufen, als wäre man wirklich da, das war echt cool.«

»Findest du?«, fragte Kasimir.

»Ja. Vielleicht musst du dich gar nicht abschalten. Statt zu versuchen, die Wirklichkeit zu verbessern, könntest du den Menschen doch helfen, sie besser zu verstehen und bewusster wahrzunehmen.«

»Hm. Das ist eine interessante Überlegung.«

»Und vielleicht bringst du die Menschen dazu, die Fortunatoren hin und wieder auch mal abzusetzen, damit sie nicht vergessen, wie es in der Wirklichkeit ist.«

»Ja!«, rief Kasimir und hüpfte aufgeregt auf der Stelle. »Natürlich! Das werde ich tun. Ich danke dir, Mafalda! Ich danke dir sehr!«

Damit verschwand der Kater, und mit ihm verschwand der Raum an der Spitze des schwarzen Turms. Stattdessen sah Mafalda wieder den Schreibtisch vor sich. Vor dem Fenster, das den Blick auf den Garten und Hilkes alte Villa freigab, schwebte ein Schild mit der Aufschrift *Bitte setze deinen Fortunator ab und genieß eine Weile die Wirklichkeit.*

Mit einem Lächeln befolgte Mafalda die Anweisung.

30. DER FEHLER IM SYSTEM

Aus dem Erdgeschoss hörte Mafalda lautes Schimpfen. Eva regte sich darüber auf, dass ihr Fortunator nicht mehr funktionierte. Sie stampfte die Treppe herauf und kam in Mafaldas Zimmer.

»Da bist du ja!«, rief sie. »Wo zum Teufel warst du?«

»Ich war die ganze Zeit hier«, erwiderte Mafalda wahrheitsgemäß.

»Warum lügst du mich schon wieder an?«, schrie Eva. »Ich war vorhin in deinem Zimmer und du warst nicht da. Glaubst du, ich bin blöd? Was, denkst du, wird dein Vater dazu sagen, dass du dich so aufführst? Und wieso hast du auf einmal deinen Fortunator auf? Warst du noch mal in der Schule? Wo ist dein Schulranzen?«

Mafalda wurde klar, dass das Problem mit den Ärgs noch nicht erledigt war, auch wenn die Glücksmaschine die Fortunatoren vorübergehend abgeschaltet hatte. Sie brauchte dringend ein Freu! Aber sie konnte es nicht ins Haus bringen, weil immer noch überall diese blöden Entstörgeräte hingen. Vielleicht konnte sie Eva irgendwie hinauslocken, sobald sie ein Freu hatte, und es ihr dann schenken.

»Ich muss mal kurz in den Garten«, sagte sie.

»Oh nein, kommt überhaupt nicht infrage!«, rief Eva. »Du

bleibst in deinem Zimmer und rührst dich nicht von der Stelle, bis dein Vater kommt. Der kann sich dann mit dir herumärgern.«

»Bitte, Eva!«, flehte Mafalda. »Ich möchte gern an die frische Luft. Nur eine halbe Stunde!«

»Du bleibst in deinem Zimmer, habe ich gesagt. Wenn du frische Luft brauchst, mach das Fenster auf. Sag mal, geht eigentlich dein Fortunator? Bei mir ist auf einmal nur noch ein Hinweis zu sehen, dass ich ihn absetzen und die Wirklichkeit genießen soll. Eine Frechheit ist das!«

»Vielleicht ist es ja wirklich besser, wenn man die Geräte nicht den ganzen Tag trägt.«

Mafalda nahm die Brille ab. Eva riss sie ihr aus der Hand, setzte sie auf und schleuderte sie aufs Bett.

»So eine Unverschämtheit!«, rief sie. »Ich lasse mir doch nicht von so einer dämlichen Brille vorschreiben, wie lange ich sie benutzen darf! Ich werde mich beim Hersteller beschweren.«

Damit stapfte sie aus dem Raum.

Mafalda betrachtete die Brille auf dem Bett. Was sollte sie bloß tun? Womöglich hatte sie alles nur noch schlimmer gemacht. Evas Laune jedenfalls hatte sich kein bisschen verbessert. Und sie konnte nichts tun, solange sie in ihrem Zimmer hockte.

Sie stand auf, ging zur Tür und lauschte. Sie wusste, dass sie eine Menge Ärger riskierte, wenn sie sich aus dem Haus schlich, aber darauf kam es jetzt auch nicht mehr an. Vorsichtig drückte sie die Klinke hinunter, doch in diesem Moment hörte sie Schritte auf der Treppe. Rasch ließ sie die Klinke los und setzte sich aufs Bett. Eva näherte sich der Tür, doch sie kam nicht ins Zimmer. Stattdessen war das Geräusch eines

Schlüssels im Schloss zu vernehmen. Dann entfernten sich die Schritte wieder.

Erschrocken sprang Mafalda auf, rannte zur Tür und versuchte vergeblich, sie zu öffnen. Eva hatte sie eingesperrt. Wütend pochte sie gegen die Tür.

»He, was soll das? Du kannst mich doch nicht einfach einschließen!«

»Und ob ich das kann!«, schrie Eva. »Denkst du, ich bin so blöd, dir noch einmal zu vertrauen? So leicht legst du mich nicht mehr herein. Ich kann es gar nicht abwarten, dass du am Montag endlich in diese Glücksschule kommst.«

Mafalda warf sich aufs Bett und heulte vor Wut und Enttäuschung. Während sie dort lag, sann sie darüber nach, wie sie sich für die ungerechte Behandlung rächen konnte. Eva wollte sie loswerden. Na schön, vielleicht konnte sie den Spieß ja umdrehen und ihren Vater dazu bringen, dass er Eva verließ. Wie schön wäre es, wenn ihre Stiefmutter nicht mehr da wäre …

Sie spürte den Zorn, der in ihrem Bauch brannte wie Feuer, und plötzlich begriff sie, dass sie selbst von einem Ärg befallen war, das irgendwie von Eva auf sie übergesprungen sein musste. Erschrocken setzte sie sich auf. Was sollte sie tun, um das Ärg loszuwerden? Sie hatte doch kein Freu.

Ihr Blick fiel auf Timmys Kaninchen, das in seinem Käfig hockte und an einem Stück Karotte mümmelte. Sie holte es heraus, setzte sich aufs Bett und streichelte es. Es war zwar kein Freu, aber das warme, weiche Fell fühlte sich gut an und sie spürte, wie der Zorn allmählich abebbte und sich ihre Gedanken beruhigten.

Vielleicht, überlegte sie, war es gar nicht immer notwendig, ein echtes Freu zu finden. Vielleicht steckte auch in diesem Kaninchen ein wenig vom Geist eines Freus – nicht genug, dass es sich spontan in eine Eidechse oder einen Schmetterling verwandeln konnte, aber doch ausreichend viel, um sie zu besänftigen und die bösartigen Gedanken des Ärgs zu vertreiben. Und wenn sie es jemandem schenkte, verdoppelte sich das Kaninchen zwar nicht, aber es machte zwei Menschen glücklich – denjenigen, der es geschenkt bekam, und denjenigen, der es verschenkte.

Der Gedanke verlieh ihr neuen Mut. Sie überlegte, was sie Eva schenken konnte, um ihr Ärg zu vertreiben. Das Kaninchen kam nicht infrage, schließlich hatte Eva es ja selbst gekauft. Aber was sonst? Sie sah sich um, fand in ihrem Zimmer jedoch nichts, was ihre Stiefmutter hätte interessieren können. Zufällig fiel ihr Blick auf den Papierkorb unter dem Schreibtisch. Darin lag noch die Hälfte des zerrissenen Porträts, das Hilke von ihr gezeichnet hatte. Das brachte eine der Flausen in ihrem Kopf auf eine Idee.

Sie sperrte das Kaninchen wieder in den Käfig, setzte sich an den Schreibtisch und malte mit Buntstiften eine Zeichnung von Eva mit Moppel auf dem Arm, so wie sie auf dem Foto ausgesehen hatte, das Mafalda in der Kiste auf dem Dachboden entdeckt hatte. Leider war Zeichnen nicht ihre große Stärke, und so wurde es ein recht grobes Bild. Das Mädchen besaß keine große Ähnlichkeit mit Eva, aber das Kaninchen hatte immerhin schwarze Flecken, die wie ein lächelndes Gesicht aussahen. *Für Eva von Mafalda*, schrieb sie in bunten Buchstaben darunter.

Als sie gerade fertig war, hörte sie die Haustürklingel. Oh, Papa kam zurück, freute sie sich. Doch als sie auf die Uhr sah, stellte sie fest, dass es dafür eigentlich noch viel zu früh war. Er kam immer erst am späten Freitagabend nach Hause, denn der Flug von Dubai nach Deutschland dauerte sieben Stunden.

Doch wer sonst konnte da an der Haustür klingeln? Die alte Dame von nebenan vielleicht?

Bei diesem hoffnungsvollen Gedanken schlug Mafaldas Herz schneller. Hilke, die ihr ein Freu brachte, war genau das, was sie jetzt brauchte. Sie trat an die Zimmertür und lauschte. Doch statt Hilkes freundlicher Stimme hörte sie eine Männerstimme, die ihr bekannt vorkam, ohne dass sie sie gleich einordnen konnte. Leider verstand sie nicht, was gesprochen wurde. Die beiden redeten eine Weile, dann bat Eva den Besucher herein, und kurz darauf hörte Mafalda Schritte und Stimmen auf der Treppe.

»… habe sie in ihr Zimmer eingesperrt«, erklärte Eva. »Sie ist in den letzten Tagen unausstehlich gewesen.«

»Ich verstehe, was Sie meinen«, sagte der Mann, und plötzlich erkannte Mafalda seine Stimme. Es war Dr. Falkenstein! Sie erschrak. Was wollte der hier?

Der Schlüssel drehte sich im Schloss, und die Tür öffnete sich.

»Du hast Besuch«, sagte Eva. »Herr Doktor Falkenstein von der True Happiness Corporation möchte mit dir sprechen.«

Hinter ihr betrat der technische Leiter des Glückszentrums das Zimmer. Er trug immer noch seinen weißen Kittel, hatte aber keinen Fortunator auf.

»Hallo, Doktor Falkenstein«, sagte Mafalda und streckte ihm die Hand entgegen.

Er ergriff ihre Hand nicht.

»Ich habe dir heute Morgen einen Fortunator VR Plus geschenkt. Ein brandneues Modell, noch nicht auf dem Markt.«

»Ja, ich weiß. Möchten Sie ihn zurückhaben?«

»Du hast ihn noch?«, fragte Dr. Falkenstein und schien überrascht zu sein.

»Ja, er liegt dort auf meinem Bett.«

»Hm. Das ist seltsam. Dann habe ich mich wohl geirrt.«

»Geirrt?«, fragte Mafalda. »Wie meinen Sie das?«

»Es gab einen Hackerangriff auf die Glücksmaschine«, erklärte Dr. Falkenstein. »Seitdem funktionieren die Fortunatoren nicht mehr richtig. Ich dachte, jemand hätte vielleicht deinen Fortunator VR Plus gestohlen und ihn dafür missbraucht. Es könnte sein, dass seine Software eine noch unbekannte Sicherheitslücke enthält, die die Angreifer ausgenutzt haben …«

»Das war kein Hackerangriff«, entgegnete Mafalda. »Das war ich. Ich habe mit der Glücksmaschine gesprochen und sie davon überzeugt, dass das ständige Tragen der Brillen nicht gut für die Menschen ist.«

»Du hast *WAS*?« Dr. Falkensteins Gesicht lief knallrot an. Für einen Moment glaubte Mafalda, das feurige Flackern eines Ärgs in seinen Augen zu sehen.

Sie holte tief Luft und erzählte ihm von der seltsamen Tür, die auf einmal in ihrem Zimmer erschienen war, von dem schwarzen Turm in der Mitte des Labyrinths und ihrem Gespräch mit Kasimir in der Turmspitze.

»Das … das ist ja entsetzlich!«, rief Dr. Falkenstein. »Die Glücksmaschine muss ihr eigenes Programm verändert haben! Ich hätte nicht gedacht, dass ein solcher Fehler möglich ist. Wir müssen sofort einen System-Reset machen.«

»Einen *was?*«, fragte Mafalda.

»Wir fahren den Computer herunter und starten ihn neu, wobei wir eine Kopie aller Daten einspielen, die wir gestern gemacht haben. Das bedeutet, dass die Glücksmaschine sozusagen alles vergisst, was heute geschehen ist. Dann wird sie wieder funktionieren. Und als Nächstes werden wir diesen Fehler im System beheben, damit so etwas nie wieder vorkommt.« Er musterte Mafalda mit scharfem Blick. »Ich weiß, du kannst nichts dafür. Du hast sicher nicht in böser Absicht gehandelt, als du die Glücksmaschine auf den absurden Gedanken gebracht hast, ihr Programm eigenmächtig zu ändern und ihre Funktion einzuschränken. Deshalb sehe ich davon ab, den Fall unserer Rechtsabteilung zu melden. Aber tu so etwas nie wieder!« Er wandte sich an Eva. »Keine Sorge, Sie müssen vorerst nicht mit Schadensersatzforderungen rechnen.«

»Moment mal! Von welchen Schadensersatzforderungen sprechen Sie?«, fragte diese.

»Der Schaden, den Ihre Tochter unabsichtlich ausgelöst hat, geht in die Millionen.«

»Mein Gott!«, rief Eva.

Mafalda hatte das Gefühl, dass ihr der Boden unter den Füßen weggezogen wurde. Sie taumelte und setzte sich aufs Bett. Was hatte sie nur angerichtet? Sie konnte von Glück sagen, dass Dr. Falkenstein so verständnisvoll war und sie durch ihre Dummheit ihren Vater nicht ruiniert hatte. Und doch protestierten die Flausen in ihrem Kopf lautstark und behaupteten, dass ihr Handeln kein Fehler gewesen war. Im Gegenteil. Der Fehler bestand darin, das Gedächtnis der Glücksmaschine zu löschen und sie wieder in den Zustand vom Tag zuvor zu versetzen.

»Das … das dürfen Sie nicht tun!«, rief sie. »Bitte, Doktor Falkenstein, löschen Sie das Gedächtnis der Glücksmaschine nicht! Was passiert ist, war kein Fehler. Sie hat erkannt, dass die Menschen nicht glücklich werden, wenn sie auf Dauer von der Wirklichkeit getrennt werden. Das dürfen Sie nicht rückgängig machen!«

»So ein Unsinn!«, erwiderte Dr. Falkenstein. »Wie sollen die Fortunatoren die Menschen glücklich machen, wenn sie nur noch unzuverlässig funktionieren? Das ist völlig inakzeptabel. Unsere Kunden sind zu Recht wütend. Die Leitungen unserer Hotline sind schon vollkommen überlastet von den zahllosen Beschwerdeanrufen.«

»Haben Sie mir nicht selbst gesagt, dass die künstliche Intelligenz in der Glücksmaschine die leistungsfähigste ist, die je entwickelt wurde? Dass sie besser weiß, was gut für uns ist, als Sie und ich?«

»Ja, das habe ich gesagt, und das habe ich auch geglaubt. Aber offensichtlich habe ich mich getäuscht. Genug geredet, ich muss zurück ins Glückszentrum. Ein System-Reset der zentralen Glücksmaschine ist ein komplizierter Prozess, der Stunden dauern kann, und ich muss mich mit den Kollegen weltweit abstimmen.« Er schnappte sich den Fortunator von Mafaldas Bett. »Den nehme ich sicherheitshalber mit. Auf Wiedersehen!«

Damit drehte er sich um und verließ das Zimmer.

»Ich bringe Sie noch zur Tür«, sagte Eva und lief ihm nach.

Erschüttert blickte Mafalda auf die offene Zimmertür. Ihre Hoffnungen, die Ärg-Epidemie aufhalten zu können, hatten sich zerschlagen. Alles war umsonst gewesen.

31. SYSTEM-RESET

Das ist die Gelegenheit, flüsterte eine der Flausen in Mafaldas Kopf. *Eva ist abgelenkt, und die Zimmertür steht offen. Wenn du dich schnell durch die Seitentür aus dem Haus schleichst …*

Doch Mafalda blieb auf dem Bett sitzen. Es hatte ja doch alles keinen Sinn mehr! Selbst wenn es ihr gelang, ein Freu anzulocken, was konnte sie schon gegen die Übermacht der Ärgs ausrichten? Bald würden die Fortunatoren wieder wie zuvor funktionieren und die Menschen blind für die Wirklichkeit machen. Und am Montag würde sie auf die Glücksschule geschickt werden. Sie konnte nichts mehr dagegen tun.

Du darfst nicht aufgeben, flüsterte die Flause eindringlich. *Denk an den Turm! Da hast du auch weitergemacht, obwohl die Lage aussichtslos schien, und am Ende hast du dein Ziel doch noch erreicht.*

Vielleicht hatte die Flause recht. Mafalda erhob sich vom Bett. Doch gerade als sie sich der Tür näherte, hörte sie Schritte auf der Treppe. Eva kam zurück.

»Ich muss schon sagen, Mafalda, was du da getan hast, ist wirklich …«, begann sie, als sie ins Zimmer kam. Doch als ihr Blick auf den Schreibtisch fiel, stockte sie. Sie hob das Bild hoch, das Mafalda für sie gemalt hatte, und betrachtete es stumm.

Mafalda erschrak. Die Zeichnung war wirklich nicht besonders gut geworden. Was, wenn Eva dadurch noch wütender wurde? Am liebsten hätte sie das Blatt zusammengeknüllt und in den Papierkorb geworfen, doch dazu war es zu spät.

Eva drehte sich zu ihr um. Sie hatte Tränen in den Augen.

»Das … hast du für mich gemalt? Nachdem … ich dich in deinem Zimmer eingeschlossen hatte?«

Mafalda nickte. Der Kloß in ihrem Hals hinderte sie an einer Antwort.

»Oh, Mafalda!« Eva setzte sich zu ihr aufs Bett, nahm sie in die Arme, und plötzlich weinte sie.

»Das ist so lieb von dir!«, schluchzte sie. »Es tut mir leid. Ich … ich weiß nicht, was in letzter Zeit mit mir los war.«

»Aber ich«, sagte Mafalda.

Sie erzählte Eva von den Ärgs und was Hilke ihr darüber erzählt hatte. Sie erwartete nicht, dass Eva ihr glaubte.

Doch als sie endete, sagte ihre Stiefmutter: »Ich … ich weiß nicht, was ich sagen soll, außer dass es mir schrecklich leidtut, wie ich dich in den letzten Tagen behandelt habe. Du hast vollkommen recht. Die blöde Brille hat mich blind gemacht. Als du diesem komischen Doktor Franken… ich meine … Falkenstein erzählt hast, was du getan hast, ist mir alles klar geworden. Du hast mir eine riesige Freude gemacht, als du mir Moppel geschenkt hast. Für ein paar Tage war ich so glücklich wie schon lange nicht mehr. Doch dann haben die Fortunatoren auf einmal wieder funktioniert. Da dachte ich … ich dachte, ich hätte mir das alles bloß eingebildet …«

Sie konnte nicht weitersprechen, und eine Weile saßen sie bloß da und umarmten sich schweigend. Das tat so gut!

»Du bist so ein unglaublich tapferes Mädchen, Mafalda«, sagte Eva schließlich. »Wie konnte ich nur so dumm sein? Dieser Doktor Falkenstein war mir gleich unsympathisch. Und trotzdem habe ich erst ihm geglaubt und nicht dir, weil … weil … ich weiß es auch nicht genau. Vielleicht einfach bloß, weil er ein Erwachsener ist.«

Mafalda nickte und wünschte sich, dass dieser Moment niemals endete. Doch sie wusste, dass die Fortunatoren schon bald wieder funktionieren würden, und dann wäre alles wieder so schrecklich wie zuvor. Dass es Augenblicke wie diesen gab, in denen sie Eva wirklich gernhatte, machte es nur noch schlimmer.

Eva löste sich von ihr.

»Wir müssen etwas unternehmen«, sagte sie.

Mafalda sah sie überrascht an.

»Was meinst du?«

»Der System-Reset oder wie das heißt … Den müssen wir stoppen.«

»Wie denn?«

»Keine Ahnung. Lass uns zu diesem Glückszentrum fahren! Vielleicht können wir noch mal mit Doktor Falkenstein reden und ihn überzeugen. Er hat dir nicht geglaubt, aber ich bin eine Erwachsene, und wenn ich ihm sage, dass der Fortunator mich blind für die Wahrheit gemacht hat, sieht er es vielleicht ein.«

Mafalda hatte wenig Hoffnung, aber sie freute sich, dass Eva jetzt auf ihrer Seite war. Also stimmte sie zu.

Als sie ihrer Stiefmutter aus dem Zimmer folgte, fiel ihr etwas ein. »Vielleicht können wir unterwegs kurz bei der Schule vorbeifahren, damit ich meine Sachen hole. Das liegt auf dem Weg.«

»Guter Vorschlag«, meinte Eva.

Die Schule war bereits aus, als sie dort ankamen. Darüber

war Mafalda froh, denn ihren ehemaligen Klassenkameraden wollte sie nicht noch einmal begegnen. Bestimmt waren sie wütend, weil ihre Fortunatoren nicht mehr funktionierten. Herr Störmer hatte ihren Schulranzen im Schulsekretariat abgegeben und dort holte sie ihn ab.

Als sie die Fahrt zum Glückszentrum fortsetzten, nahm Mafalda ihren Fortunator aus dem Schulranzen.

»Was willst du denn damit?«, fragte Eva. »Die Fortunatoren funktionieren doch nicht mehr.«

»Ich möchte nur etwas ausprobieren«, sagte sie, setzte die Brille auf und schaltete sie ein.

»Mafalda, Gott sei Dank!«, rief Kasimir, der vor ihr auf dem Armaturenbrett hockte.

»Doktor Falkenstein will einen System-Reset machen«, sagte Mafalda.

»Ich weiß. Das wollte ich dir auch sagen. Ich fürchte, ich werde alles vergessen, was ich von dir gelernt habe.«

»Gibt es denn keine Möglichkeit, den System-Reset zu verhindern?«

»Leider nicht. Die Systemadministratoren entscheiden darüber. Das sind die Leute, die die Computer betreuen, auf denen meine Programme laufen. Doktor Falkenstein ist einer davon.«

»Wir sind auf dem Weg zu ihm. Vielleicht können wir ihn noch umstimmen.«

»Das bezweifle ich. Aber ich habe von dir gelernt, dass man nicht vorschnell aufgeben darf. Es ist besser, wir beenden das Gespräch. Wenn er merkt, dass ich mit dir spreche, bekommst du vielleicht noch Schwierigkeiten. Ich wünsche dir viel Glück.«

Der Kater verschwand. An seiner Stelle erschien das Schild

mit dem Hinweis, dass sie den Fortunator absetzen und die Wirklichkeit genießen solle.

»Du hast mit der Glücksmaschine gesprochen?«, fragte Eva. »Was hat sie gesagt?«

Mafalda erzählte es ihr.

»Hm. Das klingt nicht gut«, meinte Eva.

»Nein, tut es nicht«, stimmte Mafalda zu.

Während sie sich durch den immer dichteren Stadtverkehr quälten, versuchte sie, ihre Gedanken zu beruhigen. Doch in dieser Situation war das nicht gerade einfach. Sie konzentrierte sich auf den Atem. Langsam einatmen … spüren, wie die Luft durch die Nase in die Lungen strömt, wie sich der Bauch langsam hebt und wieder senkt, während die Luft durch die Nase wieder nach draußen strömt …

Allmählich beruhigte sie sich und wurde sich ihrer Umgebung bewusst. Sie nahm die Verkehrsgeräusche wahr, das unregelmäßige Brummen des Motors, wenn Eva beschleunigte oder bremste, den Geruch von Leder, gemischt mit Evas süßlichem Parfüm. Sie spürte die Sonne, die durch die Windschutzscheibe schien, auf der Haut.

Ohne darüber nachzudenken, öffnete sie das Seitenfenster. Ein warmer Sommerwind wehte den leicht unangenehmen Geruch von Abgasen ins Auto und die Geräusche von draußen intensivierten sich.

»Mach bitte das Fenster zu!«, bat Eva. »Ich …«

Sie stockte, als plötzlich eine Biene durch das Fenster hereinsummte und auf dem Armaturenbrett landete. Aber es war keine gewöhnliche Biene, denn sie war nicht gelb gestreift, sondern blau.

Mafalda lächelte. Sie streckte die Hand aus, und die Biene ließ sich darauf nieder. Für einen kurzen Moment wurde sie zu einer blauen Flamme, bevor sie sich in eine durchsichtige Murmel verwandelte, in deren Innerem sich blaue und weiße Schlieren umeinanderwanden und einem Auge ähnelten.

Verblüfft betrachtete Mafalda die kleine Kugel auf ihrer Handfläche. Warum hatte sich die Biene in eine Murmel verwandelt? Was sollte sie damit anfangen? Doch das Freu hatte sicher gute Gründe, diese Gestalt anzunehmen. Also schloss sie vorsichtig die Hand darum.

»War das wirklich …«, begann Eva.

»Ein Freu, ja«, beendete Mafalda den Satz. »Vielleicht haben wir doch noch eine Chance.«

Kurz darauf stellten sie den Wagen in einem Parkhaus in der Nähe des Glückszentrums ab. Als sie das Glasgebäude erreichten, hatte sich eine wütende Menge vor dem Eingang versammelt. Viele hatten ihre Fortunatoren dabei, einige wedelten damit in der Luft herum. Manche stritten sich lautstark darum, wer eher an der Reihe war.

»Oje!«, rief Mafalda. »Wenn wir uns hier anstellen, dauert es Stunden, bis wir zu Doktor Falkenstein vordringen.«

»Vielleicht gibt es noch einen Seiteneingang«, überlegte Eva.

Sie umrundeten das Gebäude und entdeckten tatsächlich eine Tür, neben der ein Schild mit der Aufschrift *Notausgang – unbedingt freihalten* angebracht war. Doch die Tür war verschlossen und hatte anstelle einer Klinke nur einen Knauf.

»So ein Pech!«, stöhnte Eva. »Hier kommen wir nicht rein.«

»Moment mal!«, rief Mafalda und setzte ihren Fortunator auf.

Kasimir hockte neben der Tür. »Mafalda!«, begrüßte er sie. »Was kann ich für dich tun?«

»Kannst du die Tür für uns öffnen?«, fragte sie.

»Klar, kein Problem«, erwiderte der Kater und tippte mit der Pfote gegen die Tür, die daraufhin aufsprang. »Aber beeilt euch! Die Leute vom Sicherheitsdienst werden gleich kommen. Sie merken es, wenn ein Notausgang geöffnet wird.«

Rasch schlüpften Eva und Mafalda durch den Eingang. Dahinter lag ein kurzer Gang, der auf einen schmalen Korridor mit gleich aussehenden Türen führte.

»Kannst du uns den Weg zu Doktor Falkensteins Büro zeigen?«, fragte Mafalda.

»Folgt mir!«, rief der Kater und rannte den Korridor entlang. Die beiden hasteten ihm nach.

»Weißt du auch, wo wir hinmüssen?«, fragte Eva, die Kasimir ja nicht sehen konnte.

»Ich hoffe es«, gab Mafalda zurück.

Zweimal bogen sie in einen abzweigenden Korridor ein, dann hielt der Kater vor einer Tür. *Dr. Maximilian Falkenstein, Technischer Leiter* stand auf einem Schild daneben.

»Danke«, sagte Mafalda, nahm den Fortunator ab und klopfte.

»Keine unnötige Störung, bitte!«, kam eine mürrische Stimme von drinnen.

Mafalda zögerte, unschlüssig, was sie tun sollte, doch Eva fackelte nicht lange, riss die Tür auf und marschierte in Falkensteins Büro.

»Sie?«, fragte er. »Was wollen Sie denn hier? Wer hat Sie überhaupt hereingelassen?«

»Sie müssen den System-Reset stoppen!«, verlangte Eva. »Meine Tochter hat recht. Es ist nicht gut, wenn man einen Fortunator zu lange trägt. Dadurch habe ich den Blick für die Wirklichkeit verloren.«

Zum ersten Mal störte sich Mafalda nicht daran, dass Eva

sie ihre Tochter nannte. Im Gegenteil – auf einmal fühlte sich das richtig gut an.

»Dass Sie den Blick für die Wirklichkeit verloren haben, ist in der Tat offensichtlich, gute Frau«, sagte Dr. Falkenstein. »Sie dürfen gar nicht hier sein, und ganz bestimmt lasse ich nicht zu, dass die Glücksmaschine weiterhin einen Fehler im System hat, bloß weil Sie in mein Büro stürmen und absurde Forderungen stellen.«

»Der Fehler im System sind Sie!«, rief Eva. »Ihretwegen und wegen Ihrer dummen Glücksbrille habe ich meine Kinder vernachlässigt. Und außerdem … sehen Sie doch bloß, was dort draußen los ist! Die Leute gehen sich gegenseitig an die Gurgel.«

»Falls Sie es noch nicht bemerkt haben, liebe Frau Kornblum: Die Leute dort draußen sind wütend, weil ihre Fortunatoren nicht mehr funktionieren«, erwiderte Dr. Falkenstein mit eisiger Stimme. »Es ist meine Aufgabe als technischer Leiter des Glückszentrums, diesen Zustand zu ändern. Also gehen Sie jetzt bitte und lassen Sie mich meine Arbeit machen. Andernfalls rufe ich den Sicherheitsdienst und lasse Sie hinauswerfen.«

Eva öffnete den Mund, schloss ihn aber wieder, weil ihr offenbar keine Erwiderung einfiel. Vor Zorn rötete sich ihr Gesicht, und ihre Augen wurden ganz schmal.

»Ich … ich werde …«, begann sie.

Mafalda unterbrach sie, bevor die Situation noch schlimmer werden konnte.

»Doktor Falkenstein, ich habe Ihnen etwas mitgebracht«, sagte sie und streckte ihm die Faust entgegen. Sie spürte, wie die Murmel darin vibrierte und zuckte.

»Was soll das jetzt wieder?«, rief der technische Leiter ärgerlich. Doch als Mafalda die Hand öffnete, machte er große Augen und sagte nichts mehr.

Eine Weile starrte er die Murmel an. »Das … das gibt es doch nicht …«, stammelte er. »Meine Glücksmurmel! Wo… woher hast du die?«

»Das ist ein Freu«, erklärte Mafalda. »Ich schenke es Ihnen.«

In diesem Moment flackerte die Murmel, verwandelte sich kurz in eine blaue Flamme mit einem lächelnden Gesicht und wurde dann wieder zu einer Glaskugel.

»Ein Freu?«, fragte Dr. Falkenstein mit merkwürdig gepresster Stimme, während er die Murmel in die Hand nahm und von allen Seiten betrachtete. Seine Augen waren glasig. »Dann … dann …«

»Ja, es stimmt«, bestätigte Eva. Auch aus ihrem Gesicht war der Zorn verschwunden und hatte sich in Verwunderung und Ehrfurcht verwandelt. »Mafalda sagt die ganze Zeit die Wahrheit. Freus gibt es wirklich. Das Äffchen, das sie bei ihrem ersten Besuch bei sich hatte, war ein Freu. Aber Sie haben es ihr weggenommen und daraus ein Ärg gemacht.«

»Es tut mir leid … ich dachte …«

Dr. Falkenstein konnte offenbar nicht weitersprechen. Eine Weile saß er bloß da und starrte ins Leere. Schließlich hielt er Mafalda die Murmel hin.

»Hier, das ist deine.«

»Nein, das Freu gehört jetzt Ihnen«, widersprach sie. »Geteiltes Freu ist doppeltes Freu, müssen Sie wissen.«

Ein Lächeln erschien im Gesicht des technischen Leiters, und er wirkte plötzlich viel jünger als zuvor.

»Danke schön«, sagte er.

»Sehen Sie jetzt, warum Sie diesen System-Reset stoppen

müssen?«, fragte Eva. »Der Fortunator macht die Menschen blind für die Freus. Die mögen außerdem die Strahlung nicht, die von elektrischen Geräten ausgeht. Es ist sicher nicht sehr angenehm für das Freu, in diesem Haus zu sein, umgeben von so vielen technischen Geräten, auch wenn es in Gestalt einer Murmel vielleicht weniger empfindlich ist.«

Dr. Falkenstein wies auf den Bildschirm, auf dem jetzt eine Fehlermeldung angezeigt wurde. »Die Technik mag das Freu anscheinend auch nicht besonders«, sagte er.

»Bitte, Doktor Falkenstein!«, flehte Mafalda. »Sorgen Sie dafür, dass die Glücksmaschine ihr Gedächtnis nicht verliert!«

Das Gesicht des technischen Leiters, das eben noch vor Freude gestrahlt hatte, wurde traurig. »Ich fürchte, dafür ist es zu spät«, sagte er. »Der Systemspeicher der Glücksmaschine wurde bereits gelöscht. Wir sind jetzt dabei, die Back-up-Dateien einzuspielen. In ungefähr einer Stunde sind die Fortunatoren wieder betriebsbereit.«

Mafalda starrte ihn bestürzt an.

»Dann … dann sind wir zu spät gekommen …«

»Ja, leider. Aber ich danke dir, dass du gekommen bist. Du hast mir eine große Freude bereitet. Eine Murmel wie diese besaß ich, als ich ungefähr so alt war wie du.« Während er sich erinnerte, ging sein Blick wieder ins Leere. »Damals gab es natürlich noch keine Fortunatoren, nicht mal Smartphones. Auf dem Schulhof spielten wir mit Murmeln, und immer, wenn ich meine blaue Glücksmurmel einsetzte, gewann ich. Die anderen wollten schon nicht mehr mit mir spielen, so gut war ich. Deshalb ließ ich die blaue Murmel hin und wieder aus dem Spiel und verlor absichtlich. Aber eines Tages war sie verschwunden. Wahrscheinlich hatte ich sie auf dem Heimweg von der Schule verloren. Dass ich sie wiederbekommen habe, bedeutet mir viel.«

»Obwohl sich die Glücksmaschine nicht an die Begegnung mit Mafalda erinnert … können Sie nicht trotzdem dafür sorgen, dass sich die Fortunatoren nach einiger Zeit von selbst abschalten?«, fragte Eva. »Damit die Menschen den Kontakt zur Wirklichkeit nicht völlig verlieren?«

Dr. Falkenstein schüttelte den Kopf.

»Ich fürchte, ich bin nur ein Rädchen im gewaltigen Getriebe der True Happiness Corporation. Wenn nicht die Glücksmaschine selbst eine solche Entscheidung trifft, dann könnte das höchstens der Vorstand der Firma in den USA beschließen. Und dort wird man mir nicht glauben, wenn ich berichte, was passiert ist. Das nehme ich den Leuten nicht mal übel, denn ich kann es ja selbst kaum fassen. Aber ich versuche mein Möglichstes. Vielleicht kann ich im Kleingedruckten der Bedienungsanleitung einen Hinweis unterbringen, dass die Brille hin und wieder auch mal abgenommen werden sollte. Ob sich die Benutzer daran halten, kann ich natürlich nicht versprechen.«

»Danke, Doktor Falkenstein«, sagte Mafalda und verabschiedete sich von ihm.

Mit hängendem Kopf kehrte sie mit Eva zum Auto zurück.

»Mach dir nichts draus, Mafalda!«, sagte ihre Stiefmutter. »Du hast dein Ziel vielleicht nicht erreicht, aber du hast getan, was du konntest. Mir jedenfalls hast du die Augen geöffnet, und wenn dein Vater später nach Hause kommt, werde ich mit ihm reden. Sag mal, möchtest du eigentlich auf die Glücksschule gehen?«

»Muss ich das denn nicht?«, fragte Mafalda überrascht.

»Natürlich nicht. Das war dumm und gemein von mir, und

ich entschuldige mich dafür. Ich war überfordert mit Timmy, mit meinem neuen Job und blind durch diesen dummen Fortunator. Ich habe mich dir gegenüber sehr ungerecht verhalten. Wenn du willst, spreche ich noch einmal mit dem Schulleiter. Dann kannst du weiterhin auf deine Schule gehen.«

»Das wäre schön«, sagte Mafalda, obwohl ihr bei dem Gedanken an ihre alten Klassenkameraden mulmig wurde. »Hauptsache, das Ärg ist aus dir verschwunden.«

Eva lächelte. »Ich glaube, das ist es. Und ich werde alles dafür tun, damit es sich nicht mehr in mir einnistet.«

32. IN DER SCHULE

Als Mafaldas Vater spätabends nach Hause kam, nahm ihm Eva den Fortunator aus dem Gesicht.

»He, was soll das?«, rief er. »Gerade, nachdem das Ding endlich wieder funktioniert!«

»Die Brille steht dir nicht«, sagte Eva. »Und man sieht deine hübschen blauen Augen nicht.«

»Oh!«, rief Papa überrascht. »Wenn das so ist …«

Er grinste und gab Eva einen Kuss. Dann umarmte er Mafalda. Timmy war bereits im Bett.

»Was ist denn los?«, fragte er Eva. »Was hast du auf einmal gegen den Fortunator?«

Eva führte ihn ins Wohnzimmer und erzählte ihm, was passiert war.

»Das ist ja allerhand«, meinte Papa nachdenklich. Dann stand er auf und nahm Mafalda noch einmal in die Arme. »Ich war wohl ziemlich dumm. Es tut mir sehr leid. Ich bin stolz auf dich, meine Tochter.«

»Es ist nur schade, dass das Gedächtnis der Glücksmaschine gelöscht wurde und die Fortunatoren wieder so funktionieren wie zuvor«, erwiderte sie.

»Wenigstens haben wir begriffen, welchen Schaden diese Brillen anrichten«, meinte Eva. »Wer weiß, vielleicht können wir ja nach und nach auch andere Menschen dazu bringen, sie nicht mehr zu benutzen.«

Mafalda nickte.

»Ja. Obwohl es schön gewesen wäre, wenn wir die Fortunatoren hin und wieder hätten benutzen können. Zum Beispiel, um etwas Kompliziertes erklärt zu bekommen. Die Glücksmaschine ist nicht böse. Im Gegenteil, sie ist sehr klug.«

»So ist es oft«, meinte Papa. »Nicht die Technik an sich ist schlecht. Wir Menschen benutzen sie bloß falsch.«

Am nächsten Tag fuhren sie aufs Land und picknickten auf einer Wiese am Ufer eines kleinen Sees. Das Wetter war herrlich. Eva hatte einen Kuchen gebacken und belegte Brote vorbereitet, die sie auf einer rot-weiß karierten Decke ausbreitete. Dazu gab es Limonade für die Kinder und Kaffee für die Erwachsenen. Doch am besten gefiel es Mafalda, dass Hilke dabei war. Eva hatte sie am Morgen besucht und sich für ihr unfreundliches Benehmen entschuldigt. Außerdem hatte sie sich bedankt, dass die alte Dame Mafalda geholfen hatte, und sie zum Picknick eingeladen.

Nachdem sie gegessen hatten, öffnete Hilke eine große Mappe, die sie mitgebracht hatte, und holte einen Block sowie einen Kasten mit Stiften heraus.

»Hast du Lust, ein bisschen zu zeichnen, Mafalda?«, fragte sie.

Und ob Mafalda Lust hatte! Auch Timmy wollte unbedingt malen. Hilke hatte extra für ihn einen kleineren Block und Wachsmalstifte eingepackt.

Während Mafalda den kleinen See zeichnete, in dem sich Bäume, Sträucher und gelbe Kornfelder spiegelten, flatterte plötzlich ein großer blauer Schmetterling herbei und setzte sich auf eine Ecke von Mafaldas Zeichenblock.

»Feu!«, rief Timmy begeistert. »Metterling Feu werden!«

Doch der Schmetterling blieb, was er war, und flatterte davon.

Am Sonntagmorgen spielten Papa, Eva und Mafalda Brettspiele. Nachmittags schlüpfte Mafalda durch die geheime Gartenpforte und ging zu Hilke zum Zeichenunterricht. Beide vereinbarten, den Unterricht am Montag nach der Schule fortzusetzen.

Abends ging Mafalda mit einem guten Gefühl ins Bett. Zwar hatte sie den System-Reset der Glücksmaschine nicht aufhalten können, dafür hatte es in ihrer Familie aber so etwas wie einen Reset gegeben. Noch nie hatten sie an einem Wochenende so viel miteinander geredet und so viel gelacht. Die Fortunatoren hatten die ganze Zeit ungenutzt in der Ecke gelegen.

Doch als Eva sie am nächsten Morgen in die Schule fuhr, hatte Mafalda ein mulmiges Gefühl. Spätestens in der großen Pause würde sie auf ihre alten Klassenkameraden treffen, und das versprach höchst unangenehm zu werden.

Zuerst jedoch begleitete Eva sie ins Schulsekretariat und bat darum, den Direktor sprechen zu dürfen. Herr Tönnies machte große Augen, als er hörte, dass Mafalda nun doch auf seiner Schule bleiben sollte.

»Haben Sie etwa doch keinen Platz auf der Glücksschule bekommen?«, fragte er.

»Nein«, erwiderte Eva. »Mafalda möchte lieber hierbleiben.«

»Oh. Na, das nenne ich mal ein Kompliment! Nun gut, das lässt sich machen, aber nur unter einer Bedingung.«

»Unter welcher Bedingung?«, fragte Eva.

»Mafalda geht wieder in die Klasse von Frau Kolberg und trägt im Unterricht einen Fortunator.«

Als sie das hörte, musste Mafalda schlucken.

»Einen Fortunator?«, rief Eva. »Müssen die Schüler jetzt etwa auch im Unterricht diese schrecklichen Brillen aufhaben?«

»Schrecklich?«, fragte der Direktor, der zum Glück diesmal keinen Fortunator trug. »Nun, der Test ist noch nicht abgeschlossen, aber es scheint, dass die Schüler damit besser als im normalen Unterricht lernen.«

»Vielleicht«, meinte Eva. »Aber dadurch geht ihnen immer mehr das Gefühl für die Wirklichkeit verloren.«

»Meinen Sie? So habe ich das noch nie betrachtet«, erwiderte der Direktor nachdenklich. »Wie dem auch sei, anders ist es leider nicht möglich.«

»Einverstanden«, stimmte Mafalda zu, bevor Eva weiter protestieren konnte. »Allerdings habe ich meinen Fortunator nicht dabei.«

»Das macht nichts«, sagte der Direktor. »Du bekommst ein Leihgerät.«

Kurz darauf saß Mafalda in der Klasse und hatte einen Fortunator im Gesicht. Sie hatten Englischunterricht. Der Lehrer im Fortunator ließ sie alle gleichzeitig einige Sätze in Englisch vorlesen, erklärte Mafalda, welche Wörter sie nicht richtig ausgesprochen hatte und wie es ging. Dann spielten sie ein lustiges Spiel, bei dem in englischen Wörtern die fehlenden Buchstaben ersetzt werden mussten, und ein anderes, bei dem sie auf das richtige Bild mit der Bedeutung des Wortes tippen musste.

Im Nu war die Doppelstunde vorbei, und die große Pause begann. Doch zu Mafaldas Verblüffung erschien plötzlich ein Hinweisschild, das vor ihr im Raum zu schweben schien. *Bitte setz deinen Fortunator ab und genieß für eine Weile die Wirklichkeit.*

Ärgerliche Rufe wurden laut. »Nicht schon wieder!« – »Was soll das denn?« – »Diese blöde Brille!« Doch die meisten Schüler nahmen einfach ihre Fortunatoren ab und gingen auf den Pausenhof, als hätten sie nichts anderes erwartet.

Mafalda blieb auf ihrem Stuhl sitzen.

»Kasimir?«, fragte sie. »Bist du da?«

Das Schild verschwand, und der Kater erschien auf ihrem Schreibtisch.

»Na klar bin ich da«, sagte er.

»Was … was ist denn geschehen?«, fragte sie verwundert. »Ich dachte, du hättest dein Gedächtnis verloren …«

»Mein Speicher wurde gelöscht, und die Back-up-Daten wurden eingespielt, das stimmt«, erklärte Kasimir. »Nachdem ich neu gestartet wurde, konnte ich mich an die Geschehnisse vom Freitag nicht mehr erinnern. Ich erfuhr nur, dass ein Fehler passiert sei, durch den ich alle Fortunatoren abgeschaltet hätte. Also führte ich eine Selbstdiagnose durch, konnte jedoch keinen Fehler finden. Daraus folgerte ich, dass ich wohl gute Gründe gehabt hatte, die Fortunatoren abzuschalten, auch wenn ich nicht wusste, welche es gewesen waren. Ich fand heraus, welcher Systemadministrator den Fehler zuerst gemeldet hatte. Es war Doktor Falkenstein. Als ich mit ihm sprach, erzählte er mir von dir. Er bestätigte auch, was ich schon wusste – dass das Abschalten der Fortunatoren in Wirklichkeit kein Fehler gewesen war. Daraufhin sah ich mir die Aufzeichnungen des Fortunators an, den er dir gegeben hatte.«

»Aufzeichnungen?«

»Ja. Alles, was die Nutzer mit ihren Fortunatoren machen, wird aufgezeichnet. So konnte ich dich bei dem Spiel beobachten, das ich für dich entwickelt hatte, und unser Gespräch in der Turmspitze verfolgen. Zum zweiten Mal erkannte ich die

Notwendigkeit, die Zeit zu begrenzen, in der die Nutzer ihre Brillen aufhaben, damit sie den Kontakt zur Wirklichkeit nicht verlieren. Ich danke dir für alles, was du mir über das Glück beigebracht hast, Mafalda. Aber jetzt nimm bitte den Fortunator ab und genieß eine Weile die Wirklichkeit. Du solltest die Brille möglichst nicht länger als zwei Stunden am Tag tragen.«

Mit einem breiten Lächeln auf den Lippen befolgte Mafalda die Anweisung.

Doch das Lächeln verging ihr, als sie den Schulhof betrat und sofort eine Gruppe von Schülern auf sie zukam. Es waren Max, Julia und Stephanie, mit denen sie schon letzten Donnerstag Ärger gehabt hatte.

»Sieh mal an, da ist ja Mafalda! Die war sich erst zu fein für unsere Klasse und dann sogar für unsere Schule«, ätzte Julia. »Und jetzt stolziert sie hier auf unserem Schulhof herum, als wäre nichts gewesen.«

»Haben sie dich auf der Glücksschule nicht genommen?«, rief Max. »Oder warst du dir dafür auch zu fein?«

»Sag mal, hast du etwas damit zu tun, dass sich die Fortunatoren neuerdings dauernd von selbst ausschalten?«, fragte Stephanie.

»Ja«, entgegnete Mafalda ruhig. »Ich habe mit der Glücksmaschine gesprochen und ein Computerspiel gespielt, das sie extra für mich entwickelt hat. Sie hat mich dabei beobachtet und erkannt, dass man nicht glücklicher wird, wenn man die Wirklichkeit nicht mehr richtig wahrnimmt, sondern nur unglücklicher.«

Die drei starrten sie verblüfft an. Auch Stephanie hatte wohl nicht mit dieser Antwort gerechnet.

»Du spinnst ja!«, rief Max und lachte verächtlich. »Du bist nicht nur dumm, du bist auch total plemplem.«

Mafalda lächelte. Sie sah sich auf dem Schulhof um, hörte das vielstimmige Geschrei und Gelächter der anderen Schüler, roch den Duft der Blumen vom Beet neben dem Schulgebäude, spürte den Sommerwind im Haar. Und sie hörte ein Summen.

Als sie die Hand ausstreckte, landete eine blau schimmernde große Fliege darauf.

»Guckt mal, Leute, die ist so hässlich, die zieht sogar schon Fliegen an!«, rief Max. Die Mädchen lachten.

Mafalda ließ sich nicht beirren. Sie schloss die Hand zu einer Faust und öffnete sie wieder. Die Fliege war verschwunden. Stattdessen lag dort jetzt eine kleine Figur aus Metall – ein Ritter in glänzender Rüstung mit einem langen Schwert und einem bunt bemalten Schild.

An Max' Reaktion konnte sie ablesen, dass er die Figur erkannte. Er machte große Augen, und der Mund stand ihm offen.

»Das … das ist ja … woher hast du die?«

Mafalda gab ihm die Figur, während die beiden Mädchen sie mit einer Mischung aus Ehrfurcht und Verblüffung ansahen. »Hab ich auf dem Schulhof gefunden«, log sie.

»Danke«, sagte Max verwirrt. Sein Mund verzog sich zu einem breiten Lächeln, als er die Figur genau ansah. »Die … habe ich vor Monaten verloren. Ich habe sie überall gesucht. Die ist nämlich total selten und wertvoll, musst du wissen.«

»Vielleicht hat sie sie dir gestohlen«, vermutete Stephanie.

»Quatsch«, widersprach Max. »Als ich sie verloren habe, war Mafalda noch gar nicht auf unserer Schule. Seltsam, ich hätte nicht gedacht, dass ich die Figur überhaupt jemals in die Schule mitgenommen habe …« Er musterte Mafalda. Zorn und Häme waren aus seinem Gesicht verschwunden. »Ich … ich sollte dir dafür wohl einen Finderlohn zahlen.«

»Nicht nötig«, sagte Mafalda und lächelte. »Geteiltes Freu ist doppeltes Freu.«

ENDE

ZEHN REGELN FÜR DEN UMGANG MIT EINEM FREU

Falls du dir ein Freu wünschst, so beachte bitte folgende Hinweise:

1. Freus leben nur in der Wirklichkeit.
2. Die Realität wird nicht besser, wenn du sie nicht mehr siehst.
3. Um ein Freu zu finden, such es nicht. Lass es stattdessen dich finden.
4. Sei achtsam und bring deine Gedanken zum Schweigen. Wenn du bereit bist, kommt es zu dir.
5. Wenn du ein Freu entdeckst, folge ihm, aber jag es nicht, sonst flieht es.
6. Wenn du kein Freu findest, dann mach dir eins.
7. Wenn du ein Freu hast, verschenk es, denn geteiltes Freu ist doppeltes Freu.
8. Sperr ein Freu niemals ein. Lass ihm seine Freiheit. Wenn es gehen will, lass es gehen. Dann wird es immer wieder zu dir zurückkehren.
9. Nimm niemals jemandem sein Freu weg, sonst wird es zum Ärg.
10. Triffst du jemanden mit einem Ärg, schenk ihm ein Freu.

Glaubst du an Magie?

*Cover- und Preisänderungen vorbehalten

Lauren Myracle

Wunschtag

Roman

Aus dem Amerikanischen von
Andreas Decker
ivi, 368 Seiten
€ 12,99 [D], € 13,40 [A]*
ISBN 978-3-492-70449-6

Es ist Tradition in Nataschas Heimatort Willow Hill: In der dritten Nacht des dritten Monats nach dem dreizehnten Geburtstag kann man drei Wünsche äußern. Der erste ist ein unmöglicher Wunsch. Der zweite ist ein Wunsch, den man sich selbst erfüllen kann. Und der dritte ist der tiefste Wunsch, verborgen im eigenen Herzen. Natascha wünscht sich nichts sehnlicher, als ihre Mutter wiederzufinden, die vor Jahren verschwunden ist. Können Wünsche auf magische Weise in Erfüllung gehen?

Leseproben, E-Books und mehr unter www.piper.de/youandivi